我在鸟儿的鸣叫中醒来

罗望子 | 著

中国书籍出版社

图书在版编目（CIP）数据

我在鸟儿的鸣叫中醒来 / 罗望子著 . — 北京：中国书籍出版社，2020.12

ISBN 978-7-5068-7997-2

Ⅰ.①我… Ⅱ.①罗… Ⅲ.①散文集—中国—当代 Ⅳ.① I267

中国版本图书馆 CIP 数据核字 (2020) 第 181499 号

我在鸟儿的鸣叫中醒来

罗望子 著

图书策划	成晓春　崔付建
责任编辑	尹　浩
责任印制	孙马飞　马　芝
出版发行	中国书籍出版社
地　　址	北京市丰台区三路居路 97 号（邮编：100073）
电　　话	（010）52257143（总编室）（010）52257140（发行部）
电子邮箱	eo@chinabp.com.cn
经　　销	全国新华书店
印　　刷	三河市华东印刷有限公司
开　　本	880 毫米 ×1230 毫米　1/32
字　　数	245 千字
印　　张	9.25
版　　次	2021 年 1 月第 1 版
印　　次	2022 年 6 月第 2 次印刷
书　　号	ISBN 978-7-5068-7997-2
定　　价	56.00 元

版权所有　翻印必究

目 录

第一辑 时间篇

002 / 口信
009 / 流水账册
012 / 回乡
015 / 与秋共舞
017 / 三十岁坐在田埂上
020 / 路经土山
023 / 思想鲈鱼
026 / 初恋
031 / 童年的诗篇来自何方
034 / 在鸟儿的鸣叫中醒来
036 / 世界上什么最珍贵
038 / 声音的秘密

第二辑 地点篇

042 / 小县城
070 / 水城游
073 / 东海行
076 / 石板街
082 / 胡官村

第三辑 人物篇

094 / 我们的巴金
099 / 莫言的遗憾
102 / 汪政印象
107 / 春天唤醒冬眠者
110 / 我所认识的季能宽先生
113 / 隐情之释
116 / 作为一个原乡人
124 / 奔跑的火光
126 / 最后一个渔佬儿
129 / 多余的话送给中魔的人
132 / 池莉的新拓展
135 / 我的老师
138 / 追风筝的女人
141 / 画家郜科
144 / 王贵是谁
146 / 那个男人

第四辑 事情篇

168 / 朋友们来看我
171 / 在火车上
189 / 假币持有者
192 / 诺贝尔的微笑
195 / 伤痛《漓江》
197 / 宇航员与长城
200 / 我们的祖先
203 / 怀旧感
206 / 失眠症漫记
209 / 讲故事的人都在做什么
214 / 跳房子
217 / 骑手的梦
220 / 另一个梦

第五辑　篇外篇

224 / 说书
230 / 钟表的秘密心脏
234 / 千年之末后先锋
238 / 为了澄清某个事实
241 / 路的尽头让人紧张（创作谈）
243 / 小说文体从短篇小说开始（创作谈）
245 / 我的闲暇生活
249 / 一个写作者的习惯姿态
255 / 我站在书海的边缘
262 / 致温暖与爱意
266 / 关于小说的自我问答
271 / 给友人的信
274 / 引或跋
276 / 对他读，让他听
280 / 寻找伟大的中国小说
283 / 先锋不死

第一辑 时间篇

口信

  我一直认为,人们能够生存下来,都有其生存的理由。这个理由就是他活着的支撑点,一种具有韧性的动力。那么你的生存动力是什么?我也常常如此追问自己。每一次的追问,我都有一个不同于以往的答案——这些不同甚至截然相反的答案日积月累,就像无数耀眼的启明星,常常把我搞得头昏脑胀骑虎难下。

  你是一个喜欢流动的现代人。有好事者给我下了一个简单的结论。换句话说,现代人都是喜欢流动的,我自然也不会例外了。

  流动!那些绝不重复的答案组成一个流动的沙滩是很有象征意味的。(这个词让我情不自禁地想起著名的加利玛出版社于1962年推出的那本文集《流动》,同时也想起著名的罗兰·巴尔特为米歇尔·布托尔所作的辩护,在《文学和不连续性》里,L硬说《流动》是一部小说——虽然它触犯了书的概念,但正是那些不连续的片断和碎片堆砌了"拥有技术而又缺乏文化"

的美国文明历史；于是我就想到——与此相反，我们古老的中国拥有的是文化，缺乏的正是技术。）然而，流动决不可能是我的存在支点。我知道，好事者下这样一个结论决不是信口开河，恰恰相反，他们推敲考证追本溯源为此绞尽了脑汁。在他们手中，肯定有记载翔实的关于我前半生的大事年表。

5岁那年，我进了村办幼儿园。我的小学和初中阶段同样也是在村子里度过的。然后，我进入离家七八里地的高中。然后高考落榜，我到离家二十来里地的另一所就要撤并的学校继续补习。结局仍然是落榜，这样我又返回母校改读文科。就在那年夏天，父亲把我送到一所师范专科学校的宿舍。此时我与家园的距离扩展到了一百多公里。我第一次乘上了汽车，而且是长途。我不为人知地侵入一座同样不为人知的中小型城市。在那里我开始重新生长，我依靠无休无止的阅读来生长。在那里我可以尽情阅读，阅读那些一度被父亲禁止的书（有时候"一度"可以用来表示很长很长时间）。总之，在那里我有了一个亲密的弟兄，他就是书。

三年后，我被分配到一所中等师范学校，做了四年多的行政秘书。此时我与家的距离扩展到一百五十公里。后来我能够写出《另一种时间》，就是得益于做过文书。小说其实写的就是"个人的体验"——大江健三郎正是藉此获得了那项不管你看得上还是看不上总之举世瞩目的文学大奖。那时我有着一个相当不错的女友，女友很现代很潇洒。女友告诉我，她随时可以为我奉献时间、精神、金钱，当然包括抛弃父爱和呈上芳香的肉体（我记得很清楚，说这话的时候是5月，是在城郊金黄的油菜花丛中）。后来熟悉我的人习惯于把我的这场恋爱儿戏称为风月。当然这是对我的一种善意的反讽，当然关于女友的故事不是这里的话题。我要说的是热恋中女友为我搞到了一辆自行车购票券(黑色、轻型、金狮牌),那时我就像是发了羊癫疯,我骑着崭新的脚踏车一口气踏到了我的家——高墩(在小说《旋转木马》里头,高墩实在被理想化、洁净化了)。这次行动使我获得了母亲的泪水和父亲的斥骂,我由此知道,在他们的眼睛里面,我还是,也将永远是一个不折不扣的、随时会出问题的孩子。

但是孩子总有长大的时候的,至少他自己这么认为;他有这么个信心,也存在着这种无须证明的可能性,只要他还拥有着生命。他的生命其实就是世界的生命。他的生命就从他远离家园的那一刻开始。具体到我本人,我的生命就从我进入城市开始。很奇怪,一进入城市我就开始长大了。我在一年内的时间里飞快地拥有了一个成年男子应该拥有的一切,只是我对女人没兴趣。看到班上的男生们起劲地谈女人追女人,我就感到好笑。有时他们看到我进来,就打住话头,好像那是他们才配拥有的秘密,我更加感到喷饭不止了,反过来他们问我:你笑什么?这是秘密!这就是我的回答。

我记得我在城市求学的日子里,父亲一共来过三次。一次我已经提起过。一次是他踏着高墩村唯一的一辆自行车,给我送来晒干的馒头片和炒熟的面粉。一次是他和我姐姐同来的,我姐姐是来帮我拆被子洗被子缝被子的。最后他们千叮咛万嘱咐地走了,走的时候姐姐还流了泪。我觉得姐姐流的绝不是伤心之泪,而是因为我长大了,她很激动。我再不会无理取闹地要求睡到她的柔软的怀里了。我记得在我告别母亲的时候母亲也流了同样的泪。反过来在姐姐出嫁的时候,我们兄妹四个也流了许许多多的泪。我记得姐姐临走时说的:没钱花了,捎个信给我。我一次也没捎口信给她,那太没礼貌了,再说也没人能捎信给她。我只是给她家写了不少的信。每一封信,都会给我带来一段快乐的生活。但是我给父亲捎过许许多多的口信，我常常盼望口信的回音。通常是我的本乡本土的同学回家的时候，我请他们捎信。那时候，能够回家也是一种奢侈。我没有那么多的生活费供我南来北往。那时我的同学都是些很讲信用的人。这就是60年代出生的人与70年代出生的人的区别，我的希望没有一次落过空。仅有一次，仅仅有一次，同学们没有给我带来父亲和母亲的礼物。他们说他们到我家的时候，父亲和母亲正与我的弟兄们在麦场上忙着脱粒。他们站在麦场上等了一会儿，看我父亲没有反应就走了。

  这一夜我没睡着。我不是对没有得到礼物而伤心，而是对他们于我同学的失礼难过。然而一个星期后信来了，信是另一个系的同学带来的。那天父亲正好到街上有事，碰到了这个同学。信之外，还有口信和一袋子香喷喷的大豆。信里面还夹了几元钱。几元？我记不准了。总之父亲要我节俭点，要量入为出，另外就是要我同那两位同学打招呼。那天家里太忙了，也没钱和可带的东西。那天之后他们整夜整夜地睡不好觉，最后，从不求人的父亲把鸡蛋卖了，又向我的表叔借了几块钱凑齐捎来了。父亲说，你不要惦记家里，家里很好。我知道家里很好，不管多么困难的日子，家总是好的。

  但是同样的情形到我分配工作之后又再度出现了：父亲仍旧踏着车子来看我。那时我家的车子已经生了一层又一层的锈了。我们村里的年轻人都先后添置了自行车，同事们在称赞我父亲勇敢的同时批评了我，这使我很难为情。我想我并不是一个逆子，还是父亲为我解了围，这就更加让我不安了。之后，我对父亲说，你无论如何要乘车来，父亲点点头，从此他再也没到过我工作的那所学校。在这样一个人地生疏的地方谁还会给我捎口信呢。没有谁能。

我们依靠家书来联系，父亲的来信一般都请人代笔。有时是我二姐，有时是我大哥，有时是我表哥，有时甚至是我的小学老师。父亲写来的信也就那么几句，水火平安，春华秋实云云。我对此很不适应很不习惯，这样的家书有什么意义呢，坐在床头都能想得出来。母亲的身体如何，没有。姐姐的孩子长了多重，没有。二姐现在家里闹矛盾吗，也没有。我变成了一个盲人。我与盲人有什么区别呢？

　　但是谁来给我们捎口信呢，父亲知道我在恋爱吗，母亲知道我初恋失败的滋味吗，他们知道我想吃家乡的桑葚吗，不知道，谁也不知道，而这些东西又不便在信中小题大做。所以，百无聊赖中，我又想方设法在我求学的那个城市找到了一份工作。我在一间年久失修的老房子里，写出了一个高考落榜生的故事，题目叫做《白鼻子黑管的风车》。在那里，我写过几封信给父亲，让他来游玩游玩，他一直没有过来。也许，父亲生了我的气。

　　既然父亲不来，又没他的口信、没有他的消息，那我只好回家看他了。每个星期我都乘汽车回海安，再乘二轮车回高墩。每个星期我都往返于南通—海安—高墩之间。我仿佛在穿梭旅行，在不同的时间里走着同样的路，在相同的空间里企求获得不同的体验和效果。三个月下来，我就把我生于斯长于斯的这一小片土地逛了个够。父亲见我回来得勤，很高兴，也理所当然他更不愿动了。我记得有一次他嘱咐我，家里准备给我的奶奶找两个和尚，念一点"血盆经"，希望我无论如何得想办法回来。我答应了，我说中午12点我肯定到家。那是9月，我记得金色的稻谷已经登场脱粒了。母亲站在门前的小路上手搭前额遥望着他的儿子——想一想吧，这是一幅怎样的情景！——我背着一个帆布包往家赶着。我老远就看见了她，我看见她两鬓的几缕白发在空中枯燥地飘动。母亲仍然在遥望我——是的，我不走到她的眼前，她绝不会确认我的。我记得那一次由于我如约而归，由于我12点过了那么两分钟才到家，母亲激动得喉咙里有了颤音。邻居们直夸我，夸得我莫名其妙，我才知道父亲早把我的诺言向大家宣布过了。我不禁一阵揪心，如果我稍一犹豫不回来，父亲母亲岂不是要永远不能原谅我。好在我没失信，也没让他们丢脸面。我觉得这里真有点儿意味，过去是父亲往我那儿奔，如今是我向他那儿（向我过去的家）奔，反正因为口信，总有一个人在路上满怀喜悦地奔波着，只是这奔波已有别于过去那种为了生计的奔波了。

但是这样的日子并没有持续多久，很快就结束了。或许是真的因为那个单位没有办法给我解决房子问题，或许是那个单位的领导看不惯我老是奔波在路上，或许是我自己也厌倦了这种无休无止的奔波（因为它不能从根本上解除我对家园的思念），于是我调回了"穷城"海安。

这是一段非常适中的距离。从海安到高墩，踏自行车需80分钟；要是乘中巴需30分钟，不过到了小镇后还得借自行车往家踏（15分钟），如果找不到熟人就得步行（35分钟）。稍有算术知识的人完全可以比较得出来。我（和我的妻子）一般总是骑自行车回家，当然父亲来得更多些。我很高兴现在我同父亲都处于一个等距离的时空之中，谁来谁去都不会感到太吃力。现在，我们之间依靠家书联络的那种方式是一去不复返了。父亲常常突如其来地出现在我的办公室和我的新居，他的身后还常常跟着一两个我陌生的同乡。而更多的时候，是父亲引荐（这个词是否妥当？）之后，这些对我来说依然陌生的同乡就会自己找上我的门，并且一定忘不了捎着父亲的口信。他们似乎知道，只要有我父亲的口信，我什么都会认的，我会招待他们吃饭，为他们面临的困境想方设法，他们似乎摸透了这一点。

但是我无法更改，也不想更改这一切。每当他们捎来口信时，我就高兴、激动，我总能感觉到父亲的那双在 80 分钟路程之外默默注视着我的眼睛，我能感受到家园对我的无微不至的包围。在这种无微不至的包围之中，我心安理得随随便便碌碌无为地生活在城市近郊，教着书、读着书、写着书，为一本本杂志完成一个个城市故事。我在重复地做着这一切的转瞬即逝的过程里，总是习惯性地抬起头来，期待能够不断地接到那些来自我的亲人的、穿越时空的、如柳絮纷飞的、新的口信！

流水账册

孩子上四年级时,喜欢上了历史。我不知道他喜欢的东西能不能称之为历史,总之这一阶段他问的问题全离不开历史。他胡涂乱抹的作品叠起来,足足有《现代汉语词典》厚,也全是史诗上的古典英雄。先是"水浒英雄卡"一百单八将,集齐后,又开始了三国英雄的收集,外加《天龙八部》。尤其值得一提的是孩子收集"水浒"人物时的艰辛:主要是我们不肯他吃方便食品,这些活灵活现的人物又偏偏躲在方便面袋里。我不得不称许商家的高明:他们并不一竿子到底,而是陆续推出。这样你就会买到许多重复的卡却欲罢不能。那些日子,孩子全身心投入到这项活动中。我为此大发雷霆,因为孩子已经发展到掏我的钱包了。

但是我像所有的父亲一样爱我的孩子。孩子生下来的时候,才四斤多。孩子幼儿园的时候,到南京儿童医院治哮喘,现在还不见好。孩子五岁的时候开始拉二胡,我给他请了本地最好的老师,为此送给老师一只蟋蟀罐儿。孩子七岁的时候,有来客对他的画儿赞叹不已，可是他绕来绕去还是那些东西，不见长进，就连色彩也不愿填了，一律的铅笔画、钢笔画、圆珠笔画。与此同时，他的二胡专业也悄然停止。由于人家不买我的账，我只得花了四千元把他送进实验小学。

孩子，你怎么办呢？进数学辅导班，一个学期后不想再报名了。进作文辅导班也经常谎称没有作业。记了多年的日记，由三天打鱼两天晒网变成周记、月记，最后干脆成了一张张白纸。

那时孩子喜欢上了彩色连环画，一本本地看，闷头看。对《史记》《三国》《水浒》《三十六计》的了解比我多很多。他不掏我的钱包了，我反而有些心软，于是部分性地、有条件地限制他购买。孩子少了那份买方便面的疯狂，然而那些卡通英雄却成倍增加。原来他们之间已经利用多余重复的卡秘密进行着物物交换，接着发展为重新兑成钱：便宜的一张五毛，贵的一张可换三五张，或得二三元，特别珍稀的金卡就更值钱了。说实话我是颇加欣赏的，至少他们可以少吃方便面，进而作为一种反倾销策略，也可算有效地遏制了商家的暴利。

说实话我不希望孩子喜欢上历史，这可能基于我的历史观。一个瑞士人说：两门最可悲的学科是精神病学和历史学：一个研究个体的弱点，另一个研究人类的弱点。就是在今天我给孩子买全套《史记》时，我还在这么想。这样想当然很幼稚，我咬咬牙买了下来，尽管我不喜欢，而且显然他更大的兴趣还在足球上，要不是由于他的身体，他肯定会是另一个样子。他最近的草图都是足球阵式。他知道五大联赛的所有豪门，他知道德比大战，他知道出洋的中国球员所效力的俱乐部，他同我一齐为某个球队加油。没有看到丰田杯转播的晚上他安慰我，临睡前他预测博卡青年肯定赢皇马——孩子赢了，孩子伸出脏乎乎的小手,抚摸着我的头。

在橘黄的灯光下,孩子整个地趴在大部头的《史记》上,我被这样的情景感动了,我也感动于自己的宽容。我问他作业做好了吗?做好了,他头也没抬。一查他的数学,错了两道。

回乡

我是我背景面前的一棵树,你总看见我在我生命陡峭的时光里匆匆而过,那是因为我又一次踏上了回乡之路。油菜花铺天盖地,平原的风吹散了妻的秀发,回乡之路并不遥远。父亲在家门口朝我伸出了树根般的时光之手。我总是回乡,就像其他人远走他乡一样,我总是回乡。

回乡,是迸发一种激情。

无法计算每日里有多少人回乡,也无法计算你一生中多少次回乡。可以肯定的是,你总是在故乡与他乡之间来来往往。权当一次旅行吧,就像风筝在天空中旅行一样,回乡是你摆脱不了的情结。你,有过再不回乡的念头吗?我的时光之手啊!

这是什么?这是油菜花。

那是什么?那是蚕豆花。

这是我和儿子的一问一答,这是回乡途中的父子对话。油菜花与蚕豆花构成了回乡之路的标志。我像调教牧马少年一样,训练儿子的记性。我告诉他,其他标志尚有:玉米与墟里炊烟,风车与白毛绿水，桑树与地头村姑……他不再听了，他把他的目光种子一样洒向苍茫大地……他不听了，他使我忧伤……我又看见了父亲的老手和母亲的满头银发。

回乡，是梦的呈现和想象中的如数家珍。

我的回乡叩开了父亲瞌睡的老眼，母亲从锅堂口冲出来。他们诉说他们的念叨，我们诉说我们的回乡经过。梦里牵萦回乡，回乡实以艰难。母亲对妻说：父亲两次骗她，说我们到了路上。两次她都放下手中编织的渔网，来到蚕豆疯长的田埂眺望。哪里有你们呀！我们在回乡之路上。

> 回乡是一次抛锚过程。
> 回乡是一个鲜亮的目标。
> 回乡是一回彻头彻尾的得意忘形。
> 回乡是旅人预料中的喜悦与重逢。

妻说别的不要，饭后要去打些箬子，回家裹些花生粽子、香肠粽子、红枣粽子。母亲说行。我说，现在吃粽子是不是早了些。但我们还是跟着母亲，像一些杂色蝴蝶流动于田野与河流。我采着擦着扎着包着这些初生的绿色叶片，想象着粽子的历史与习俗。

> 回乡是一次亲情重温。
> 回乡是来到陆地的海洋。
> 回乡是一次风中品味。
> 回乡是寻找难以忘怀的馨香。
> 回乡是达成一个契约。
> 回乡是为了进行赤裸裸的采摘。

饭是在大哥家吃的。我和儿子吃了父亲一块桃酥,妻喝了母亲一杯开水。我们该走了,我说,我们什么也不带;我说,我们带不动;我说,父亲,要带你下次带去吧。母亲,小心烛火。儿子在两个老人的怀抱中钻进钻出。我们最后扬一扬手,再次回乡。到处都是故乡,天涯芳草故乡。

    回乡是为了告别。
    回乡是在古老的驿站准备干粮。
    回乡是种下新的惆怅。
    回乡是对情感的稀释与浓缩。
    回乡是想做一个把根留住的勇士。
    回乡是对背景的确认和高保真翻拍。
    回乡是对自由做出的企盼与反应。
    回乡,是接受叮咛。

与秋共舞

我像大多数人一样,不喜欢雨天和秋天。雨天总是给我寒意,而秋天总是给我灰色,所以,我对秋雨尤其敏感。在这样敏感的气候下,我总是特别注意御寒保暖,特别注意穿红挂绿。在秋天,我剪短了头发,把胡须刮得很干净,换上雪白的衬衫,系上一条鲜红的领带。领带是我结婚时买的,现在市面上已经少见这种鲜艳的红色了。只有我自己知道这是为什么,也只有我知道,我的童年情结有多深。

我是在六岁的时候,开始对秋天产生季节的印象的。那时,一到秋天,河床干涸,满天飞起芦花,村子里的老牛也开始从塘里移到塘边晒太阳了。那个时候,秋天似乎充满金色,一放学,我们便争先奔向村子里的五座高高的草堆。我们玩起战争游戏,我们肆无忌惮,我们是真正的自由人。有谁知道,我们的舞蹈就是从那个时候开始的呢。

十二岁的时候,我开始陆续读到"秋风秋雨愁煞人",读到"秋水共长天一色""一叶落而知天下秋"和"寻寻觅觅,冷冷清清，凄凄惨惨戚戚"之类的句子。我开始不能忍受秋天了，我躲进了书丛。在我的眼中，秋似乎就是那一行行的貌如雁阵的文字，有一种让人投入汪洋大海的苍茫感觉。在书的丛林，我找到更多的有关秋天的词语，而词语恰如一个称职的导游，让我找到了更为丰富的秋意。

十六岁的时候，我高中毕业了，我自由了。我连学生的身份也失去了，我似乎卸下了一副重担，同时又驮上了新的包袱：在新来的秋天，我能做些什么呢！是父亲的扁担把我从沉闷的秋雨中捣醒，我又一次被他赶进了学校。是的，只有来到学校，我才好像跨进了秋天之门。那时，我对所有文字都和对待秋天一样，有一种先天性的抵触情绪。我对秋天充满了愤怒。

二十一岁那年的秋天，我已经开始工作了。我在异乡，开始感受秋天所独有的思念。月到中秋，月光若水。秋天的思念如潺潺的秋泉，秋天的金黄被农人收获之后，紫红的枫叶又开始飘零如游子的心情了。那时，我开始学习跳舞。我跳着，我坐着，我守在音乐盒的旁边，我试图在有形的舞蹈动作之中，抓住一些秋天的符号。这是一个错误，秋天是不会热闹的，秋天只适宜那些已经成熟的种子留待来年破土。

二十七岁的时候，我已经冷静如富有魅力的秋天了。我不再怨天尤人。当然，我仍然喜欢红色。据说，红色是革命的意思。枫叶荻花秋瑟瑟，每一个秋天，都带来希望，都带来一个成熟的新世界，我有什么理由去抛弃它呢。我知道，秋天不会因为我的喜怒而改变态度的。落叶的舞蹈，是秋天独有的语言；去年的稻草人，是秋天永恒的形象；河床上栖息的秋雁，是我们留恋秋天的背影——春捂秋冻，我们还是悄悄地、悄悄地融入秋天吧，秋天不暖，但是秋天的舞蹈总还是暖人的。

三十岁坐在田埂上

这几天心里颇不宁静,也没觉乍暖还寒的气候在告诉我们春天的骤然降临,于是便决心去踏青。乘车骑车?当然骑车。便见初放的油菜花金灿灿的,油菜花次第放开了我都不知道。儿子在后座兴奋得大呼小叫:花开了,蝴蝶呢?不错,我是对他说过,有水便有鱼,有花必有蝶,那不是白色的蝴蝶翩然在飞么!

回到老家,把儿子一放下地,他便像鸟儿直冲上天。我感到燥热,便脱去外衣,衔一根烟,向田埂上走去。

三月的田埂很柔软,也没多少露水,走在上面,轻快的感觉就像电影中的慢镜头。1987年,我曾写过一个小说,叫作《纯真年代》,其间就描述了我家门前的这片梨林。现在,我便是走向小说的外景地。我一边深入"纯真年代",一边回望龙江线上的村庄。村庄由一个个敞开的大门组成,它们就像一串串黑色的眼睛,窥视着一个城市人的踽踽独行。我有些心虚,又朝那边望了望。有一对老人在修补渔网,二哥在锯木头,三叔在井台上提水,大嫂在择青菜。我注意到妻子坐在小板凳上咬着萝卜和大嫂闲聊着天,便义无反顾地和稻草人一般坚定地立于田埂上。

我感到世界一片静谧。我的两条腿在抖。那片梨林没有了。过去的梨林栽满了光秃秃的桑树,修剪得很齐整。梨林的主人呢——我曾经因偷那些青果被他追得走投无路——只剩一间年久失修的房子,露出里面的芦脊,显然早不住人了——他们搬到哪里去了?我迟疑地走进桑林。里面兀立一块光滑硕大的石头,其余是草。有荠菜开着白花,有小草开着不知名的蓝花花。花与草淹没了我锃亮的皮鞋,拔出来,皮鞋上便沾满黄色泥土。

在田埂与桑林交接之处,铺有好些干草,想是农人清理墒沟晒作柴火忘了收。如今的干草晒得很白,踩在上面绵绵的。我蹲下身来试一试(能否隐藏起来)——但是麦苗和大豆还在生长,根本遮不住我的头颅和上半身。我躲闪着偷看着妻子(我这是怎么啦)。她没看到我,很好,妻子根本没注意我,她还在聊天,还在咬萝卜。

在另一块菜地,儿子同他的两个堂哥玩得正欢,他们专心地捕捉着探头探脑的小蜜蜂。

我觉得我很悲壮:猛吸口烟,双腿一弯,便坐在田埂上。坐在干草上。我想干什么呢,我想守望什么呢!守住时间?守住春天?守望麦苗的拔节与扬花、灌浆与结实、脱粒与去壳、磨粉与轧面?在静谧中,我听见许多声音耳语般的来自动物世界;在静谧中,我索性勇敢地、全身心地躺下来,就躺在干草上,便看到阳光照亮的虚空世界。我实在忍不住了,我枕在大地上,忍不住地对着那渺远的虚空发狠地喊了一嗓:喂——喂——

爸爸,你在做什么?儿子不知咋飞来了。我不但被唤醒,而且也奇怪他的惊讶。我做了什么？我什么也没做。爸爸你，你的背上长满了草。叔叔，你像背着一块小草地呢。于是，我只得苦笑着站起来，在他们的簇拥下背着草地回到老家。

你看你，都30了。妻子嗔怪道。

我无限依恋地朝那块麦田望望又笑笑。我无话可说，却又像是完成了一桩人生大事。30岁坐在田埂上这么一回，30岁坐在田埂上就我这么个人。怎么说呢，你不可能每天醒来，你的童年都站在你的床边；你不可能时刻接近到你那浩渺的虚空，然而，30岁坐在田埂上作为一个定格标志，又将继续填写在我那转瞬即逝的时光旅程中。

路经土山

过了城北地带的丹凤桥向西,有一座永远无人注目的水泥平桥;沿着这座名叫凤西桥的西首往北,经过交通水泥厂的门口,一直走到路的尽头,就是过去的老看守所了(现在是一所医院);如果你有兴趣,就再往西吧,你再次走到路的尽头,就会看到一座稀松平常的土山,稀松平常地踞伏在田野里。

这条路我走过多次,但是我不知道我究竟走过多少次。大姐家住海北一个叫做"指南"的村子里。开始是家里人带着我走,接着是我独自行走,现在呢,我又开始带着我的儿子走这条路了。所以我每重复地走一次,就觉得自己更成熟一点,似乎路是钟表的一圈发条,走的时候十分紧迫,停的时候十分轻松。

我喜欢走这条路,尤其忘不了那座土山。说是座山,其实称它为土墩子更加准确,但我还是喜欢叫它山。从前,一过了凤西桥,我就开始紧张起来,经过老看守所门口的时候,我总是背着头,但我还是感觉到那些密密麻麻的电网和那座青砖岗楼,仿佛就在眼前,挥之不去,和电影上的场景一模一样。

路经土山的时候,情况就不一样了。我会央求家人车子骑慢一点。我仰望着山峰,兴奋异常。我很想爬上去,看一看天空或别的事物,家人总是回答我:这是打靶场,危险!是的,有几次,我确实看到基干民兵们蹲在土山东侧的田沟里,对着土山瞄准,山脚下,当然插着许多靶子。我咬着指头,看着山体上的弹孔。

这就是城北地带的土山,它不但给了我一个山的明确概念与实体,萌芽了我登高眺远的渴望,而且还为我展示出一片风景:山体南北延伸,在不同的季节,总是呈现出不同的景观。长大了,这条路我越走越少了,山还是那座山,我还是过去的我,但我觉得它已经没有先前那么高大了,似乎我在延长,它在缩小!更为奇怪的是,我渐渐地也像每个路经土山的乡下人一样,完全失去了登山的愿望。是因为我已经有了一上黄山,二登泰山的经历吗?肯定不是。仅仅是,每当我路经土山的时候,心中还有一点悸动,总是有一件事没有做好的不安之感。就像现在这样,我带着儿子,骑着车子,走在这条路上,儿子问:你爬过这座山吗?

没有,我随口答道。我要爬,他央求着,同过去的我一样。可它不是山呀。不是山!是山怎么没有石头?是土山吗?他继续问。一方面,我惊诧于这种日常生活(不受时间约束)的相似之处,一方面我也惊诧于儿子的不断追问:他的目的很明显,只要承认这座土墩子是山,他就有了爬的理由。

因此,实质上,他是在为了满足一种愿望而捍卫一种真理。我有过这种认真的时候吗?行,爬就爬吧。在金黄的秋天,爬一座小山还不是小菜一碟,轻松至极。打好车子,六岁的儿子忽然问我,会有人笑我们吗。谁笑,我们爬山,谁会笑!人家经过这里也会爬的,是不是?当然,我点点头。当然,我并不知道儿子的真实心理。

他冲在我的前面,反过来我倒是亦步亦趋的。我们是从土山的东北侧上去的,那儿有一条小路(请记住这个位置),一直蜿蜒到山顶。半山上有个树凳,儿子还在上面坐了坐。但总的来讲,我们还没有觉得吃力就到了山顶。我们看到的东西计有:一条大河,三个工厂,一只小鸡,一群山羊,满天飞舞的芦花,四只风筝……

还有几个村落。由于我们两个都是头一次爬这座山(仿佛是站在同一起跑线上),同样的兴奋,但我明显地比儿子迟钝些;儿子还面对着西天的晚霞,大声地叫着跳着,为了他发现了一个新世界,我却没有。所以,我劝你不要专程来,但如果你路经土山,最好歇歇脚。你不要吸烟他不要大声叫唤,惊吓一片沉默的风景。

欢呼雀跃,是你孩子的任务。因为,他也属于风景的一部分。

思想鲈鱼

平生谁都会遇到不少伤心事。伤心多了，也就淡了。散淡的人是些深沉的人，但即使是深沉的人，遇到伤心处也还是伤心不已。

深沉是心与事的默契，是红花与绿叶的搭配形式。深沉者不知是自己在寻找伤心之事，还是伤心事在寻觅伤心之人。深沉时刻就是伤心时刻；可以把每一时刻都分解成点，那么每个点就都有了光的质量。

光是焦灼的。

我在伤心时刻，总能吃到鱼。平生只爱吃鱼，一吃鱼我的忧愁烦恼就一扫而光。渐渐地，每遇愁闷，我就找鱼。我是一只猫。除了读书、静思、聊天，偶尔狂饮，鱼是我的大嗜好。渐渐地，父老乡亲、妻子娘家、同窗少年都了然我的爱好，欢聚的圆桌中央都摆着一盘鱼：炒鱼片，烧鱼块，油炸鱼，清蒸鱼，炖鱼，汤鱼。有时我想，倘若我成了一条鱼，就不必饥不择食了。

曾经在海上吃过黄花鱼,曾经在山上吃过墨斗鱼,也曾经在江中吃过白条鱼。就想起一首古歌:

> 江上往来人,但爱鲈鱼美。
> 君看一叶舟,出入风波里。

因此我常常贪得无厌地,思想在浪尖上和苍穹下品味鲈鱼之美。思想那是一个没有星光的夜,舟子信风飘荡,或者有布满赤道的阳光,风平浪静。爱吃鲈鱼,这就是我的极其渺小的理想。

但吃鱼着实改变了我,我变得朝气蓬勃。妻子也想改变我,她说人最难的是能够改变,最要紧的是如何改变。我的吃鱼法则是红烧,清蒸也可。然而妻子喜欢吃烧白汤。那么活蹦乱跳的大鲫鱼给她在压力锅里翻那么几下,倒上半锅子水,咪咪咕咕烧成稀巴烂,我心疼得似要出血。没奈何,我把对妻子的宽容总是理想为一种应有的风度,鱼烧熟了我也凑热闹地尝上一口:淡而无味。妻子吃得甜甜津津,还不时朝我娇娇一笑。有时,她甚至一觉醒来把鱼汤当作凉水来喝。更让人气愤的是,初生的儿子也爱吃鱼汤。每天都是鱼、鱼汤。妻与儿子喝得较起劲来如同铁路工人在粥棚喝粥。我就在这种状态下,被动地、不知不觉地喝起鱼汤来。我的眉头在"喝"的过程里逐渐舒展。喝鱼汤也是吃鱼嘛,我安慰起自己。吃鱼的感觉真好呀!

然而,谁也改变不了我思想鲈鱼的志向。

在小城海门时,参加过一次酒宴,席间主人嚷着让我们吃鲈鱼。我足足吃了半条,吃的时候我一点都顾不上失态。又有一次在苏南吃青椒鲈鱼块,我囫囵吞枣再次失态。失态也是一种狂热的潇洒嘛,我为自己辩护道。我的洒脱在于考虑不多,我也错在考虑欠妥。不过后来人们说那些鱼都不是鲈鱼,至少也不是正宗的鲈鱼。然而这种说法始终去不掉我已尝鲈鱼的感觉。难道鲈鱼与我此生无缘!难道鲈鱼于我终成传说!

最新的消息是老家的朋友告诉我的,他说他实在不忍看我思想鲈鱼的惨状。他介绍说鲈鱼主要清蒸,间或炖汤,味极美,肉极嫩。我感到他的介绍也未得要领。倒是他说起我们家乡的小河,那种带有花斑的"鸡花鱼"就是鲈鱼,勾起了我对家园的思念。我的玉米地,我的油菜花呢?我的风筝,我的小摇车呢?它们一齐从过去的岁月里走向我,又在明媚的阳光里随风而逝,"鸡花鱼"真的是鲈鱼吗?我怀着半信半疑的心情,把这个发现告诉另一位年长我30岁的朋友。谁知他听了后就是一阵大笑,仿佛整个事件是一桩逗人的包袱,而我始终是一名蒙童。不过,他毕竟证实了我的疑虑:"鸡花鱼"决不可能是鲈鱼。与此同时,水产公司的淡水鱼养殖专家郑重地对我说:"鸡花鱼"就是鲈鱼。难道这就是我的追求!在红星河畔,在柳树边,母亲把它们破肚洗净,划开鱼的脊背,放些葱姜,炖给我们吃。"鸡花鱼"就是鲈鱼!我无法相信这一点,也无法终止我的思想。我只是闷闷地吃鱼,喝鱼汤。

鲈鱼不还是鱼吗,妻子说,你总是追根究底的什么!

妻子说得对,我说我恍然大悟。然而我们这些人就那么容易终止思想吗?我一直生活在思想的状态,虽然我已经失去了深沉的时刻。虽然我一直在思想,但我想我比别人要过得好。时间是一条河,鲈鱼在河里自在地浮游。唉,从什么时候起,我的身体开始散发出淡淡的鱼香的呢。

这是真正的鲈鱼之香呵。

初恋

那一年,我刚刚被分配到海门工作不久。

我老家在海安,所以我经常在苏北平原的脊背上奔跑。

我记得那一天,大哥站在车窗外看我。他抽一支雪莲牌的烟。

在检票口,检票员把我衔在嘴上的票抽去,用什么剪子"喀嚓"咬了一口,塞回我的嘴里,然后赶苍蝇一般,把我推进停车场,同样赶苍蝇般地把大哥推回候车室。

我说:算了,大哥,你回吧。

隔着检票员的盖帽和许多人头,大哥说:你先进,我有办法。

我在停车场里钻迷宫一般摸到自己的车子时,大哥已经为我找到座位等候多时了。我也抽着一支烟,雪莲牌的。

让我想一想,我那一年,二十一岁吧?

对,是二十一岁,刚刚接到《钟山》的通知,准备发表我的处女作,要我写一份简介。

上等烟,新疆人把它当牡丹哩,还要华侨券。大哥说。他高大的身躯显得有些单薄,冷峻的脸粗犷地凝固,似乎能看到饱经世事后,对生活的一种极其执着的理解。

不知道什么原因,我们家的人都天生忧郁。看到父亲或者大哥的脸,我的心里就会不由得压抑,似乎他们的表现,决定了我今后的个性。

这些,都是我回想大哥时想到的。因为当时,就在他帮我点燃香烟的当儿,远远的,远远的,从东边一辆火红色的汽车后面,冒出三五个女人。她们沿着停车场上的空旷处,向我们这辆汽车走来。她们走得很急,看样子也像我一样,找过一阵子了。她们像一群不安的母鹿。我愧疚于大哥的也就是——从这时起,我对他深刻地爱护着我的那种感情,竟然表现出冷淡和不耐烦。

另一种新鲜的感情,就像刚刚上市的鲜嫩蔬菜,味道清纯,在我的心里涌动。这是一种从未有过的感受。

女人们走至近前,又叽叽喳喳地东打听西打听一番,片刻之后,才仿佛找到了归巢般,叽叽喳喳地爬上车。再近些,我发现,和她们一伙儿最后上车的,竟是一位戴眼镜的少年男子,不过也是软不拉几的娘娘腔。

车门关了。

车子开了。

我没听见大哥那最后的叮嘱,也没注意到他最后屹立在太阳下的身影。我恍恍惚惚,好像坐上了将要飞入太空的航天器,正在不停地螺旋,或者升高。

一颗绚丽的彗星,从眉梢上潇洒地滑过。

汽车终于驶出了充满肮脏的穷城海安。白云下面,再也没有那阴影般沉重地压在人心头的烟雾了,白云实在像阳光弹拨出来的梦幻曲,幽幽地呼唤着苏醒过来的绿色土地,燕子舒舒服服地在电线上摆着五线谱,车子左前方的一条小河,更是明亮如镜。

那伙人就坐在我的西南向座位上。最靠近的一位少女,身着牛仔裤、束腰皮夹克,可惜她的脖子深深地埋在桃红色羊毛衫里,不过也能衬出她的脸,雪白雪白——我想。

她的头发并不乌黑,而是金黄,受着阳光的照射,槐花和榆钱儿的遮盖,以及微风的抚弄,她的一头披肩发,就像是微微起伏的沙滩。这个比喻肯定不准确,我当时只有这么个感觉,我还莫名其妙地紧张,我默默祈祷:天哪,让我变成蜗牛吧,我要爬到她那金黄的发丝上,去做梦。

她不大说话,也少主动说话。尽管她的同伴们高声谈笑,她一直很安静。她前面坐着的两个女人,靠近过道的那个骨盆奇大,满脸浮肿;里面那个,眼睛暴突,但是看不到嘴唇。她们两个都不时回头同她说话。我不见她动,也许是她的秋波流转,表达着她的意思,但那两个女人喋喋不休,丝毫没有放弃她的意思。隔三四排,坐在我这一侧的那个男子,总是先把我们后面的人扫一下,再和那几个女人说话,说完,仍然扫描我们一下。我既厌恶他的那种自得,又感谢他的那种丑劣。只听他嗲声嗲气地说:哎呀,怎么还有两包多味瓜子?说着,他扔给那两个女人一包,又把另一包撕开,倒了一点在手掌,剩下的,连包递给了那少女,我也终于看到了那少女的脸。

这也不过是电光石火的一刹那。我正要仔细观赏她那铺着茸毛的脸的侧面轮廓,汽车驶进了绿荫。我只记得她的茸毛,纤细,茂密,同样金黄。

树呵,你是为了衬托她,还是为了占据她——她,也就二十岁的样子吧。

我不敢再肆无忌惮了，而且还为刚才的举动害羞：肆无忌惮。我梳理着自己的小分头，痴呆地望着车窗外闪现的疯狂地生长着的葵花。我的脖子酸了，但我不敢稍稍转动；我像处在浪尖上的小舟里，死死地盯着船头的浪花，不敢正视那红红绿绿的珊瑚、翡翠……就这样痛苦而狂喜地坐着，直到在南通下了汽车。出站，奔售票处，在窗口排队。

也许她们会来，也许她们也到海门。如果她们请我代买，我将非常乐意。但我失望了，失望就像是与我分不开的一件笨重的行李，让我无法动弹，我没有看到她们。

售票员利索地为我检了票。我走向候车室时，才看见她们正在朝售票处走。伙计，你真会胡思乱想，我对自己说，谁知道她们会去哪里呢。

上车时间又到了，我像让人绑架到车上的。倚着前排座位的后背，我打着盹儿，眼前似有一只扑腾的蝴蝶。不由自主地抬起头：劳驾——前排的海门人说——大概这意思吧，我听不懂海门话。揉揉眼睛，我抱歉地打着招呼。一个美丽的少女向我瞥了一眼：是她！她这一眼一下子让我清醒了——原来她也上了这辆车，还坐在那个位置，她金黄的头发，她的皮夹克，她流转的秋波……我感激的眼神大胆地扫在那沙滩上，随之，她的身体似乎也颤颤地抖了一下：我想，这也可能是我的错觉。

她们依旧叽叽喳喳，我不知道她们在说什么。那几个人好像对我有了防范，似乎我一站起来，那少女就会从她们身边逃脱，奔到我身边。我只明白她们讲的是海安话。她们的存在，使我更忘情于她。她娇小，却挎一只很大的粉红色腈纶包，迈着尖头皮鞋的脚，她款款地，走下汽车——笃，笃，笃——似按琴键。

我天生的忧郁，使我唱不来歌，可我明白我想着，脑子里还映出跳跃而恬静的画面：渚清，沙白，鸟飞……车厢里只有我一个人了。我的心挤得紧紧的。

我冲下来。

她跟在她们的后面，挎着那粉红色的包，有些拘谨，就像我初到异地时的样。

我赶上去：你们到海门的。

她侧着头，带疑惑而又惊喜：是的。

我：在哪个单位。

她理一理包的带子，仰起眼睛：农行。

这时，那几个人在前面一个个地朝后望：走哇！

她赶上她们，留下了我。

我曾经五次三番，数着海门老街的石板，期望有一天会碰到她。我曾经三番五次打听农行的地址、电话，期望找到她。我曾经三番五次骑自行车穿过已离我很远的海门小城，大模大样地跨进银行的营业厅——一次次的落空，一次次的激起新的信心。

有一次，我实在憋不住了，我就对朋友们说，我曾经在一辆车里，碰见那么一位……朋友说，你欣赏的姑娘一定很美啰。我说她当然美啰，你不信。那就找找看，我嘛，朋友说，只想跟在你后面饱饱眼福。

银行的人起初弄不懂，弄懂了就回忆，就联想，就告诉我们：这帮海安人早走了。

调走了？

她们是来参加互查的。

我呆在那儿，好像那少女就在我的前面，刚刚离去。

童年的诗篇来自何方

我的小学是在村子里上的。几间破房子,原是生产队的蚕室。课桌,长条形,也就是两端用砖头垒脚,搁上一块木板,后来有了水泥,就用水泥浇成,一顺溜能坐十来个孩子。开始我们还很新奇,夏天伏在上面睡觉特别凉爽,冬天就惨了,不单是我,孩子们都冻得直打哆嗦,拖出来的鼻涕像挂面那么长,上课的时候,呼噜噜吸拉起来,就像在吃过桥米线,此起彼伏,淹没了老师们的谆谆教诲声。当然由于体质不一,谁谁发热头疼也有先有后,身体强壮些的总是因为逞英雄在最后时刻才轰然倒下。那时候也没有看医生一说,有谁听说过头疼发热还要吃药打针?对针头的恐惧是一个方面,我们的父母不当回事是一个方面,更主要的是这样经不住来去的孩子可能一辈子都抬不起头来,他的弱不禁风势单力薄可能从小学到中学直至成人成家后都会在故乡到处流传。当然,真的爬不起来了,两天不来上学了,我们都会惦念他,老师会去看望他,当他的身影怯怯地出现在教室门口,连最严厉的老师也会放下光滑的教棍,露出笑容，走到他的面前，抚摸他的头，实际上是看他的鼻涕有多长，而台下的我们，会爆发出雷鸣般的掌声，以示欢迎，也趁机嬉闹一番。我要说的意思是，吃药打针比拖鼻涕更可怕，也正因为此，呼啦鼻涕的声音长年不断，它构成我对童年的最具乐感的回忆。

我们的小学没有固定之所。那是些草房子，随时随地可以扛到肩头上。每当我们的小学翻过河汊，穿过灌溉渠，行走在盛开着荠菜花的田野或者雪白的棉花地时，幸福的暖流就会充满我瘦小的身体。扛在肩头上的还有我们小学的牌子，没过几天学校迎门的墙壁上就会刷上石灰水，接着放射出万道光芒，伟大领袖毛主席亲切的脸庞和挥动的巨手让我们一进校门就豪情万丈。"好好学习，天天向上""团结紧张，严肃活泼"。坐在冰凉的水泥课桌后面，不时有麻雀和燕子穿梁而过，我们视而不见，不敢仰头，更不敢扭头。因为在没有玻璃的窗前，随时都有可能站着我们那个剪着齐耳短发的女校长；那个嘴角永远粘着一截烟屁股的大队支书；那个支着扁担，罩着凉帽，用衣角擦着汗脸的父亲！

"忘记过去，这就意味着背叛！"有一天，课上得好好的，老师突然莫名其妙地冒出这么一句。原来是窗口站着区里的文教助理。但我还是怔住了，或者说是被我们的老师镇住了。不是因为这句话与课本内容无关，而是我一点也不懂。后来我问我的堂哥。我的堂哥已经上六年级了，相当于现在的初一，并且他因为能打架而名气特大。但堂哥什么也没说，只是给我一脸的瞧不起，让我羞愧万分，尽管我还是不懂，但我对我们的语文老师佩服得五体投地。偏偏那年夏天，老师就调到区里去了。这句话的分量并没有因他的升迁而减弱，反而更为顽固地在我的身体里扎下根来。现在你该明白了，我对语文的兴趣就是从不懂开始的。四年级的时候，我在自己的作文里"大胆无耻"地引用了这么一句，就用在作文的开头与结尾！这一回，我们的小学老师全让我给镇住了。

"走你的路，让别人说去吧。"第一次听到这句话是在开学典礼上高一的一个女学生那里。那时我们的小学已经升格为"戴帽"农中。我几乎晕倒了，不是因为正午强烈的阳光，也不是因为她扎着新潮的马尾巴，完全是出于一种无比的敬仰。难道不是吗，我就喜欢自己走路，而且喜欢抄近路。

"世上本没有路，走的人多了，也便成了路！"我的小路铺在四月的麦田、五月的桑园，我的小路沿着温热的烟囱飞向月亮里的桂花树。"我要把有限的生命投入到无限的为人民服务之中去！"我一边行走，一边暗诵。这些闪光的语句不仅让一个不谙世事的少年泪流满面，而且让他感到了自己是那么强大和健壮。

剩下的事情很简单，小学毕业前夕，我到西场中学参加了区里组织的小学生作文竞赛。自然，我没有能够获奖，这件事的意义仅仅在于，我终于走出了村庄。黄昏时分，我坐在"嗵嗵嗵"的拖拉机上，远远望见槐树和烟雾中的村庄，我突然体验到了父亲脸上的那种庄严，因为现在我同他一样，做成了一个远行的夜归人，童年的诗篇也将从此出发，越拉越长。

在鸟儿的鸣叫中醒来

鸟儿栖居在雪松上，松树生长在花坛里，花坛就在家门口，我在鸟儿的鸣叫中醒来。我几乎是被它们吵醒的，那时候大抵天色未明，它们叫过之后很久，校园的起床铃才闹腾开，此时鸟儿寂然无语，仿佛早就飞走了，也仿若从未存在，但是有鸟巢为证。雪松上的鸟巢已有多年，自从那只向日葵大小的蜂巢被我们捣毁，鸟巢就像一只小巧精致的碗碟搁在树上。总以为这是鸟儿的美丽错误之一，可那对筑巢的鸟儿我行我素，它们住下来的同时，也开始了繁衍下一代的工作：总有一只飞出去，另一只蹲在巢里，鸟头朝东南，尾巴向西北。下班后，我爱看一看鸟巢，也想穿透树枝的缝隙溜一眼别样的天空：哦，伟大的鸟儿，它还是那个样子，它不动弹，也不能动弹，为了它的工作，它让我为之肃然，也为自己的懒散羞愧。

我们可以说鸟儿做这一切全部出于本能，也可以说鸟儿根本没有理智与情感，但我们很难做到这一点，哪怕是像一只鸟！据我所知，在南极，孵化的任务是由企鹅爸爸独自承担的：它娴熟地把蛋扒到脚背上，盖在它那肥硕温暖的肚皮之下，不吃不喝，任狂风劲吹，凭大雪狂扫，这样必须持续六十多天，当然在新生命诞生的过程中，企鹅妈妈也没闲着，或者说更为凶险：它的肚子里贮满了从海洋里捕来的食物，小企鹅张开小嘴的一刹那，就意味着母亲的工作开始了。想象一下这对抚养者的告别方式吧：他们行一个注目礼，或者触碰一番鸟喙，立即擦身而过，更多的时刻它们来不及告别——小企鹅在大声呼喊，而企鹅爸爸已是心力交瘁，他必须投奔海洋，凶险之地才是他的藏匿之所。

日复一日，我就这样在鸟儿的鸣叫中醒来，再也睡不着，鸟儿们却变得窃窃私语，或许是为吵醒了我而不安？我不太相信，我闻香知人，却听不懂鸟语，有时它们金蛇狂舞，是不是为我的不解而着急？我的思绪飞越了雪松，来到凄迷的二月，烟花的三月，桃花满天红的四月，菜花黄的五月……树上的鸟儿同样不知道这些，不知道它们影响着一个人的心情，它们的歌唱繁复而单纯，横梗在岁月的枝头，于是这棵雪松微微摇荡，松针轻轻坠落，肥了树下的沃土。秋天，儿子把吃过的枇杷核扔在树下，盖上松枝松针，他扔了十粒，长出八棵，园丁拔掉五棵，还剩三棵，这是他的命根根，他给它们浇水，还撒尿，在每棵茁苗旁边插上松枝，用红红绿绿的毛线缚住，"就不用担心它们倒下了"。春天的早晨，又总有一位退休的老太太来到树下，颤颤巍巍地刨些盆土养花种草，她轻手轻脚的又有什么用呢？树上的鸟儿还是惊醒了，它们对早起的老人很好奇，它们向她问好，这样，我也醒了，我聆听着刨土声就像观察一条春蚕在啃食桑叶，你知道：在刨土的音响和鸟儿的鸣叫中，我的心灵又一次超越我的身体，因为我从来不把雪松与鸟仅仅当作风景！

世界上什么最珍贵

放学了,把孩子接回了家。孩子一边做作业,一边问:"爸爸,世界上什么最珍贵?"我略一思索,说:"当然是心灵了。"孩子说:"不对,是生命。第一是生命,没有生命什么也不存在了。"我连说对对对。"第二是时间,时间过去了就没了,"孩子接着说,"第三才是钱,对不对?"我说:"不对。在钱与父母之间,你选择哪个?"孩子抬起头噢了一声。我继续说道:"没有父母的孩子,他怎么生活呢?得到表扬了没有人去鼓励他,受到委屈了没有人去安慰他,怎么办呢?"于是孩子又噢了一声:"那就是爱啰?生命第一,时间第二,爱第三。"我说:"对。"然后孩子又埋下了脑袋做作业。我想着孩子的话,我不知道他怎么会思考这样的问题,又怎么会得出这样的答案。孩子抬头了:"爸爸,你怎么走来走去的?"这又是我没注意到的。我说我在想,这是你们老师告诉你的吧,第三个是钱也是你们老师说的吧?孩子说,不是的,是我自己想的。我还是不信,说:"那一定是你们老师平时说了,你把它集中了一下吧?"孩子连声说不是的不是的，便不再理我，又埋下了头。

我们总是习惯于做孩子们的老师，而忽略了孩子自己的感知，每时每刻，孩子们都生活在自己的天地，这片天地其实是我们与孩子共享着的。其实我们完全不必吃惊于他们的思想和创造，应该吃惊的是我们的成长并不比孩子们快。因为一些固有的经验，我们正一天天地变得迟钝。

"你还在走？"孩子已经做好了作业，收着书本文具，抬头望望我，"爸爸，我想来想去，生命还不能排第一，最珍贵的应该是水，有了水才能有生命。"我连说对对对。"那么，水第一，生命第二，时间第三……"我也来了兴致，问道："那么在时间与爱之间，如果只有很长很长的时间，而没有爱，算个什么呢？"孩子跳下椅子："噢，应该是爱第三，时间第四。"

这倒使我很感动，孩子们喜欢认准他们的所爱，但是又是那么轻易地改变。这是对成人的一种信赖。可是反过来，如果一个孩子爱想试图说服我们，我们会越发的固执己见。因此吃饭的时候，我还在想着每天清晨，我迎着霞光送孩子上学，孩子在晨风中向我招手，我则久久地凝望着他的背影汇入人流车流，往往我能看到的只是他那越耸越高的书包。我爱送我的孩子，我也爱和他交流，但和他做这样的既轻松又严肃的言语交流却少而又少。我说："小子，我想起来了，最珍贵的还不是生命。"孩子迷惑地说："那是什么？"我说："最珍贵的，应该是像我这样，过好我们的每一天！"

孩子点了点头，不明不白的。从此以后，我再也不会要求他接受什么了，我再也不会让他一次性地想明白了。我只是在告诉他我的想法，延续着我们的交流。世界上最珍贵的是什么？也许明天，或者在今夜的梦中，孩子就会告诉我一个新答案。

声音的秘密

  人们活在世上的乐趣，除了渴望成功和获得成功的满足感之外，对未知世界的好奇，也成为生存的动力。每一个孩子都是从无法计数的"十万个为什么"开始成长的，童年的我也不例外：为什么磁铁能够吸引大头针，冰是怎么融化成水的，人字形的雁阵将飞向何方……在这一系列的疑问当中，"广播里面说话的人究竟躲在哪里呢"，多次使我成为兄弟姐妹们的笑料。
  我是那么痴迷于声音里的秘密，拆掉过不止两个广播喇叭，得到的是两块线圈环绕的磁铁和一堆杂碎，以致父亲不得不请村里的木匠，做了个木匣，把新买的广播喇叭锁到里面。但这并不能阻止我的探索和想象。我想象喇叭里的人都是些神通广大的人，他们想说就说，想唱就唱，他们像无形的种子把他们的所思所想，播撒在蓝天和大地上。
  少年时代，每天我都在《东方红》的晨曲中醒来，当我揉着眼睛，穿好衣服时，母亲已经给我做好早饭，我一边吃着，一边听着"新闻和报纸摘要"。最记得的是高中阶段，起得更早了。我走在漆黑的路上，田野里只有不知名的鸟在叫，偶尔会有一只小动物蹿过前方的小路，风吹草动，都让我胆战心惊。这时候，电线杆上的喇叭唱起了《红星照我去战斗》，唱起了《妹妹找哥泪花流》，唱起了《在那桃花盛开的地方》，唱起了《祝酒歌》。于是我也跟着哼起来，给自己壮胆。我越唱越响亮，越唱步子迈得越大。在歌声中，我觉得浑身有了使不完的劲，朝霞满天红，学校的轮廓越来越清晰了，我觉得我在追赶我自己。

印象最深的是电影《今夜星光灿烂》的主题曲，可惜不记得歌名了，声音的力量却让我体验到了人间的忧伤和悲壮。

漫长的梅雨季节，出不得门，手头的小人书都翻烂了，唯一能做的就是仰着脸等待，等待房梁上的木匣子响起来，给我带来外面世界的消息。当"广播来了"的时候，我哪里也不会去。我听过完整的广播剧《第二次握手》，听过整本的评书《岳飞传》。广播让我知道了陈景润、林彪叛逃了、恢复高考了、马岛战争、香港快回归了……

有时候家里来客，父亲要和客人说话，嫌广播吵闹，会让我拔掉地线。我很不情愿地拔了一会儿，又插到地缝里。父亲就叫我二哥来拔。后来，我不经意地发现，把地线插到墙缝里，干燥的石灰，会让声音变小，变轻，变成窃窃私语，若有若无，既不影响大人们的谈话，又让我的内心变得安宁，我几乎生活在一个童话王国。就是现在，我听音乐时，总是喜欢把声音调至低得不能再低的限度，像耳语，如梦呓，只有如此，我才感到独享的快意，似乎这样的天籁之音真的是为我一人所传播，也为我一人所霸占的。

夏天，一场雷雨之后，广播总是会中断。不晓得哪里的线路又被击中了。没声音的日子是黑暗的，也是痛苦的。我不知道时间,不知道地球在运行,不知道世界的变化,只能无望地站在村口的柳树下,把迷乱的目光投向苍茫的虚空。

第一次走进演播室的心情是紧张的,也是奇特的。那是一处不大的空间,三面是墙,一面是巨大的玻璃,外面的人能看见我们,却听不到我们的声音。演播之前,主持人耐心引导我,让我放松些,可开始之后,我还是经历了长时间的冷场,好不容易开口了,又显得语无伦次、结结巴巴。我不再是平时那个我了。

跌跌绊绊,总算把预设的问题都说完了,我们都长吁一口气。活泼的女主持安慰我,不是直播,没关系的。又问我,演播时到底在想什么。我说我在想我到底说了些什么,我的声音到底会变成什么样子。

这是一次糟糕的经历,事情搞砸了,意义却非同寻常。那天傍晚,我拉着我的表姐听广播。我听到了我的声音,我看到表姐和母亲疑惑而惊奇的表情。于我而言,喇叭里的声音终于通过这样一种方式解密了,仿佛本次列车到点,但是却花了与我的年岁等同的光阴。

第二辑　地点篇

小县城

阔别已久。1989年，我回到小县城，再也没有离开。此前，我待在另一个小县城，长江边上。我这辈子，注定要打上小县城的胎记。

县城并不小。过去它只有一条石板街，一条人民路主干道，汽车站所在的那条江海路就算是边远的了。如今，石板街早就湮没了，道路却越辟越多，也越来越宽广。现在，已经号称五环、六环了，而且还有蔓延的迹象。

我住长江路。2000年，我搬进长江路上的这幢房子，一住十五年。估计会住到死，如果它不被拆掉的话。新汽车站在我家桥东边，政府大楼在我家转盘西首。长江路如今是名副其实的最热闹的主干道。我静静地看着别人的热闹。

小县城有两个地标性建筑。一个七战七捷纪念碑，世界上最长的刺刀。一个网上风传的"土豪金"，金砖状的五星级酒店。如果你要认识我，我就住在那个拥有"土豪金"的小县城，我家就在刺刀东隔壁。刺刀给我带来了安全感，"土豪金"使这个小县城区别于其他的小县城。我为之自豪，也衷心感谢。我从长江边上，来到长江路上，完全是两码事。

我总是在鸟儿的鸣叫中醒来，或者入眠。打情骂俏的鸟儿们，啁啁啾啾，絮絮喁喁。它们清脆而热烈，缠绵而奔放。但是决定我苏醒或者入睡的决不是鸟儿，也不是时钟，而是这一天我是不是想了一件事，或者做了一件事。

老城区有条曙光路，在江海路与人民路之间。人们现在只知道安达步行街，或者安达公馆，没人再提曙光路了。但我怎么可能忘了呢。糖果厂和它的门市就在这条路上，关键是扒耳朵的人也在这条路上，这是我的必经之地。我总是先扒耳朵，再去门市买些方饼、麻饼、麻花、油糕带回去。我非常怀念那个扒耳朵的人。每个黄昏，他的木头椅子总是摆放在农机公司的铁门外侧，面对曙光路，面对着飞扬的尘土。他倚在墙根儿，或者椅子靠在背上，仿佛在等待他的同伴来唱一出双簧。他的客人很多，士农工商官兵都有，经常要排队，想扒耳朵的人都很懂礼貌守规矩。他有一整套的竹制工具，镊子、夹子、铲子、勺子、毛刷子，都是竹子削的，就像新娘的梳妆盒。他总是那么热情而卖力。第一次坐到椅子上，我有些心惊肉跳，生怕他一不小心，会捅破我的耳膜。他漫不经心在和你聊天，弯弯绕地问长问短，你正要思索回答的当儿，他已经举着耳勺送到你的鼻端。耳勺上面，挑着黄灿灿的耳屎，好像揉皱的金叶。你几乎没有意识到，耳朵已经扒好。你神清气爽，耳聪目明。你问多少钱，他说随便给。我不敢想他，一想耳朵就着痒。我一直在寻找那个扒耳朵的人，我已经十几年没有看见他了，他在不在人世也未可知，但我一直没有放弃找到他的打算。我逢人便打听，人们要么摇摇头，要么嗤笑我。

种种迹象表明，我住在苏中房价最高的小县城。比邻近的小县城都高,甚至超过苏北的盐城、连云港、徐州等地级市。这是为什么呢?

每个年代都有自己独有的坐标。我对小县城的原初印象,是东方红灯塔,也叫八角亭儿。它矗立在人民路和宁海路交叉口的路中央,这里人流如潮。它的西北角是百货公司,东北角是工人电影院,南面是中楹桥,西南角是竹器商店,东南角是什么店,我已经记不清了。总之,我们这些乡下孩子,提起小县城,总绕不开东方红灯塔。它曾经是我们一生的向往,当我们长大后,它已经不见了。

对于小县城,我记忆最深的是来看戏。那一年估计我不到十岁,我是坐姨兄的脚踏车来的。本来没我什么事儿,姨兄想约他的对象,他对象和我们一个生产队。可他丈人不同意姑娘没过门就出来。一路上,姨兄骂骂咧咧气哼哼的。那次看的是淮剧《铡美案》。除了包拯出场和陈世美被铡,我的眼睛一直盯着舞台两侧的滚动字幕。回家的时候,一块碎砖让我们结结实实地从车架上摔到柏油马路上。

第一次在小县城住宿,已经是毕业高考的事了,那时候高考得先通过预考。我一共住过三次,每次都住在河北招待所的大舞台临时安置的铁架床上。我就读的学校是戴帽子的高中,没资格住宾馆。台上插着十面五星红旗,紧紧包围着国徽、党旗。住在这里,吃饭方便多了。吃饱了,我们就学着电影里的革命者,举起拳头,向党宣誓。老师一来,我们就躲进蚊帐。我一直觉得,少年时吃得最好的伙食就是在高考期间。现在想来,我还能闻到那种红烧肉烧大萝卜的香。

灯塔没有了,很快被石板街所取代。如同记忆,遗忘也是人的天性。记忆让我们衰朽,遗忘又让我们变得更加冷漠。我想渡过遗忘的海洋,却总是不由自主地游到记忆的彼岸。多少个白昼和夜晚，我踟蹰在小街上，不知是为了加速遗忘，还是为了强化未来的追忆。二十世纪九十年代，费振钟、汪政、毕飞宇来看我，我带他们来到石板街。我觉得小县城里也只有石板街拿得出手了。就是在拆迁的日子，我也多次徜徉在废墟里，仿佛是在缅怀，或者哀悼。

雨下了一整天，淋漓尽致。上午，我趁雨停的间隙，带着毛毛下楼。谁知刚露头，雨点便砸了下来。我抱着毛毛一路狂奔，躲到泰宁装饰城。雨又歇了，但依然是一现身便给淋湿。毛毛比我跑得还快，我感觉到了它的欢乐，在雨中。夏天的豪雨，能够激发人的豪情。就像夜间的世界杯足球赛，不一样的人生，去找到一样的体验。

老通扬运河贯穿县城里的三座桥：西楹桥、中楹桥、东楹桥。区别于方位，名字一样，桥的姿态也一样，仿佛来自于资丰批发市场。但是这条河并不造就自成一体的水系，穿过了也就穿过了。不像南通，有濠河，也不像泰州，有凤城河。曾经的"三塘""白鹭""凤山"止步于传说。倒是新疏浚的两条南北向的小河，带走廊，供游人蹓跶。河是死河，倒也有游鱼。一下大雨，河水猛涨，鱼儿们便肚皮朝上了。早晨我牵着毛毛遛弯时，发现永宁桥边，有两个人在垂钓。一个中年妇女，一个戴帽子的小青年。年轻人不时转动帽子的鸭舌，抖动鱼线，但是他的目光始终紧盯着河边。由此我得出结论，只有钓鱼的男人才不会东张西望，留心桥上的少妇美女。

去年春天，母亲走了。母亲去世后的大半年来，我日日夜夜奔波在连接县城与乡下的路上。报丧，迎客，做法事。每个祭日都要到场。我得安慰年迈父亲的焦躁，我得排解兄弟姐妹的分歧。有时候我不得不大发雷霆。我完全掺入了滚滚红尘。这是生活最平庸也最庄严的时刻，与地域与自我无关。经历了岳父和母亲的相继离世，我自认对生死可以看得很淡了。他们不过是先走了一步。我不怕死，怕的是弥留之际的疼，怕的是半死不活，怕的是神志不清，怕的是给别人添麻烦。我想，经历了这短暂的一生，死的时候，我应该安静，并且骄傲，尽快地吐出最后一丝气息。

今年有点乱。住在小县城，像只井底之蛙，但我同样知道有人出轨了、有人吸毒了、有人劈腿了、有人嫖娼了、有人落网了。我看到一个又一个杰出的不杰出的头脑毁于疯狂。

《2013年中国中小城市绿皮书》公布了年度全国中小城市综合实力百强县市。小县城列于第33位。这让我自豪，更感到狐疑，因为我原来待过的那个江边小县城经济总量更厉害，却榜上无名。微信上的朋友解答说：人家根本不在乎！

小县城最鲜最有名的美味是河豚。最响亮的文化品牌是花鼓。多次进京献演，还参加过北京奥运会的开幕式。我个人认为，能够代表小县城非物质文化遗产的，应该还是丁家龙舞。

我站在阳台上眺望，向左可以看到二十一层，向右可以看到二十八层。开始我并不习惯这种以楼层来代替店名的叫法，但是酒店的主人和招牌经常更迭，我才觉得，还是这样称呼省事儿。比如"土豪金"，虽然我在阳台上看不到它，也不知道它的正式称名是什么，但所有的人都知道"土豪金"是什么，在什么地方。复杂问题简单化，是县城意识的一大特色。

暑期，我所在的这幢楼上经常飘浮着钢琴声。怯怯的，犹豫不决的，还有些生硬，像一只练习捕食的啄木鸟。我想象弹琴的一定是个初学者，初学者一定是个小姑娘，扎着两支朝天的羊角辫。有时候，也会传来她母亲示范性的琴音。流畅，完整，也夹带着一丝丝的得意和不耐烦。我固执地认为，小姑娘的琴声是我能感受到的夏天最清凉的微风。

书房靠北，有时候我也趴在书房的窗口张望。左前侧刺刀后面，是一所社区小学，只有几个班。我看到孩子们在操场上运动，集会，演讲，举行升旗仪式。有一次，我意外地看到一个我认识的童话女作家，从江南来到这所小学，在操场上给孩子们做讲座。这可能是县城里唯一的一所社区小学了，单轨，六个年级也就六个班级。我羡慕孩子们，他们可以自由自在地走在路上，无需步伐匆匆。他们可以有自己的小伙伴，边走边聊。他们真的像一群叽叽喳喳的麻雀。在这里读书的孩子们是幸运的。因为快乐、轻松，他们拥有了一个值得追忆的童年。

我是谁？我既是小县城的旁观者，也是幸存者。我以旁观者的姿态考察幸存者，也以幸存者的身份询问旁观者。

活在小县城，绝对绕不开魏建功。你可以不知道魏建功，但你一定是伴随《新华字典》长大的。很不巧的是，那就是魏老先生编著的。首选魏老，是因为他出生在西场。西场不仅仅养出了搞评论的汪政、吴义勤，搞小说的鲁羊，写诗的小海，也曾是我所在乡镇的区公所。我第一次出门远行，是在小学六年级，到西场中学参加小学生作文比赛。现在我还经常去西场走走。西场中学撤并了，只留存着大门上文物般的校名。

书写魏建功的勇气来自于我对国产传记一直不满意，中国的传记文学不是在还原人物，而是在虚拟人物。传记书写者们总是一厢情愿地觉得，能够立传的人，应该是值得歌颂的人。这些被歌颂的人根本没有七情六欲，他们是些被抽空的人。不过，我也担心力有未逮，我怕做功课。传记文学同样需要行走，访问，田野式的调查。

雨是夏天的主打曲。也只有在小县城，几乎每一个清晨，都会下一场雨。我必须赶在下雨之前，牵着毛毛出去。甚至在黄昏，我也得做好准备。黄昏的太阳雨，天空越下越明亮，就是没了彩虹。

遥远的澳洲,一条四米长的大白鲨因吞食海狮窒息而死。很多人看到它沿着海岸线,来回折腾了两个多小时。报道提供了大量现场图片,大白鲨显得极为痛苦,令人为之惋惜甚至心疼。然而,同样窒息而死的还有横梗于大白鲨食管里的强壮海狮。我们看不见它的痛苦与挣扎,于是自动忽略了为之心碎的黯然神伤。

昨晚喝酒,谈得最多的是马航被击落的飞机。298人全部丧生。凶手到底是谁,推来敲去,没有结果。一个女孩微笑着说,我还以为这架飞机,就是那架失联飞机呢。一个中年女人笑着接口道,我也以为是的呢。她们为什么都这么"以为"?现在想来,她们更不应该"笑着"说。那么,她们"以为"时,应该沉痛万分吗。笑,并不代表她们的道德倾向就有问题,也不能说明她们麻木了。我相信,她们当时的笑,只是渴望交流的附饰信号。那我怎么还越想越不舒服呢。

我爱小县城,不仅仅因为给我提供了存活的居所,而且让我有了沉思默想的僻静之地。我爱它的长处,也爱它的短处。我是地地道道的小县城人。

当我老了,我要追着每个人说话(表明我有川流不息的记忆和层出不穷的想法)。当我老了,我不要和任何人说话(我不想别人敷衍我厌烦我)。当我老了,我要对着镜子里的那个老人说话(我要告诉他),你很年轻,你有使不完的劲。现在(我不年轻了,也还不算老),我要么和毛毛说话,要么和我的故事里的人说话,要不,干脆就对着泰宁桥下水中的倒影说话吧。其实我想说的是,从现在起,我要跟所有的人保持距离。

和毛毛整天蛰伏在书房里,我就像一个速冻在冰柜里的人。打开房门,热浪滚滚,毛毛隔着门缝张望着。也许在它的眼中,我就是一支一时半会融化不开的雪糕吧。

"太阳最红，毛主席最亲——"每当窗外传来这支曲子，我就知道，小县城的洒水车又开始工作了。我一天至少能听到两次。

我为什么不读书怕读书呢？如果一本书，语言、故事不诱人，又缺失真挚的情感或思考，我自然读不下去。如果一本书，语言典雅，故事有趣，情感动人，思考深邃，我又会很快沉迷于其中，被它俘获，且尝试作出各式各样的模仿，这才是我最大的恐惧。

自我修正：里下河并不是一条河。里河（里运河）与下河（串场河）之间的锅底洼，形成了里下河地区或里下河平原，简称里下河。下河与流经小县城的老通扬运河相汇，所以小县城也算沾了一点里下河区域的边边。感谢小县城，它让我也有幸成了里下河文学流派的作家。

每天，我会收到一份有关小县城的手机报。若有重大决策会议召开，或者大人物下基层，还会出一份号外。我很珍视这特别的馈赠。我对小县城的了解，大都来自手机报。我尤其记得那些熟悉的人，他们高升了，他们进去了，他们跳楼了。高升的人经常会碰到，进去了的人从此不见踪影，好像他们已经离开了人世。倒是跳楼的人经常被人说起。小县城，绝不意味着也无风雨也无晴。

看完丹麦电影《长椅》。所有的艺术家似乎都喜欢灰色人生的故事。所有的灰色故事都是写给我们自己看的，读者和观众不喜欢。他们喜欢喜剧，或者大团圆。但是看完喜剧或大团圆他们又会哈哈一笑，然后说"也不怎么样嘛"，或者说"太假了"。这说明再普通的人群也明白，灰色是生活的主调，只是他们没有勇气承认罢了。物质生活的优劣并不能增减生活本身与之而来的不同层级的问题与困境。《灰姑娘》本来也是个灰色故事,所幸她遇到了王子,王子又爱上了她,所以最终它只能作为童话故事来阅读和宽慰自我。灰姑娘是个幸运儿,就像王子只有一两个。然而灰色人生并不等同于自暴自弃,灰色的人也可以奋斗,奋斗与挣扎的结果仍然呈现出灰色,贯穿始终的灰色是我们存在的唯一理由,也才诞生出伟大的《老人与海》。只有从心底里认可了生命的灰色主题,我们才能真正体悟到福克纳所说的"人生就是苦熬"。在《长椅》里,男主人公一生都存活在底层,存活于随时可能崩溃的边缘。他甚至无力抚养女儿,和一个流浪汉差不多。有一天,他发现搬来的邻居正是他失散的女儿时,欣喜异常,操起他放下多年的手艺,为女儿和外孙做了满满一桌菜。可是女儿不认他,恨他的抛弃。他再次陷入绝望与悲伤的境地。女儿因为家暴住院,请求他帮助照看孩子时,他才明白,他还是有用的。女儿再也找不到能帮助她的人了。他费尽心力,终于把孩子交还到出院的女儿手中,他的生命也耗尽了。我尤其喜欢电影的结尾,女儿痛哭呜咽之后,带着儿子坚定地重新上路。她相信,总有一天,他们会和父亲在世界尽头团聚。

对于写作者而言,最痛苦的并非书写时的焦灼与起伏,而是书写后的惆怅与恐慌。前者充实,后者绝望。他面临的是写作何时再次成为他可能的有意味的生活方式。

阅读叶芝:我尽可能精确地讲述这些事情,不用任何理论来模糊回忆。理论大都贫乏无味,我早已抛弃了它们中的许多。比起所有理论,我更喜欢听到象牙之门在铰链上转动的声音,也相信只有穿过撒满玫瑰的门槛的人,方能窥到远方牛角之门的幽幽光亮。(《凯尔特的薄暮》)

晚餐后驱车三角洲公园,带着毛毛散步。公园很大,有着无数的出入口。园中新建了一座桥。夜晚的"揽翠桥"是蓝色的,好像动漫中的道具,倒映河中,又仿佛布景。空气清新,道路绵延,人与狗在里面兜圈圈,孩子们骑着小巧的自行车在里面嬉闹。我很高兴小城人终于有了个好去处,也乐于把它介绍给远方的朋友。

走到僻静处,一对中年夫妇与我们擦肩而过。原路返回时,见中年女人正在抽给树撑腰的竹篙,中年男人制止,女的继续。那竹篙结实,粗,长,的确值得一抽,但她实在不应该抽。我在后面问,你拿这个干吗。她握着竹篙走了几步,才回头看了我一下,没有吱声。她为啥不吱声呢,我已经做好了责问她的一切准备,可惜她不鸟我。前面就是岔路口,男的往西,女的瞅瞅他,说你走那边,我就走这边。也许中年男人有些难为情,不想与握着竹篙的女人同行。但我更佩服女人,那样子听上去倒像是她不想与男人为伍。得到了一支巨大的竹篙,男人与女人今晚很开心吗。因为给人发现了,男人也许还会抱怨她,也许不再啰嗦,估计至少没有兴趣和她过性生活了。女人呢,开心也打了些折扣,也许她压根不管开心不开心,她考虑的是竹篙的用途。也许,她还会嘟嘟瑟瑟地嘲弄男人,咒骂男人……

我不得不再次强调,小县城其实并不小。恰恰相反,它显得大而无当。它没有过渡与缓冲,失去了城镇和乡村的边界,更没有小城镇固有的轮廓。这样的不伦不类,让我一出门,就茫然不知身处何方。安置房,农庄,生态园,创新园区,林立的商品房,不断地挤轧着我们的身体和天空。我听说南面新建了一个人民广场,跑过去一看,哪有呵,不过是中坝路与黄海大道的交叉十字路口。一旦我确认离开了县城,可是高速公路的绿化带,比之城里,更加郁郁葱葱姹紫嫣红。

小县城,小地方,意味着小眼光,也就是县城意识。我常常扪心自问：那么，我有着什么样的眼光呢，我到底算不算县城里的人呢。我的朋友们大多来自机关。偶有企业高管，另有一些个体小老板，自由职业者，属于新的社会阶层，我本人也被拉进了"新的社会阶层联谊会"。在"新联会"里，我属于可有可无的人。这正好方便我观察他们，而他们并不知晓我。我的朋友们都出言谨慎，偶然张扬便觉刺耳。对于上面来的人，他们如临大敌，走进乡村，他们又居高临下。县城意识是比较封闭和小气的意识，不过现在情况有所好转。乡镇合并后，管辖区域越来越大，乡镇的头头脑脑如同鸽群，早晨下乡，晚上回城，谁也不比谁差多少了。但怀有县城意识的人，说话比较肯定和绝对，自信满满，没有回旋余地。怀有县城意识的人认为，他看到了事物的本质，一针见血。我最烦的是他们过于强调现在的工作不好做，尤其是拆迁工作。有些领导甚至言必称刁民，忘记了他们正是从刁民中脱颖而出的，他们仍然是刁民中的一分子。县城意识的这种局限必须走出县城才能化解。

我买了两张往返火车票，去北戴河度假。目的是检测一下，我是否会想念小县城。因为毛毛不便携带，最终我还是选择了驾车过去。结果发现，我一点都没想。早晨之外，每天晚餐后，我都会拉着毛毛，漫步海边。波浪翻涌，扑上沙滩，毛毛会很惊慌也很灵巧地躲开。不断接到朋友们的来电，邀请我参加聚会。我说我在外地，来电来信又变成了催问我何时归来。可我喜欢海，喜欢海风，喜欢月色下海面的点点微光，喜欢欣赏踏浪而归的少女们。光着脚，陷在柔软而富有质感的沙子里，感到很实在。暮色四合，坐在礁石上，远方的海仿佛凝固的冰，溅飞的浪花却舔着脚丫，这种感觉也很梦幻。我希望一直这样坐下去，也坐成一块不起眼的礁石。倒是毛毛率先开始反常了，它不吃不喝也不拉。从网上搜到最近的宠物诊所，带它去打了两天针，就是不见效，它动也不想动了。接着，妻子的脸上、脖颈处出现了大面积的红疹。无奈之下，我们只得提前打道回府。左赶右赶，车子一进本省境内的服务区，毛毛就醒了，来精神了。

"你是我的小呀小苹果儿，怎么爱你都不嫌多……"，每次外出闲逛，商场、菜市场、鞋摊上、专业做防水的小面包车上、骑木马射飞镖的孩子嘴里，乃至电视上的明星们，无论何时何地，都传唱着这支歌曲，让你走投无路。我眩晕、我恶心。听音辨字，回家上网一查，原来是新的神曲《小苹果》。看来我很落后，我是个老顽固。这就对了嘛。所谓神曲，就是火火火。所谓神曲，也是添堵，哪怕你跑到瓦尔登湖。更为可悲的是，换鞋的时候，碰杯的时候，握着莲蓬头冲澡的时候，我的嘴里同样会不知不觉地哼起来："你是我的小呀小……"

下午驱车七星湖。秋风徐来，秋水微澜。蜿蜒而起伏的草地上，东一处、西一处，簇拥着好几对拍婚纱照的女孩子。混沌的大脑，混沌的心情也一扫而空。虽是人工小湖，还是给你带来了辽阔。这就是独处的意义，它让你瞬间拥有一个人的安静，两个人的敏感，三个人的丰富。

秋雨绵绵，我又看到了那个从前的同事。环绕着"世界上最长的刺刀"，他逆向跑步，我正向遛狗。他没招呼我，我也没招呼他。我喜欢这样的颇为自我的专注，也庆幸他没戴眼镜，否则真的免不了客套寒暄。当然，也有可能他假装看不见我，我就是那样假装看不到他的。至少他让我短暂性地回到了从前。那么，如果卫星拍照，我们俩谁的存在感更强呢。我想他的可能性更大吧。他始终穿一条黑红色的条纹短裤，白背心，用不紧不慢的步伐和一个个雾蒙蒙的早晨，跑过了这个夏天。逆向、单调、不紧不慢，这似乎就是他一生的写真。他就这一套装备吗,他的这套装备从不换洗吗?(如果他有两套同样的装备,那就是他在固执地坚持着这种单调。)其实这并不重要,就像在雨中唱歌、作业的洒水车一样无关紧要。但有时候想一些无意义的事,事情本身就变得有趣,有了些意思。

我为何写作?这是一个"千百次的问"。我写作,是想找到工作之外有兴趣做的事情。发现自己还可以做、可能做,兴趣就更为浓厚了。写作锤炼了我的心智与经验,让我的梦想一次次实现了精彩的穿越与重生。自此,写作成为我的工作,我和我的生活以及我周围的一切,与写作都达成了美妙的镶嵌。

这个中秋之夜,她在伊犁,他在上海。只有我待在小县城,毛毛盯着我,目不转睛。所以这个中秋之夜,但愿客居他乡的你们和我一样,坚锐如弯刀,孤独似满月。

那天晚上,酒后到家,给儿子打电话,一直没打通。第二天早晨,宿醉的头还晕乎乎的。上午九点半,我下定决心,驱车离开了小县城,直扑上海。三个小时后,我到达他的校门口。保安照例上来盘查,一眼瞅到了窝在副驾驶座上的毛毛,连忙挥手不让进。怎么也说不通,我只得倒车,与一辆急着进门的小车相擦。我们决定私了。我让他出个价,他说是进口车,要我给七百。我还价四百,他不同意。他说没时间和我耗,他要去踢球。那就只能公了了。我们互相留了手机号,互相给对方的车拍了照。待他走后,我先给保险公司报了案,然后拨通110。就这样,来自小县城的我,和大上海终于有了一次亲密接触。回想起这件事,我发现自己没有任何的郁闷,反而有些沾沾自喜。因为我终于有了第一次报警110的经历,报警时我没有任何害怕和不安,交警和民警到场后都显得极为友好,还给我留下了就近派出所的电话和地址。

一段时间,我迷恋于语词梳理。对词语的偏爱,常常让我驻足良久，追溯其本源，这使我对生活有了些迫切的新鲜感。

仿真造假的善意说法。必须原先是副词，现在是动词。供调侃之用的口头禅。前提是，你必须了解和感应事情的前前后后。

毛毛　咱们家的小狗。

美女　美国女人的缩称。昨晚的77届学生中，就有这样一个移民美国的女博士。她生了7个孩子，她回来看望病中的母亲，她的母亲只知她有六个。最大的26岁读博，最小的三岁半。我不知道怎样理解，也不知道如何形容她。只知道她是在座的女人中，最最美丽的。她长长的头发乌黑油亮，如漆。

行刑人　如果行刑人是一个年轻的女人，你会怎么想。如果行刑人是一个时尚女郎，你会怎么想。在咖啡馆，我就碰到了这么一位。知道她是个法警后，我尽可能地在她的身上找到行刑者的印迹。我觉得她的脸色有些灰，她裸露的膀子很黄很暴力。她递来爆米花，我对她说，像她这样的美女，我只能敬而远之。座中人都认为，这是我最明智的选择。

先锋　一切原创皆先锋。先锋不现实，先锋真实。先锋行走在歧路上。先锋是一种气质。先锋触及的是你的心脏。高山仰止，是先锋不得不付出的代价。这也使得先锋活化为最永久的传说。

七月三十　农历或阴历。所有的日历上都找不到对这个日子的命名，却是民间实实在在的鬼节，祭奠那些流浪的灵魂。于是女工们纷纷送上申请："今天是鬼节，怕鬼，不加班"或"鬼节，不加班"或"怕鬼"或"今天鬼节"。厂长愤怒得冷笑："不加班？既是节日，怎么没有成为法定假日？哼，念你们初犯，奖金就不扣你们的了，都给我干活去。"

阁楼　住在阁楼里，让你拥有了一间属于自己的房间，看得见风景,且一览众山小。阁楼往往无人问津,貌似尘封的通天塔。阁楼坚固,自闭。阁楼很小,但是有容乃大。阁楼里的生活是云上的日子,因为始终要面对自我和形而上,所以又玄妙又踏实。

感谢　最易于表达的一种方式。一个人取得成功的时候,总是感谢他人的帮助,忘了感谢自己;一个人获得利益的时候,总是感谢自己的机巧,忘了感谢他人。

知识分子　那时还在学校教书。有一次和教务员发生了争吵,互不相让。末了我说,我是知识分子,懒得理你。教务员盯着我,突然笑岔了气。且逢人便说,这小子竟然自称知识分子。若干年后,我再次遇见已经升任后勤主任的教务员。他对我一脸的尊重,令我很不自然。其实我是多么希望他嘲笑我,再嘲笑一下所谓的知识分子呵。

姥姥　这个词有两种读法,读快了就是甜腻的发嗲,读慢了就成了骂人。

破坏　说到破坏,它应该是衡量艺术作品好歹的标准之一。

革命　破坏的另一说法,多褒义。

破灭　自杀式的奋斗,意味着玉石俱焚。

童年　童年是另一个行将消失的记忆。童年时代总有一个自由自在的井中男孩。他的头上有一块或几块癞疤。他的鞋子总是右脚先破,怯怯地探出他的小趾。他喜欢把手指头含在嘴里,痴痴地看天看地、看送信的人、看蚂蚁搬家。童年是去逮知了,或者拿着竹竿够打人家的枣子、梨子。童年是一路狂奔。生如夏花,就是有过童年的感觉。失去童年的人,等于掐断了想象的源头。

属于自己的生活都应该是慢生活。诗人说:不要着急,转一圈,那道菜就是你的。小县城的生活就是慢生活。然而对于一个写作者来说，过慢的叙述会干扰写作的节奏，使之一而再再而三地停顿、迟滞下来，让你松懈、兴致索然。

另一段时间，我又坠入奇异的梦境。奇异在于，在梦境中，我如鱼得水。我似乎成了一个集梦爱好者，《石板街》其实也来自我的一个梦。梦思灵感归，还是有点道理的。

梦境和梦想应该是不一样的吧。梦想虚幻的成分多，梦境则是现实的一部分，是突然的自我之一种。昨天晚上，儿子练完跆拳道回来，告诉我在四楼碰到了一只狗，就坐在楼梯口。为了证明那只狗很漂亮，他还拿出一盒狗用的灭虫宁滴剂，说就和盒子上的狗一个模样。我信，问他怎么不带回来。过了不久，妻子回家了。那条狗跟了进来，梅花鹿一样可爱。他们喊我去看。那家伙在我们家大摇大摆的，各个房间都去张望一番，临了，还在厨房与客厅之间撒了一泡尿。不久，我又查看到，茶几腿上也有它的痕迹。我说弄点吃的给它吧。已经给它吃了。那就再弄点，然后请它走人。妻子一脸兴奋，悄悄地对我说，你想呵，一条狗，一条这么可爱的狗，能爬到六楼上来，赖在我家不想走，这说明什么。说明什么呢。这是好运呵。好运也不能留，我边说，边从毛毛的碟子里给了它两块肉，它摇着尾巴——笑纳，惹得毛毛很不高兴，呜呜呜的，赶紧窝在碟子边上吃起来。毛毛吃食一向随心所欲，现在有了个掠食者，直吃得它肚子圆鼓鼓的。妻子说，你也看到了吧，多了一条狗，毛毛有了个伴，吃也吃得香了。我说那也不行，你现在一身热情，到了明天，就成了我的任务了，除非你辞职。于是我们把它往门外赶，这家伙就是不想走。没办法，我只得狠下心来，拖它，谁知它就像章鱼一样，吸在地上。最后，我只得把它抱了出去。儿子的约定是，如果三个小时后，它还在门外，那我们就养它。我说，还是放长远些吧，如果明早它还在门外，我就接受它。

其间，毛毛不时跑到防盗门边，贴着耳朵，嗅着鼻子。这小子既嫉妒又盼望这个闯入者。妻子开了两次门。最后一次是夜里十一点多，她一开门，狗头便伸了进来，慌得她赶紧关门说，你好好待着吧。为了不吓到对门邻居，我又叫妻子敲开了对门，告诉他们不要害怕，这是一个不速之客。大家都觉得奇怪。这天夜间，我们时睡时醒，总觉得心里搁置了一件事。我们是不是太残忍了！谁也没说破，但恐怕都是这样想的。今天一早，妻子就开了门：那条狗不见了。端的是不知它从何处来，又到何处去了。失望是必然的，庆幸也是当然的。我安慰她和儿子，如果它记得我们，它还会来的。不会了，再也不会来了，妻子说，这条狗一定是因为台风暴雨迷了路，人家上门，你们不收留，还想着好事儿！

如果说回忆是思想的保育员，那么悲伤则是思想的制造者。

眼泪不仅有味道，而且有色彩；时光不仅消磨人，而且培育人。

日本之行印象记：扶桑、辐射、川端康成、清兵卫与葫芦、黑泽明、性的人间、东山魁夷、辻井乔、黑井千次、浅草、我在美丽的日本、松下裤代子、罗生门、源氏物语、裸女物语（我的一个中篇小说）、望乡、山本五十六、厨房、茶道、插花、鞠躬、米西、八格牙鲁、和服、AV女优、高仓健、浮世绘、三文鱼、人性的证明、西村寿行、动漫、一休的聪明、芥之龙、珍珠岛、北海道、樱花、富士山、鲁迅、藤野、苍井空、饭岛爱、鉴真和尚、清酒、徐福、寿司、丰田、雪国、轻骑兵、禅、俳句、德川家康、武士、忍者龟、宪兵、大阪和长崎、屠城南京⋯⋯

早晨接到亮弟的电话，说节日期间很忙，五月四日，成一大师的遗体将回到故乡，在孙庄宝月禅寺火化，同日，泰州光孝律寺将举行荼毗赞颂典礼，五日，又是孙庄传统庙会，他要做不少准备工作。成一大师圆寂之时，我正和县城宣传部的朋友在泰州喝酒，还是听凤城河管委会的良君提到的。我没想到的，和星云大师齐名的成一大师同样来自小县城，而且缸葬之后，还回故乡的小庙火化。故乡的意义再次得到了彰显。又想起喝酒时，良君曾经提及，小县城还有一位大画家谭祖文，做过吴昌硕的家庭教师。我们竟然一无所知，不免汗颜。良君还说，如果你们不重视，他准备想办法，把这个大画家变成泰州人，作为旅游资源，宣传光大，反正小县城之前也从属过泰州。天，我的故乡，不知还有多少个被淹没的英雄豪杰。傍晚，一辆车过来，接我去墩头的虬泓山庄。陈君给我打开车门，问我是什么车。干嘛，不就是一辆越野车嘛。人家可是宝马哦。那又咋的。小县城是越来越庞大了，我们竟然要从胡集取道北上，不过路很好走，二十多分钟就到了。从没想过，晚上也能去那吃饭。漫步在乡野，天南海北的，倒是有趣。饭是在船上吃的，酒后出来，独立小桥，看星星，听蛙鸣，还撒了泡尿，风穿衣袖，不亦快哉！

一个多月前，同学会就开始张罗了。聚会安排在毗邻的小县城进行。那天下午，我早早到达，才知，应到二十人，只来了十一人。有的照顾孩子，有的率团考察，有的躺在病床上，还有的要服侍病人。有人进去了，还有人出来了没脸见人。同学会向来是一个尴尬的重逢。也正是这次聚会，我发现，从我的小县城到邻近的几个小县城，距离都在一小时之内，而且是在不走高速的情况下。难怪我们的口号是"枢纽县城，物流天下"。与时俱进，如今这口号又换成"动车时代，节点城市"了。

五月上旬，外公谢世，儿子奔丧。到家时，我正在外喝酒，他给我打了个电话。不久，他妈又打电话来，说"更瘦了，又高了些"。原来他带回了一大包的书，能不瘦么。他的生活费几乎都转移到了书和手机上，一日两餐或一餐是常有的事。翻翻他买的书，既有"经典印象"五种，包括《米格尔街》（奈保尔）、《第二十三条军规》（海勒）、《红色骑兵军》（巴别尔）、《一个青年艺术家的画像》（乔伊斯）、《老妇与猫》（莱辛），还有《牧羊少年奇幻之旅》（科埃略）、《猫与鼠》（格拉斯）、《追风筝的人》（胡赛尼）、《瓦地的小号》（迈克尔）、《一把雨伞给这天用》（格纳齐）等。《米格尔街》明明家里有简写本，他又买了一本。他总是喜欢买些家里拥有的书。更让我恼火的是，有些书他还买了两本，像《三杯茶》就是两个版本，说是译文不同。我批评他，你一个学经济的，买这些书干啥。我知道我这么说毫无道理，文艺审美与所学专业并无矛盾，但我还是说了。他不吭声。也许我不允许他改专业学历史，他看这些书以解郁闷吧。我问他，翻了没有。他说看了，还说《动物凶猛》（电影名为《阳光灿烂的日子》）和《猫与鼠》极为相似。这倒让我大感欣慰。二十年前，我就发现了这一点，写过文章。《追风筝的人》是我推荐他看的电影，他看得流泪，便又买了这本书。

　　他回长春后，我仍然处于五味杂陈的感慨之中。一方面，心疼他节食省钱买书；另一方面又想，这个时代没人读书，包括成人，也包括有些文学爱好的人。我也不如他。我知道的一些写作者，很少买书，见面后也很少热议他读了什么新书。他们热衷于网络搜寻，最多是跟风走，有得看就看，没得看也不遗憾。他们宁愿多买一平方米的地，或者装修时买高一档的浴具，绝不会傻到把钱扔在书上。书是人类进步的阶梯，人们在想，咱们不要梯子，不是照样进步么。

不能不承认，我的小县城算不上世外桃源，和邻近的小县城也没有多少不同。小县城的人都喜欢跳广场舞、吃火锅、吃烧烤，吃的时候吧唧吧唧山呼海叫的。饭后消食，游走的姿势更是七歪八扭——这又是小县城的好处了，可以毫无顾忌，可以不讲究。

这些天来，由于禁酒，基本上待在家里，便写作、看电影、读书。禁酒成全了我。看一部美国电影时，男主角向女主角深情朗诵《花房姑娘》。女主角猜错了国名，男主角介绍说来自中国的摇滚乐，是中国人的作品。写作之余，我再次翻开那些书。区别于《第二十二条军规》的《第二十三条军规》是海勒的短篇小说，有些还是未发表之作。我曾经戏仿海勒的《情场高手》，写过一个短篇《有夫之妇们》，他这个集子里没有收录。《一把雨伞给这天用》叙述感觉和城市状态很棒，作者关于"沉默"的描述非常精彩。看到莱辛的作品集《老妇与猫》，感到亲切。我买过她的长篇《又来了，爱情》。记得儿子高中阶段，也买回她的一本《特别的猫》，那是一部写给孩子们看的作品。和康拉德、乔伊斯、麦克尤恩那些男性作家不一样，莱辛的作品个性鲜明，语言洗练，事件总是在具象里存活，叙述也控制在困境的难解或无解的范围之内。看完这部集子的打头篇《另外那个女人》，感觉她受另外一个早期现代派女作家斯泰恩的影响颇深。于是又按图索骥，找出前年的《外国文艺》杂志，每年第一期上，总有上一年的诺贝尔文学奖得主专辑。再次读她在纽约的演讲录《和多丽丝·莱辛一起度过的一个夜晚》，她总是那么直接、清晰，她不喜欢思辨，又总能到达事物的本质，而且能够感受到她的真诚。读完这篇演讲稿，我受益三点：

1.作家不能随波逐流，得做出一个公共的姿态。"我认为每个作家都是不一样的，而且每一位作家都应该有他们自己的是非感"。

2. 我们丧失了记忆力。"我们不知道我们失去了什么,也不知道我们有没有失去什么"。

3. "你应该被动地读书。不要在自己和作者所说的之间建立起任何的障碍,你们之间应该是透明的。"这一观点,莱辛坦言她受益于歌德,那个大师在生命即将结束之前说:"我刚学会怎样读书。"在演讲中,莱辛重复歌德的那句话:"找出一本书中最为深层的和特殊的含义,那也正是吸引我们的地方,同时最为重要的是,要找出那本书和我们内心的本我有没有什么联系,而且从多大程度上我们内心受到了那本书的影响,又有哪些收获。"

在某种程度上可以说,不管你身在何处,莱辛这类伟大的作家都是为我们存在着的。我忽然感到,儿子买的这些书是为我而备的,他以一种特别的方式,做出了与我的深情相拥。

孤独的人在山顶上呼喊,以便听到自己的回声,感到有人陪伴自己;幸福的人在海面上唱歌,以便听到波涛的掌声,觉得有人在为自己喝彩。

在小县城,我有两个老朋友。一个是季能宽先生,七十多岁。季先生买了好多书,大概有三四万册吧。反正我读的书大多是从他那儿借来的。季先生高中时搞文学社团办杂志,是个年轻的"老右派"。摘帽之后,痴心不改,更加疯狂地敛书。他不抽烟,酒也少沾,所有的钱都花在书上。在小县城,季先生开办了唯一的私人图书馆。可惜没多久就拆了,他找到我,我帮他跑了,效果不佳。最近的一次,我去见他,他们一家子租居在一座高楼里。他的书也不知打包存放到什么地方去了。

另一位王益谦先生,是名老中医。已经仙去,终年九十有三。先生名满天下,尤擅儿科辨治,诸如诊疗顽固性咳嗽、痛经和脂溢性皮炎，也都是他的拿手绝活。我与先生相识，缘起儿子。儿子幼年，常患哮喘，久治不愈，静脉注射难以下扎，于是慕其名而求其治。那时先生早已退休，仍延聘专家门诊。

第一次去他家，他还住在中医院的老楼房里。先生红光满面，目光炯炯，有如得道高僧，我的敬仰之心油然而生。

君子之交淡如水，我和先生素无来往，除了看病。可见我是一典型的功利主义者。有时三年，抑或五载，我们倒也一见如故。闲聊之余，他询问我的写作情状，我请教他的中医之妙，相谈甚洽。总有一种感觉，和老先生在一起，仿佛遁入异度空间，淡泊之极。

递上一支烟，或捎上一包茶。先生笑纳。我的印象中，王先生从没收过我的问诊费。

王先生搬进新建小区，我来过两次。最后一次，是岁末，2009 年 12 月 12 日，那是我咳嗽最长的一次。那时先生早不抽烟，整个人神采奕奕。望闻问切后，先生说我身体不错，只是有些内虚，进补即可。随即埋头出方。

西洋参 100 克	黄芪 300 克	党丹参 200 克
川贝母 100 克	杏仁 150 克	白术 150 克
臭紫苑 150 克	阿胶 200 克	百部 200 克
当归 150 克	白乌 150 克	百合 200 克
元参 150 克	麦冬 200 克	甘草 80 克
陈皮 120 克	桑白皮 180 克	西青果 150 克
土蝴蝶 80 克	山药 200 克	鹿角胶 15 克（新疆产）
生地 200 克	桔梗 120 克	沙参 200 克

另，白蜜 2 斤，冰糖 1.5 斤，熬膏，每日早晚各一大汤匙，开水调服。

王先生每次处方一式两份，一份抓药，一份存根。书写工整古朴,遒劲有力。我喜欢他开的方,也喜欢这些透着异香的草药名字。这张处方一直放在我的背包里。

　　小县城还有一位远近闻名的老先生——韩国钧,字紫石。清光绪五年(1879),应江南乡试中举。民国以后,做过江苏省的省长、督军。后辞职退居。抗战爆发后,被推举为苏北参政会名誉参议长。日伪威逼其出任伪职,遭拒。忧愤病逝后,小县城改称做紫石县。现有韩国钧故居,茕然屹立于县中斜对门。翻箱倒柜,终于找到韩老先生的那幅字,落款为:鼎臣老弟嘱临米帖　庚辰春国钧时年八十四。也就是去世前一年所写。教书的年月,住平房,我喜欢把它挂在隔开的小书房里显摆。结果条幅下方被我刚进幼儿园的儿子,用水彩笔涂画了一顶小红帽。

　　如果你还想继续写下去,一段话或者一个句子,都必须表现出无可辩驳的说服力,宛如你在追究活着的理由。因为你经营和创造的是你的另一种人生。

　　一直以为,电影还是在电影院里看为好。在幸福蓝海我看了《归来》《白日焰火》,在永乐影城看了《绣春刀》。小县城现在也就这两家民营影院了,下午看最划算。看完《归来》,给电影的文学策划周晓枫发过短信:前面三分之一有些小兴奋,国产电影终于有了节奏感,也不再以故事为主体了,更重视人的精神性创伤及影响。不过最后还是回到了老路上,原地踏步的结局说明想象力的无法超越。后两部都讲究故事的完整性,但《白日焰火》有些无厘头,漏洞百出。我最喜欢完成了逆袭的《绣春刀》。我相信,细致入微地重写历史的《绣春刀》在相当长的时间内,将成为国产电影难以跨越的标杆。但我不知道,我还会不会重进电影院。两家影院都在电影结束前五分钟,早早打开了明亮的出口通道。看电影时,更是贯穿着小县城特有的嘈闹。

再没有比校对自己的书稿更痛苦的事情了。有时候赋予给你的权利，好像就是要让你感知痛苦的程度，比如校对、自残、单相思、做单位的二把手……

人们的经验与智性通常都是不对等的，这意味着人们之间的纷争没有多少实际意义。正是这种不对等，驱动着人们无休止地争论下去。在这无意义和无休止的争论当中，最终总是情感逼视和情绪化的对立，悄悄地决定性地占据上风，直至失控——争论的某一方要的就是事态失控？也未可知。

下楼。在小区两侧的走道上，我经常会碰到一个骑电瓶车的老人。我认识他已有四十多年了，他是一个说故事的高手。我听他说过《铁人王进喜》《江姐》《雷锋》，那是我的学生时代。做教师时，每年参加"5·23"纪念活动，会后聚餐，他喜欢端着一杯啤酒，到处找人碰。他常年穿一件呢子军装，胡子拉碴，风纪扣齐颈，更显得他的脖子粗短。他身上有一股馊味，说话时飞沫四溅，所以，很少有人和他碰杯。但他总能找到机会到台上，来一段脱口秀。他曾经邀请我去参观他的私人博物馆，听说他掏老宅子淘到了好多宝贝。每次见了他，我就望着小区的围墙，也不知他有没有认出我来。

人行道上，一个年轻女子推着童车。童车上有个男孩，童车旁边还跑着一个男孩，一只小手扶着童车，帮妈妈推着。这个女子是专治楼房漏水的小师傅的老婆。泰宁市场这一带，栖息着好多这样的外来工。他们住在用小面包或者拖拉机改装的车上。夏天，就用一张席子睡在花坛里。下雨了，男的躲在家具城的楼道里打牌，女的坐在小马扎上刺绣、说闲话。我看着他们从青年迈入中年。他们面色黧黑，但精气神很足。我常常想踱过去，问一些傻瓜问题，可一句也问不出。有时候，他们中的一辆车，底盘下面，也会出现一条土狗，或者一只大狼狗。小土狗看见毛毛，就摇着尾巴。狼狗见到毛毛就吼，主人一声怒骂，朝我一笑，狗便不响。等下次再走过去，狗又不见了。

毛毛走了。毛毛终于走了。十年前，毛毛来自西安，落户小县城，埋在六安。毛毛不属于任何一个地方，但它无处不在，它让我陷入无可救药无所适从的孤寂。难受，是那种自责与揪心的痛，不知生发于身体的哪个部位。也许不带它去天堂寨，或者我们不贪玩，它还能多撑些时候。它是多么地不愿离开小县城，离开这个家呀。原谅我，亲爱的毛毛。没有人如你，十年间与我如影随形。

偶尔，我会踱到儿子的空房间，随便看看，这一次看到一本《文艺风赏》。信手翻翻，悲从中来。除了刊登了施蛰存老先生的作品《将军底头》，我不知道，也不记得还写了什么。这本杂志由郭敬明主编，笛安执行主编。印刷很精美，还是骑马钉。但是他们想表达什么，想说什么，我不知道。也许它本来就是一个同人杂志，不必斤斤计较，内文充塞了大量的对《小时代》的记录。可以看作是《小时代》的一部宣传片。不过我知道，它一定比《花城》《收获》卖得俏。这不是我们时代的悲剧，却是病症。这的的确确是个小时代。人们不买好的，只买好玩的、新奇的、时尚的。文学泛化之后，一旦变为时尚，才是它的末日。我在这里看不到对世情的描绘，也看不到它对人间的揭穿，有的只是童话式样的戏仿。天真，无知，小时代的最强音。所谓的小时代，不是谁比谁傻多少，而是谁比谁更堕落罢了。

父亲有一小块秧亩，两三方的样子。说他种不动了，怎么办，我说给我种菜吧。父亲带着我，去看那块地。在红星河北，有三四张方桌那么大。田很湿，稻根还在。父亲说得施肥，他没有买到复合肥。我说那就浇粪吧。正好看到老会计，去他家找了粪桶扁担舀子。会计家养鸡,有的是鸡灰。老会计说,舀厚些,和些水。我挑了两担,行走在田埂上,一手把着担子,一手把着插在粪桶里的舀子。乡野的风真大呀。肩膀有些压,我尽量把扁担横在肩周,以减小压力。第一担和水浇完,才发现扁担没放好,沾满了鸡屎。我拿着扁担,用稻草擦干。第二担过来,先把扁担放远,免得再次弄脏。一个妇女问我准备种什么。我说种菜。什么菜。没想好。父亲已经在秧亩四边,点了豆种。遇到先林,问我多大了。我说四十八。他说他六十四了。他用一架独轮车,推着鸡粪。回来的路上,一直在讨论种什么菜。下周肯定要弄,过了时节就不行了。呵呵,不管怎么说,我也有自己的一块地经营了。

可想而知。那块地,压根就没收获过。离开了乡下,我也拥有了城里人的通病。

无论小县城还是大都市,创新都是出现频率最高的词语。创新就像一条狗,我们追逐它,也被它追逐着;创新又像一根鞭子,我们紧抓不放,也被它抽打着,哪怕遍体鳞伤。

连日来,我一直在翻箱倒柜,挑拣和阅览自己的作品,打算编一本自选集。我在虚拟的文字和虚构的故事里,找到了真实的自我。我曾经是那样的激情飞扬,拥有过剩的想象力。天马行空,汪洋恣肆,我的呼吸常常跟不上我书写的节奏。奇幻的细节我都不敢相信出于我的手。不过我也发现,我并没有超越自己,我还是原来的我。故事的清晨与黄昏总该有些区别的。也许是烟酒过多,我只不过换了个叙述的嗓子吧。如果现在还有人问我为什么写作,我想我也有新答案了:我写作,是为了让我在剩余的日子里,就着摇曳的烛火,每天读一篇自己的小说,翻一本自己的书,怀着愉悦的心境,了此残生。

我不知道我的南通之行,是梦境还是真实。或者,来自小县城的我一直穿行于真实与梦境之间!

  我不记得多久没去南通了。十月底的一天,我从小县城去了南通,车从我的母校门前倏忽而过。我来南通不是怀旧,也不是会老朋友,尽管我仍然为他们保留着一颗心。我来听歌手陈奕迅的个人演唱会,也不是作为一个粉丝,而是为了怀念陪伴我整整十年的毛毛。我曾经在昆明的露天迪吧,随着几千人吼着嗓子举手如林;也曾在南京新街口的广场上,于人山人海中手舞足蹈,倾听摇滚歌手荡气回肠的声音;在北京三里屯的酒吧街,我也曾坐到凌晨三点。那样的盛况注定不会再有,所以,我不得不来听这样一个足球场上的演唱会。微信里的一个朋友说,有故事的人不能去听陈奕迅,因为总有一首歌会让你泪流满面。我期待着,结果你一定知道,我失望了。球场上的演唱会侧重的是表演,而不是歌唱。在炫目的灯光里,一切都在走形变样,人们的脸庞过于夸张,过于脸谱化,眼睛都是绿绿的。不仅我没多少情绪,我发现那个歌手也没多少情绪,尽管他蹦蹦跳跳,唱得满头满脸的汗,我更担心他会不会冷不丁地摔上一跤。甚至在唱《不要说话》时,我觉得他跑偏了,也可能我还沉陷于上一首歌的曲调里?这首歌快要结束时,他似乎才找到了一点感觉,或者说我才找到了一点感觉。尤其在唱《十年》《好久不见》《你的背包》时,他的表情与歌曲反映的情境完全不对味,他歌唱着,但是已经成了一个局外人。事实上,这绝对不是一个适合歌唱的年代,我们只适合垂泪独吟。倒是我从没听过的那首《多少》有点意思,虽说仍然表现出高度的分裂,但更像是他个人化的作品。当然不是说此行我一无所获。听不得,我可以看,我观察着所有的听众,甚至维持秩序的警察,也在我的观察范围内。听众们自然是如痴如醉,后排的一个小伙子每首歌都跟着唱,唱完便哑着嗓子大喊:

EASO.，EASO.，EASO.——这得傻到什么地步才能做到！而一俟听众们摇着荧光棒站起身来，带队的警察便面无表情，抬手举起射光笔，一根细细红线笔直地瞄准了你——这个可以有吗？我的左侧是一个戴眼镜的女孩，从头到尾，她一直在用插在充电宝上的手机拍照，然后发送。她一定是个合格的粉丝，超级粉丝，却不像是来听歌的。我问她是大学生还是高中生，她说在上高一。她的同伴，也是她的表姐，坐在她身后。听着她们说话的乡音，才知道她们同样来自我的小县城，每人花1580块，买到这两个座位。表姐对表妹说，你爸也追来了，哈哈，他追来干吗呀。不久，漂亮的表姐又说，呵呵，你爸说他在外面蹓跶很无聊，也进来了。他花了三百块，从黄牛手里买了一张看台票，她指向遥远的北看台。那里闪烁着五彩的灯火。她们看不见，但她们知道，高一女孩的父亲，就淹没在那光线璀璨的汪洋里。

水城游

　　水城是我给兴化的命名。

　　这算不上我的奇思妙想，也不是什么独辟蹊径。相信到过兴化的人，都有这个想法。水城兴化，当之无愧。我住的酒店，就叫"水城"。它还有另一个名字：万家灯火。你无论如何不能把这两者等同，可事情往往如此，万家灯火就是水城酒店。临窗眺望，映入眼帘的有老式楼房，那种斜尖青瓦的屋顶；也有新砌的楼群，外墙贴上了瓷砖，整齐划一。水城在悄然变化，尽管我不知道以前它是什么样子，至少现在，我和水城有了千丝万缕的联系了。当然，变化的永远是外壳，这样的变化和别的大城小镇没什么两样。我更喜欢那些不变的无人问津的地带，就像一个匆匆忙忙的冬夜旅人，我要停一停，驻留我那经常迷茫的脚步。

　　这是我第三次来水城了，去年"菜花节"来过一次。那次我到过博物馆，到过船厅，到过湿地。印象最深的也是船厅，闲坐在船厅喝茶，听道情，隐隐约约，似乎能听到风铃的丁当夹杂其中。最有趣的要数水杉树上的鸟巢。那么多的树，那么多的水，那么多的鸟巢。我猜想，那些纠结在一棵树上的大大小小的鸟巢，可能是一个家庭的分支与麇集吧。对于搅扰它们的游人，鸟儿们反抗的唯一武器就是鸟粪，令你防不胜防。

说到菜花节，它的特色还是在于水。水上的油菜，垛田上的菜花。漂浮在水上，看的不是菜花，而是菜花的倒影。水中蓝天，水中菜花黄。水中倒映的，尚有蜜蜂、蝴蝶、蜻蜓、飞鸟、狗尾巴草，若繁星满天，与虾、蟹、鳝、蜉蝣、青蛙作伴，不能不让你沉醉。

记得是在缸顾乡吃的午饭。水城从前是个水荡子，逃难而来的兄妹窝在缸里。那肯定是一次奇幻漂流。兄妹俩在水城扎根、劳作、繁衍，这就是缸顾乡的来历。从地名学上讲，水城的许多村庄乡镇都有来历。比如我最近一次造访水城，到了大营乡，大营传说乃杨家将驻军屯兵之地，由此，它下辖的行政村也与营相关。联镇村，因为这个村和刘庄镇邻近，算得上刘庄镇的卫星村。新垛镇，取大营与老圩各半，合并为新镇。为何名垛？因为水城除了水，就是垛。垛是水上的田，田在水上，便成了垛。

为此，水城文人费振钟先生在他的"乡镇考察"散文中，专门写了一篇《垛田镇》。去年十一月，我曾随他考察了周庄与边城，目击了乡村选举流程。此边城绝非沈从文笔下的彼边城，却自有风情，所以费先生写了《边城故事》。此周庄亦非陈逸飞画笔下的《双桥》周庄，但据说双桥周庄是水城人迁移过去的，故又称"南周庄"，水城周庄便是"北周庄"。至于胡官村，那十来个村庄，都与张士诚当年分封土地给手下的军官有关。可见，从地名上来考察水城很有意思。

河流同样是考察水城的一个最佳视点。如果一个村庄，你实在不知道它的存在，那么你应该知道河流的名字。水城最不缺少的就是河。村庄就是河流上闪耀的珍珠，炊烟则是维系河流与村庄的梦幻般的轻纱。想象之中，对水城的河流做一次漫游，应该也能催生很多的故事吧。进入水城的方式还有很多。一个水城朋友告诉我，他到过一个村庄。那个村子有一半以上的村民都姓"掌"。甚至，一盏戏台，一架农具，一台炒米机，一座水码头，一家当铺遗址，一个消失的乡间手艺人，或者如《乡村捕钓散记》里所积存的千奇百怪的渔人网事，都能勾起我们对水城的文化记忆。

人们到水城来，是为了生活，也是为了感受水乡泽国的灵异。这才有了施耐庵，有了郑板桥。一文学，一艺术。一个小城拥有其中一个，就足够引以为豪了，水城却占了两个。双子星座。估计这也让水城人有些头痛：不能厚此薄彼，可一碗水端平更难，手心手背都是肉嘛，何况还有范仲淹，能不让人忆水城？此种美丽的忧愁谁不心向往之？这次到水城，我走进了施耐庵陵园，走进了板桥故居，还有古老的中药铺。我环绕着老街信步游走，不疾不徐。水城的人走出去，恐怕就是为了传递这浩渺的文气艺脉吧。

在我家的客厅里，就挂着一幅花鸟卷轴。画作的左上角，有诗曰：花好月圆人寿考，一时同祝万年春。有一天黄昏，我百无聊赖，便查起了这幅画的作者：

房德（1886—？），民国画家，字少臣，兴化人，寓居常州。
此画作于甲申年。推算开来，也就是1944年。
又是一个水城人。这难道是偶然的巧合？望着梅树上曲项高歌振翅欲飞的画眉，我不能不感叹小小的水城无边的博大。此画为家传。既然流转到我的手里，那我就把它当作水城赠我的一枚书签、一张明信片吧。

东海行

黄海之滨，有个东海。东海非海，乃是海水东移后的一块陆地，建县已有2000多年，但东海又实实在在是个充溢天材地宝、放射五光十色的令人眼光缭乱的龙宫。

我是第一次来东海。我早就知道东海出水晶。二十世纪九十年代末，《连云港文学》杂志操办过一次江苏省青年作家笔会。临别时，连云港的一个作家朋友送给我的礼物，就是一串水晶项链。他是东海人，自然拿家乡风物相赠了。再来连云港，我陆续得到过水晶印章、水晶镇纸，甚至还收到过一只足足一尺多高的水晶奖杯。所以，我对东海的印象，始终停留在它是一个"水晶之都"上。

这次到东海，我没有跟随大队人马，而是驾车，一路向北，提前到达。午饭后，朋友问我去哪。我说看看东海中学吧。在校园里蹓跶一圈，不知不觉来到历史文化长廊，立即给吸引住了。这个长廊由地图、文字、模型、壁画构成。史前文明，曲阳古城，尹湾汉墓，战争风云，民间传说，总之，走过长廊，基本上能够理清东海的面貌。这是东海中学独有的地方志教材,我在其他县中似乎没有见到过。即便有,也是一鳞半爪。我想,面对故土故事,每个东海人都会心生自豪吧。

朋友专门找了一辆车,说带我泡温泉去。一年前,我们在东台相聚,他曾热情邀我来东海,就说要请我泡温泉。我本以为是戏言,没想到他来真的,更没有想到,东海还有个温泉小镇,东海的温泉不是深井水,而是实打实的山泉。养在泉里,我最大的感受是水很热,也很清,澄明柔滑,没有一点硫黄味儿,却听说富含30多种对人体有益的矿物质。温汤汩汩,热气腾腾,渐渐的,我进入如梦如幻的微醺状态。

出了温泉镇,回到秋风中,神清气爽。爬上西双湖的堤岸,极目四顾,更是心旷神怡。我说吃也吃了,泡也泡了,差不多了吧。但朋友似乎刻意要把他心目中的东海和盘托出,又驱车数十里,把我带到羽山边上。羽山不高(200多米),也不长(3公里左右),却是千古名山,在我国古代文献中,多有"殛鲧羽山"的记载。不仅如此,羽山还是南北人群居住群落的分界线。山南的多说老家在苏州阊门,山附近及山北的多说老家在山西洪洞,方言与民俗杂陈各异。林木葱葱,望着静卧于黄昏迷雾里的小小青山,我似乎听到了来自山体深处的远久回声。

接下来的日子,我们遍尝东海美食。就着一张烙煎饼,我们喝桃林美酒,吃石梁河鱼,啃双店猪蹄,吞张三肘子。应接不暇,大饱口福的同时,我竟然有些"食不知味",难怪东海人活得那么舒坦了。拍拍肚皮,吃了便跑,马不停蹄。水晶博物馆自然是要去的,水晶饰品自然也是要买些回去显摆的。最后一个意外,或者说让我感到羞愧的是,我竟然不知道东海少儿版画。流连忘返于孩子们稚趣可掬、奇思妙构的作品前,我醉了,醉得"思接千载"。为了弥补自己的闭目塞听,我悄悄地把引领我们参观的朋友拉到一边，厚着脸皮，索要了一册《2015第四届东海·全国少儿版画双年展作品集》——作为此行的重大收获，博得的是作家们艳羡的目光。

其实不想走，其实更想留。还没走，朋友已在酒店总台留给我东海大米："米 2 小袋，新米没下来，不一定好吃。祝旅途愉快！"回家后，我也发去短信："到家了，谢谢大米。怎么还有东北的？受之有愧啊。"朋友回复道："呵呵，怕东海的旧米不好吃。"我明白了，东海虽说物产丰饶，底韵深厚，最最宝贵的，还是他们最实诚、最谦和的东海人呵。

石板街

如果说人生就是一场奢侈的梦,我的这个梦倒有点儿可怕。可怕在哪,后面你会知道。不过我可以先露个底,人们常常做着同样的梦,这一点都不奇怪,我的这个梦倒不重复,却是延续的,下一个梦接着上一个梦,这样的梦何时是个头呢。

那是一个旧时的黄昏,我走在县城的石板街上。没事我就喜欢在石板街上晃荡,这可能来自童年的癖好。小时候,在石板街上,可以吃到薄脆、夏池儿、油徽子、冰糖葫芦,还可以打酱油,玩俯卧撑。现在不稀奇了,但怀旧的人总是容易沉浸于那种气味之中。当肠胃的饥饿消失之后,身体的饥饿却越发严重了。饥饿袭击时,我觉得我就像一卷行走的羊皮纸。我走得很慢,努力掀动鼻翼,搜寻那种味道。干燥的风中,一滴水打在我的鼻尖,凉凉的。不久,又一滴水落在我的唇边,甜甜的。是那种香皂的甜,也有可能是"加佳"牌洗衣粉的甜。石板街上空横跨的竹竿、麻绳上,或贯穿或悬挂着街民们的衣裳,迎风招展,水就是从衣裳上流淌下来的。感谢衣裳,我对城市的最初印象，就是来自这些美丽衣裳。我常常仰起头来，盯着那些桃红柳绿的三角裤、胸罩、裙子、旗袍。就是在这条不起眼的石板街上，我见证了城市的变迁：白洋布，粗棉布，劳动布，卡其布，的卡，的确良，人造棉，绦棉，毛绦，直贡呢，素绉缎，丝绸，牛仔，泡泡纱，马海毛，水洗磨砂布，真丝，仿真丝，开士米……

母亲不时敲打我的脑袋，骂我打小不学好。我缩一缩，又倔强地瞅过去。每一种衣料的出现以及名称的变化，都意味着时尚的流转，都将刷新城市改头换面的浪潮。石板街就像城市的一条盲肠，没有它城市就会便秘。每次走完石板街，我都像是踏浪而归、如获至宝。地瓜干浓烈香甜的醇味飘来时，我就知道，酒厂到了。这种味道令人兴奋，呼吸加速，如痴如醉。味道的另一个妙处，还在于巧妙地掩去了隔壁火葬场的味道。在生死之间，酒糟甜蜜的芳香就像空气清新剂，有效地调节与平衡着阴阳两界。

酒厂门口是个 L 形转弯，有一小片广场，周围聚拢了不少商铺和菜摊。

小广场上，一个穿裙子的女孩正在学骑自行车，旁边护卫着她的妈妈。那种小自行车也只有城里流行。她骑得东倒西歪，好像一个蹩脚的驯兽师，有点无可奈何，又有点满不在乎。梦境总是奇幻的。我越走越近，那个女孩和她的自行车也越来越大。当我和别人一样，站到一边闲看时，她已经是一个黑眼睛长辫子雪肤花貌的大姑娘了。她身穿乔其纱质地的背带裙，脚蹬一双人字拖，显得不伦不类。她紧缩的文胸和贴身的裙裾，更使她曲线毕露，随时可能喷薄而出。不过她潜隐的衬裙让我宽心了许多——这是个貌似叛逆骨子里却传统的女孩——这对我似乎很重要，其实她和我毫不相干。姑娘一见到我，就笑了，仿佛一直在等待我现身一样。她朝周围摆摆手，左手扶着车龙头，右手压着车座，往前用力一送，自行车直奔我而来。我赶紧侧身，带住车把，跟着车子前进了几步，才降住了它。还没缓过劲，她就一个纵身鱼跃，跳山羊一般，一屁股骑在后座上，朝我做着鬼脸，嚷嚷着让我快骑快走。像是中了催眠术，我不由自主地听从她的指挥，吃力地从前杠骑上了车。正想回头朝她妈妈招呼一声，她一拍车座，自行车便扬长而去。

　　拐了个弯，我们重新回到了石板街。车子在石板上蹦跳着，就像一只不服气的小马驹。我想我现在的样子，和一个初学者差不多，可能还不如刚才女孩学车的姿态。我既要把住车身，又要避让小街上的行人，肯定显得笨拙，缩手缩脚，丝毫没有骑鹅旅行的乐趣。女孩却在我身后大喊大叫着。不知什么时候，她已经从骑坐换成了侧坐，右边是她伸长的手，左边是她伸长的脚，上边飘拂着她的长发。她的双脚，不时踢碰到行人的竹篮柳筐和街民们放在屋檐下的坛子凳子，她咯咯咯的笑声回荡在整条街上。"这丫头怕是疯了！"街上的人笑骂道。可她丝毫没有放过我的意思，连一句客气话也不说，只管自个儿手舞足蹈，还不时掐掐我的腰眼，嫌我骑得慢，说猪也比我跑得快。我们从东大街骑到中大街，又从中大街骑到西大街，累得我一身臭汗。骑过这条长长的石板街，好像历经了我的少年、青年和壮年，骑了一个世纪，骑过了大半个的灰色人生。

　　终于出来了，暮色中的石板街，草蛇灰线，苍茫如水，了无痕迹。解开辫子的女孩云鬟蓬乱，喘息扶腰，似乎比我还累。我推着车，她紧紧依着我。我们走了一会，她说到了，就到了城里唯一的小酒吧。她接过车子，推到墙角，随手靠在墙根儿。我提醒她上锁，她说没事的，没人要的。爬楼梯的时候，我才发现她的脚上套的是一双蛋糕鞋。她鱼肚白的脚后跟异常柔嫩，她浑圆的臀部就耸动在我的头顶,可她又是那么纯洁,浑然不觉这一切给我带来的视觉冲击。

在酒吧里,我们只坐了一小会儿,喝了两小瓶啤酒。然后,她说她要去洗手间。我想引领她去,她说这地儿她比我熟。她离开后,我又自作主张要了些坚果、点心,还有两杯鸡尾酒。可是她再也没有出现,我左等右等,还到洗手间门口转了两趟,始终不见她的踪影。问酒吧里的男女侍者,都摇摇头,连口也懒得开。最后还是一个打扫卫生的女清洁工偷偷告诉我,那个姑娘已经从后门走了。她为什么走?为什么从后门走?既然想走完全可以一起走,为什么她把我一个人扔在这儿?坐回桌子,我喝完了两杯酒,感到又好气又好笑。

下楼梯的时候,女侍者递给我一双鞋,一双方头皮鞋,说是那姑娘留下来的。这时我才发现我也光着脚。头顶上的匾额写着"赤脚酒吧"四个小楷字。把姑娘的那双鞋子套在脚上,有些大,也还凑合。在酒吧门前呱呱吱吱蹓跶了几步,我回望楼上,没有甘心。也许那明亮的窗口突然出现她招手呼喊的身影呢?一个歪戴着帽子的保安拍拍我的肩,我不思其解。保安又朝墙角呶呶嘴,那辆自行车还在。

那些日子,我天天骑着捡来的自行车在光明路上来来往往。这条路经过拓宽改造,面貌一新。一个不争的事实是,梅雨期间,全城几乎全陷于水中,我那个小区楼下积水更是达到一尺以上,到处都漂满了垃圾,而光明路却一片坦途一点事没有。可我还是想念石板街,想念在石板街骑车时的勇猛。但我不敢去石板街,又不能不去,她的自行车还在我手上呢。那个姑娘回家了吗,她不要她的车了吗。如果没有回家,她的妈妈怎么也不查点呢。我突然对城里的小报关注起来,每期必看,不是我爱读新闻,而是看看有没有寻人启事之类的通告。没有,没有就好。但这不等于说姑娘安然无恙了呀。

遇到姑娘的妈妈也是在光明路上,她在站台下等车。起先我并没有在意,站台下站满了等车的人。但是一路二路三路五路车都过去了,所有的人都上车了,那个中年妇女还在站台下,对来回奔跑的所有公交车都视而不见。出租车司机经过她边上,无一例外地按响了喇叭,她依旧充耳不闻。那么她在等什么呢,我只得硬着头皮靠过去。我把车子推到她面前,物归原主嘛。她说还是你骑吧。我说,这是你女儿的车,你拿走吧。她不置可否地笑笑说,我不会骑车的。你不会骑车?是的,她的表情很疑惑,好像我不该如此大惊小怪:方便的话,你送我一程吧。

这个要求并不过分,我还能说什么呢。那就请上车吧,我做了个貌似绅士的姿势。车子又小又矮,她的脚不时点着地面,车子就跟着停顿一下,骑车的节奏有点像是在书写"申请书""保证书"之类的文字,跌跌绊绊,勉勉强强,时不时的必须标点句读,又没有任何章法。离开光明路,我们从石板街的西大街进入,仿佛时光倒流一样,我们向东,一直向东,向着我童年的锚地驰去。身后的女人已届中年,可是没有什么分量,还没有那个姑娘她的女儿重呢。我几乎不需要费什么力气,但是又使不上劲来。软绵无力感,就是我那时的心理写照。不过我很享受这种无力感,我想骑得慢些,再慢些。我是怕一下子就把石板街骑完了,还是怕再见到那个姑娘,面临她的责问和讥笑呢?

终于,黄昏再次来到,我又一次骑着自行车走完了石板街,来到酒厂门口的小广场。广场上只有一个男人,酒糟鼻子,正忧心忡忡地踱来踱去,随时可能暴跳如雷。见到我们,准确地说,看到女人下了车,他嘟嘟囔囔的,似要发作,又有些胆怯。谢谢你,女人对我说。男人这才注意到了我的存在,他的目光游走在我与女人之间，游移不定。你怎么了，他怎么你了？男人突然叫起来。我这才发现，女人的脸苍白如纸，仿佛刚才是她在骑车，且耗尽了她的全部力气。坐车也要用力吗？我盯着女人，盯着那个姑娘的妈妈，只是没敢发问。她的脸上现出一丝酡红，瞬间照亮了整个石板街。恍惚之中，我觉得站立在面前的不是一个中年女人，而是时光的面容。也可以这么说吧，那姑娘根本不存在，这个女人就是姑娘本人，就是姑娘的未来影像，或者，那个姑娘已经先于我慢慢变老，跑向了未来。也许，我应该赶上她，甚至超越她——胡子拉碴，白发苍苍，或者秃顶掉牙——在她的必经之路上，无望地等候她。

回家吧。家里挤满了人，都是我的亲戚们。见我无精打采，儿子问，你去哪儿了，打你的手机也不接。我说我去石板街了，亲戚们都笑起来。有什么好笑的，儿子闷声说道，一点儿都不好笑。外甥女的小丫丫含着手指，转动着黑亮的眼睛说，外婆，我也要去石板街。姐姐白了我一眼，亲了丫丫一口说，哪里有石板街呀，小舅爹在说胡话呢，石板街去年就掀翻了呀。

姐姐的话不啻晴空霹雳，我蹲下身子，抱着头呜呜呜地哭起来。我打算坐在翻身河畔，痛哭一晚。

胡官村

去胡官村纯属偶然。

2010年10月28日,一个寒冷砭骨的清晨。自从儿子高考离家,我已经很长时间没有经历清晨了。五点一刻,费振钟按响了我的门铃,很急促。昨晚他就提醒我,今天下乡,要早起。此前,他给我打了两次电话,我的闹钟也叫个不停。"我在大堂等你",说完他就匆匆下楼。我赶紧穿衣束带,关门闭锁。

现在想来,那天早晨的冷还让人不寒而栗,幸好我昨天在南京买了件棉袄,否则还真的出不了门。走出大堂,我立即瑟缩地钻进汽车。陪同的是他同学,《泰州日报》的毛。一路上,他们都在谈论被撤的边城。边城原来是个乡镇,多年前被合并到了周庄。据说,撤并的决定下来之后,边城的书记被人打得哭了起来。

边城。周庄。为什么这些令人遐想的地名都汇聚到了这样一个不为人知的角落!

兴泰公路很宽敞,我问是不是国道,说是省道。由省道转向乡村公路时，我还是在路边看到了周庄与边城的牌子。路变窄了，却是水泥路。曙光在前，偶尔还听到鸡鸣与狗吠。稻已收割，田野倒伏着齐刷刷的稻草。间或，一些田块里，已经黑乎乎的了。农人们喜欢烧了稻草，直接当肥料。

也不记得有多少年没有看到乡村的早晨了。不久，胡官村的牌子也赫然出现。车子行到一个拐角，过不去了，我们赶紧下车。我把棉袄的拉链也呼地拉上了。棉袄里面，我只套了一件长袖T恤。

乡村是冷，但是清冽、纯净。

蹓跶了一段，现出一座小桥，桥对面，是一个小店，小店的台阶上，蜷着一条狗，台阶下面，是一张肉案，案板上盖着稻席，席上压着一把割肉的板斧。桥上，一个村民叼着烟卷儿，一只手袖着，一只手拎着投票箱。小店的柜台上，店主趴着，在一红一黄两张选票上画圈圈儿。红的是选村主任，黄的是选两个村委。柜台外面，另一个村民等着他画完，收票入箱。

这次到胡官村，我们就是想看看村级选举的流程。费在泰州市政府挂职，每个月都要到乡村行走行走。本来我昨天要直接从南京回家，听他一说，立马跟过来了。

转过小店，就是一个晒场。晒场摊满了各家各户的稻谷，村民们早就起来了。晒场北边，是一个戏台，台墙上写着"百姓大舞台"五个红字。戏台后面，便是村委会了。这里原来是一所小学校，合并到中心校后，学校的教室一间做了村委会，其余的做了服装厂的厂房。由此看来，外面的晒场原来是操场了。

我们到达时，正好早上六点，服装厂的工人们陆续上班来了，村支书也坐镇在办公室里。这是一个高高瘦瘦的汉子，戴一副眼镜，藏青色的夹克衫一直拉到脖子，眉间已经形成了

"川"字,头发后梳,乍一看,有点像青年时代的陈忠实。

毛给我们介绍道,这位村支书姓丁,市委组织部安排下来挂职锻炼的,原来在市人民医院工作。丁支书热情地给我们倒水,邀请我们就座。村委会是个大教室,也没有办公桌。三张桌子拼在一起,呈长条形,围着一圈椅子,更像个会议室。东北角,立着村委会的两块牌子,西北角,又是一张方桌,放了些书报、热水瓶和杯子。丁到胡官村一年多了,已经适应了乡村工作,也很能干,加之后面有医院支持,在村民中还是有威信的。选举这样的大事,他更是不敢马虎,几天来一直泡在这件事上。

村级选举,说大也不大,说小也不小。贯彻组织意图是一方面,选对了合适的带头人则更重要。县级以上的干部,选你选他都可以,乡村干部有时只有一个选择。越到底层,能人越少。胡官村是两个村合并的。整个胡官村二千多人,老胡官村一千多人,另外一个官庄村六百多人。因此选出哪个人,对于今后工作的开展,就更得慎重了。如果不公开公正,就会留下隐患,以后容易出乱子。这方面的教训不是没有,特别是那些家族势力比较强的村子,弄得不好,就会出现争斗。

听着丁的介绍,我们又问他,村民的收入如何。他说,去年人均五千多,今年可能要好些。

"这个数字是怎么统计出来的呢?"我问。

"乡里有统计站,是由他们发布的。"丁答。

"是不是按照村民储蓄来算,也或者是一家一户地去调查。还有,那些私人老板的财产又是怎么算的?"

"具体怎么做的,我还真不知道。"丁老老实实地回答,话语中有些歉意。

费问,村干部的年收入多少。

村主任和村支书是一万五，会计和其他村委八千多吧。

那这个钱，村里出得起吗。

工资主要还是来源于上面，县里出一点，村里出一部分，还有省里的经费。

省里也有钱？

省里有个三项资金。

是不是每个村里都能筹足该出的那部分？

那也不是，拖欠村干部工资款的事时有发生，丁说，我拿的是双工资，医院那边依然发我的一份。不过，村里的这一万五，我基本上还用在村里了。

村小的陈校长来了，看来也是费的老熟人。他问我们是不是到周庄去吃早饭。费说，不必了，做些米粥就行了。陈校长发了一圈烟，赶紧去安排。

抽了一根烟，丁的精气神好了些。这个时候，他看上去越发像个村支书了。他说，这次投票，一共分了四个组下去，每组三人，一个发票登记，一个监督，一个负责投票箱。这些人都是些有责任心的村民代表。

就不能集中起来，召开村民选举大会吗。费老问。

那很麻烦的，费时费神。丁说，正值收稻下麦，村民们不愿意上来的。

七点不到，周庄镇的组织委员顾也来了，今天乡里派他主持和负责胡官村的选举。丁和毛向他介绍我们的身份，大家寒暄了一阵。顾穿着西装，白衬衫。衬衫敞领，西装钮了扣子。大家都说今天早晨真的是冷。

村委会的隔壁，就是服装厂的工房。两个妇女早就在忙活了。一个贴商标，一个烫衣领。我问她们怎么不坐下来。说坐下来不方便干活。一直站着吗。是的。

出了村委会,来到晒场。村民代表还在给晒稻的村民发票,指点他们怎么填票。村主任是二选一,村委员是三选二。晒场一角,小店门前,卖肉的正在割肉,那条狗在他身后转来转去。费老问,怎么割那么大一块肉。卖肉的说是卖给服装厂的伙房,每天都是这么多。台阶上,一个年轻人给毛发烟,毛摇摇手。

我们继续沿着河边蹓跶。这里的小河弯曲如回形针,尽管沿河而居,村庄却自成一体。我对费说,里下河和我们那儿就是不一样,我们那里没有村庄了。挑河的时候,村庄都没了,大家搬到了龙江线上。河南河北,一字排开,再也没有了村庄的格局。

过了一座小桥,河南有一排房子,房子西首是一条小路,村民们也在晒稻。问一个妇女,今年收成如何。千把斤吧。几亩地。八亩。毛抓起一把稻,疑惑道,稻子怎么这么小。是呵,费说,远看都像是瘪子。大家怀念起少年时吃的米。稻子收上来的时候,秋天的空气里弥漫着稻香,淘米时是米香,煮粥时,碗口悬浮着一层厚厚的米油,一入口,嘴唇便沾着粥膜,白糊糊的。奶少的女人就用米糊哺乳。现在的米怎么就没那味道呢。

农药、化肥。费说,日本米、泰国米什么价,我们的米呢,才一块多一斤呵。

我说,是呀,我们的米本来就不好,还抛光,更没油水了。

费老拿起一根稻草说,你们注意没,过去的稻草什么样,现在的草什么样儿?那时候插秧,做秧亩,让它分岔。

毛说,现在是撒播,直接把种子撒在田里,放水就行了。

我说,我们那里是抛秧,还是做秧亩的。

费说,你看,一根稻草,那么单薄,怎么会籽粒饱满呢。

毛说,现在是以密度取胜。

这时候有人喊我们吃早饭了。费的同学张也赶了过来,张在周庄镇人大做秘书，还是边城社区的主任。他是这次胡官村选举的联络员。

已经有一组完成任务，拎来票箱，三个村民坐在墙角抽烟。顾委员说他吃过了，就留守在村委会，等另外三个组吧。

早饭安排在村委会斜对面的一个农民家里。这家两排房子，前排平房，后排楼房，夹成一个天井。楼房还是老式的，楼梯从外上。天井东首是厨房，平顶，也有个楼梯上去，平顶上可以晒粮。天井里除了一棵弯脖子果树，还养了十几盆花草。

农民和他的妻子在门口迎候我们。妻子手上端着一盘香菜干丝。楼房三间，堂屋还是农家布置：长方形的盛柜，镜框中堂，东西各有两张方桌。看来西房间是主人的主卧，还装了防盗门，那个高个农民进出西房总要锁上防盗门，可能他已经习惯了。我们在东首方桌旁坐定。桌上已经摆了几个菜，茶凳冰凉。主人很快给我们每人泡了一杯茶，赶忙喝上一口，热乎乎的。说话间，费老的同学万也过来了。万是周庄中心校的校长，早饭大概是他请村小的陈校长安排的。农民呼呼呼地端上一摞蒸笼，请大家先吃包子，大家忙不迭地在桌上腾地方。揭开笼盖，屋里立即热气腾腾。陈校长说，请大家品尝兴化的蟹黄包，昨天人家连夜挑黄包蒸的。

馅儿很足，咸淡相宜，一点也不油腻。但一口咬下去，满嘴是油，还有蟹油滴到桌上，颇为狼狈。万得意地问，怎么样，兴化的蟹包还可以吧。我已经来不及回答了。刚刚吃完一只，陈校长又给我和费撵了一只，说客人多吃一个，下面是菜包。两只包子下去，已经饱了，不过还是要了一碗米粥。主人用一只巨大的钢精锅煮的粥一定很黏乎。

果然。

我们细嚼慢品的时候，丁支书早已吃完，说他得先过去。

其他组恐怕也快上来了。

吃好了,大家又坐了会儿,费和他们聊起儿时生活,胡官村的老支书也闻讯赶到了。打着饱嗝,走在村庄的小路上,一家农户门前空地上,竟然长了一片棉花。很久没有见到棉花了,它们开着红花、白花,结了果子,吐出棉朵来。毛想起那时候,没日没夜捉虫子的生活,捉虫子是算工分的。捉到的虫子放在瓶子里,捉多了就盛在桶里,生产队里专门有人统计。我也捉过,上小学时学工学农,或者放忙假,都得捉虫子、拾麦穗。还到农场拾过棉花,那段模糊的记忆写在《青涩》里。

太阳出来了。村委会的院子,阳光充足。办公室里,另外两个组也到了,还在等最后一个组。丁支书另外邀请的七个村民代表,也相继过来。大家站在院子里闲扯。我问毛,你们这里的村名地名都很怪,除了这胡官村,好像还有不少官庄吧。

是的,毛说,一共有十三官庄呢。

这话说来就长了,当年,张士诚率领的义军驻扎在边城北郊一个四面环水的村上,准备招兵买马,南渡长江,攻占富甲天下的苏州,以成大业。一天,邻近十三个村舍的十三个农民兄弟前来投奔义军,张士诚得知大喜,立即摆下筵席宴请他们。席间,张对十三位好汉说,你们帮我打江山,日后我给你们大官做,从今日起,你们各人所在的村庄都是官庄,并以你们各自的姓氏命名。于是在边城的西北郊就产生了萧官、倪官、唐官、郭官、施官、仇官、童官、张官、冯官、王官、陈官、刘官、胡官这13个官庄。不过,乡村合并之后,现在只剩下七个官村了。

那么,这周庄镇与江南的周庄有没有联系呢。

怎么没有,关于周庄,我还写过文章呢。不过,毛遗憾道,那时候,我还真的不知道它们有关系。

实际上，边城原来有三个周庄：东周庄（城东）、西周庄（城北）和三周庄（顾五巷一带），都是以张士诚"大周"国号中的"周"字命名的。张士诚攻下高邮后，便自称诚王，建大周政权。因"周"源于张姓，"张"属天下二十八宿之一的张星，按古代星相学说，天上张星所对应的地域为周（今陕西西安一带）。用"周"为地名，足见其用心之良苦。

毛继续说，现在的周庄，按地理位置，应该是西周庄吧。宝祐年间，西周庄的居民搬到江南的昆山经商，于是便有了南周庄，这里就变成北周庄了。

正说到兴头，最后一组也拎着票箱进来了。办公室里济济一堂，烟雾缭绕，费老也坐到里面，不动声色。村民们见了我俩，相互嘀咕。问丁支书，是不是上面来的人。丁支书含糊其辞，村民更加紧张认真了，悄无声息。

计票工作正式开始。四组十二人，加上七个村民代表，一共十九人。我也坐在一旁，翻看起丁支书扔在桌上的村民议事手册。

一个农民站在窗前，问丁支书，他的丈母娘不在家，他可不可以代填一下？丁和顾相互看了看，给他发去两张表，就在窗前填好了。

顾一声令下，拆箱倒票了。倒完还一一清理了投票箱。然后村民代表们搅拌桌上的票，和面一样。顾问我，知道为什么要这么做吗。我也觉得奇怪。顾解释说，这是防止投票不均，以后引发矛盾。见我还是理不清头绪，顾又说，假如这一块的票都投给某个人了，大家就会注意到，搅和一下，就平衡了，免得将来说闲话，搞出事来。

余票集中到丁支书那里，大家先分拣红票和黄票，再把废票搜集起来。所谓废票，是指没有按要求填的票，大概有七种情况，比如都画圈的，都画叉的，或者没画的，画好了，又加了候选人的。废票同样有法律效力，必须作为投票的基数来衡量。

废票检出后，核查无漏，接下来就是计票了。分成两个大组，黄票的一组，红票的一组。

议事手册实际上就是村委会的会议记录。环境整治，计划生育，管网建设，河道修葺，道路施工，建筑投标，沼气入池，五花八门。在手册上，我看到了丁支书的发言，大意是他在村里拿的工资，除去给房东的一点月租费用外，全部用于村里。有一项议事关于河弓建设，我弄不明白，是不是写错了。应该是河工吧，可是从前到后，一直写的是河弓，又不像是笔误。几次想问，直到离开胡官村都没找到机会。

九点五十分，第一次计票结果出来了。两组轮换，再次统计，确保万无一失。十点十分，第二次结果出炉，和第一次的结果一样。当选的村主任七百多票，另一名候选人二百多票，远远领先。村民代表们笑嘻嘻的，没有任何意见，选举程序也合法合理。我问顾，新主任是个什么角色。顾说，这人有点能耐，在外面做生意的。顾说，选举一次成功，主要还是前期工作要做好。正式候选人只有两名，那么第一次选举出来的其他候选人就必须做工作，征求他们的意见，是否退出。高票选上的候选人，同样要征求意见，看他们愿不愿意实实在在为村里做事。

村民代表们陆陆续续往外走了，所有的人都松了口气。大家站在院子照了几张合影。毛提出去周庄用餐，费说，我们先到村小看看，再到边城转一转吧。

这是兴化的最后一所村小，就在我们来时的路上。进了校门，陈校长正等着我们，在教师办公室里。办公室隔壁，就是教室，一个胖胖的中年人正背着手，穿行在课桌行间，讲解着什么，孩子们以各样的姿态倾听着，完全不关注外面的来人。这就是我想象中的小学教室，我觉得自己就是那些孩子当中的一个，或者，我就是那个背着手侃侃而谈的中年老师。

跨出西山墙的小门，是学校的操场。由南到北，大约有两亩地长。在这里可以看清小学校的全部轮廓，四排房子。最前端还有一排洋瓦房，已经废弃了。我问陈校长，目前有几个班。他说，六个，单轨。他说，这个学校三五年后，也不会存在了。

前往边城的路上，大家默默无声。田野空旷，农民们有的在下化肥，有的在撒种子。

懒种田呵，费叹息道。

确实，他们直接在收割的或者烧焦的稻田里施肥播种，鲜见耕地犁土的。

是呵，毛说，过去收割，耕地后，让土地翻个身子，还得晒一两天的，现在一切都省略了。

种田不值钱，他们当然懒得精耕细作了。费说。

突然，毛指着车窗外说，那里第三排，是我的房子，独门小院的。

原来到了边城学校，毛在这里教过书。毛说，当时他花了一万多块钱，可是边城镇被撤，房价一路下跌，只卖了七千五百块，折大了。

去边城，费是想重回故里。站在废弃的水码头，费说，当时，他就是从这里坐船去泰州的，一坐要坐几十个小时呢。

边城曾经是一座县城的所在地，比兴化县的设置还早五百多年，一度还是州城建制，这在江苏乃至全国也是少见的。不过，如今的边城却是一副颓败景象，颓败得让人不想描述。

作为边城的负责人，张还是兴致勃勃地带着我们，走遍大街小巷。商行，当铺，茶社，戏台，电影院，浴室，手工作坊，明代民居……在废墟上，我们拨开摇曳的茅草与野花，企图从它们的遗迹中搜寻到湮没的辉煌。

在顾五巷，我又找到了迷宫的感觉。顾五巷不是一条巷，而是五条东西排列、南北走向，占地七千多平方米的古民居建筑群的总称。让我吃惊的是，这里还有许多制作炒米机的手工作坊。据毛说，国内百分之九十九的炒米机都来自边城。那些作坊里，站立着最古老与最先进的车床。走近老师傅，问他一台炒米机能卖多少钱。他很自豪地说，二百四五十吧，一天能做五个坯。放心，他拍拍胸口，我做的炒米机在边城也是最好的。

我悄悄问毛，既然已经撤了，还搞个社区做甚！毛说，社区就是居委会，边城还有六千多居民呢。和费的感叹相反，毛显得神采飞扬，好像找到了回家的路。一路上，不住有人和他打招呼。有的喊他毛老师，有的喊他毛主任，路过一家理发室，又给人叫住了，原来是边城的老书记在剪头。

摊头上的柿子吸引了我。离家好几天，也好几天没吃柿子了。问价，一块一斤。我搜遍全身，找到一块硬币。卖柿子的拿出塑料袋，拾了五个大柿子，称也没称，递给我。柿子是当晚深夜回到泰州的宾馆才得空吃的。他们在前面等我，我拎着柿子追上去。柿子，注定要成为边城留给我的最鲜红的印象。

车子再次路经胡官村，没作任何停留，向着周庄飞去。离开胡官村的时候，毛曾约过丁支书，忙好了就到周庄，一起吃午饭。就不知道他会不会来。

第三辑 人物篇

我们的巴金

如同面对所有的大师一样,面对巴金这座世纪丰碑,我常常感到无话可说。所有的诽谤都显得可笑,任一赞誉又显得多余。可是我们又不得不说,因为我们无可回避地依偎在这棵大树之下,仰之弥高,钻之弥坚,近之弥亲,并且始终享有着这棵大树给我们带来的源源不断的阴凉。我们没有见过巴金,我们又时时刻刻感受到他的存在,存在于他的庇护之下。

1904年11月,我们的巴金在四川成都降生。他的家是一个世代为官的封建家庭,约50人的大家族。他在大家族中是嫡亲,排行老三。1914年,他的母亲去世,三年后父亲也随之而去,于是他的长兄开始掌管整个家业。庶亲的长辈们对此十分嫉妒,长兄却佯作不知,极力妥协,以保护两个弟弟。最后,长兄终因精神上难以忍受而自杀身亡。长兄的自杀,给了巴金巨大的打击,同时也坚定了他写出《家》的决心。1931年,《家》终于发表,成为现代文学史上最卓越的长篇之一。

我们知道,不仅仅是当时阅读小说的广大青年,连同巴金本人，都藉《家》这部作品开始新的人生选择。但是1982年，走近大学的我读《家》，感兴趣的则是巴金27岁就完成了《家》！那一年我18岁，那一年18岁的我发誓，等我27岁时，一定要写出超过《家》的鸿篇巨制。可惜十年一觉扬州梦，十年时光说过去也就过去了，我的写作仍然沉陷在"挣扎最绝望的时期"。

随着《家》的不断再版，我不断触摸到《家》，也经常看到别人手中捧着一本《家》。我偶然注意到，"爱情的三部曲"和"激流三部曲"的写作是交叉进行的，为什么会是这样的呢？为什么作为永恒主题的"爱情"颂歌，却不如"激流"引得百鸟朝凤？爱情是美妙的、理想的，又是软弱的、虚无的。相比于自由，爱情微不足道，在激流中，看似激情受到压抑，却是巴金在本能地寻找一股生存的力量。如果说"爱情"是直纯的呼唤，那么"激流"就是抵抗重压的呐喊。

巴金在激流中闯荡，在写作中成长，我们也在阅读巴金中成长和觉悟。此后不久，我又开始读《憩园》和《寒夜》。这是一些揭示抗战后期大后方沉沦现象的作品。那时候的阅读我没有考虑这些。那时候我的阅读是一种"病态"的阅读。那时候出于写作的需要，出于建立自信的需要，我喜欢把一个作家的家底全部搬出来。我要把他读空，读烂，读腻，读厌，直至恶心，把他抛掉。但是《寒夜》给我出了难题。《寒夜》致使我的这一"病态"愿望彻底落空。读完《寒夜》，我一连几个星期都无法释怀。阴沉着脸、爱理不理、沉默寡言。就是现在，朋友相聚时，总有人在热闹时问我，"怎么不说话？"可有谁知道，正是《寒夜》《审判》《罪与罚》改变了我的性格，致使我行文枯涩，如"郊寒"若"岛瘦"！

《寒夜》和《伤逝》《莎菲女士的日记》一样，构成现代文学经典。在艺术或者技术上，它们一样无可挑剔。但是套用现词，《伤逝》是个人化写作，《莎菲女士的日记》是私人写作，《寒夜》算什么呢！《寒夜》大，《寒夜》空阔，读着《寒夜》，你能于孤寂之中隐隐听到时代的喧嚣。《百年孤独》勾画了拉丁美洲的孤独，《寒夜》则是东方的孤独、亚洲的孤独。正像《老人与海》超越了海明威的所有长篇一样，我以为，《寒夜》也超越了"爱情"与"激流"，超越了巴金自身。

不好意思的是，读《怀念萧珊》时，我几次释卷，几次落泪。更不好意思的是，读完之后翻到前面，我才知道，作者是我们的巴金。散文从来都是短制小品，原来也可以这么写！《怀念萧珊》实际上开了大散文抑或长篇散文的先河。

不过，我接触最多的还是《灯》（写于1942年），一部几乎与《寒夜》同时间交相辉映的作品。我曾在中学任教多年，记不清说《灯》多少遍。也许考虑到作品难度，在高二教科书里，《灯》由讲读课文变成自读课文。可是我一直把它当作重点课文来讲授。每次快到散文单元时，我都一改慵懒，摩拳擦掌，开始热身。没有人知道我花在《灯》上的精力，没有人了解我备课时的艰辛与冲动。讲《灯》的前后，我什么事也不做，什么事也不想，我忘了巴金，只想着"灯光是不会灭的"，只想着那一句"我们不是单靠吃米活着的"。我要求同学们把《灯》与苏轼的《赤壁赋》、穆旦的《赞美》和史铁生的散文《我与地坛》贯串起来，去对读，去比较。我不想知道同学们理解了多少，我只听他们最后的朗读，一个一个地读，由掌声来评判。没有人知道，讲完《灯》，我筋疲力竭又幸福无比。记得有一次，在走廊上，一个女学生追到我，告诉我说，《灯》是她感受最充实的一课。女学生想了想又说，只听说你会写小说，没想到你还会这般认真上课。于是我那幸福的笑容僵在脸上。我知道女学生并无恶意。我也知道,不是我的课上得好,而是巴金为我们大家点燃了一盏灯。我还知道,这些灯光不是为我一人燃着的,"可是连我也分到了它们的一点点恩泽———一点光,一点热。光驱散了我心灵里的黑暗,热促成它的发育"。我已然分不清灯与巴金,巴金与灯。

最近一次接触《家》,却是去年,我的外甥女自学本科,撰写毕业论文:又是巴金。我很生气:"你怎么不跟我商议?""怎么了,"她很奇怪,"选巴金不好吗?"我不知怎么回答,我能怎么回答呢,请你告诉我!唯一能做的是对照她的文字,重新翻起那本《家》。我向来认为,我和《家》里边的"我",或者说我和巴金一样愤激,一样不满大哥的软弱无力。可是读着读着,我发现,大哥的爱是软弱的、无力的,却又是包容的:大哥不仅爱两个弟弟,也爱他的大家庭。我们总是迷障于对封建制度的憎恨,过分强调巴金对家庭的憎恨与愤激,可是在这憎恨与愤激的背面,难道就没有巴金深切的亲人之爱、家族之爱!软弱之极即为强大,强大到毁灭自身来完成爱的拯救,《家》通过大哥必然的自杀,无法更改的自杀,巴金在反思中不仅建立了崇高的悲剧诗学,而且还原了人生的真爱本性。巴金不仅在作品里祭奠大哥,而且自责热血青年的莽撞,不谙艰难时世,表现出自忏的一面。

大音希声。可耳朵里不时回荡着芸芸众生的振臂高呼:"灵魂"啦,"尊严"啦,"真实"啦,"道德底线"啦,"悲悯情怀"啦——每每听到这些黄钟大吕,我都像是别无选择在吃一只苍蝇。为什么不能解剖自己!为什么不能理解文学艺术多向度表现!无着落的呐喊是空洞的呐喊,多余人的呐喊。什么时候我们才能像清点金币一样,清点口号,节俭言语,在小说中说,在诗歌散文中说,在说中说!

我写不下去了，因为巴金是我的围城。巴金是我的一个痛、一个结、一座高山。只缘身在此山中，我眼中的巴金永远是不完整的。只缘难以翻越，面对巴金，甚至听人说起巴金，我都会滋生一种小小的谦卑。这点点谦卑既非矫情，也谈不上虚心，只缘它依然出自我们的巴金。

莫言的遗憾

说起莫言小说,给我印象最深的,一是他的中短篇和他的皇皇长篇一样出色,这恐怕是在他同时代的作家中独树一帜的,我们可以说某某某是天生的小说家、短篇小说高手,却无法明确莫言是一个短篇小说家,还是长篇小说大师;二是很难用现实主义、现代主义、后现代主义来规范他,更无法给他贴上新写实、新历史、新状态的标签。披头散发,枝叶横生,包罗万象,浩浩汤汤,这就是莫言小说。

《怀抱鲜花的女人》就是这样一篇小说。它风格奇特,一如小说中那个怀抱鲜花的女人,同时它又包容了莫言小说的全部元素。就是这样一部作品,说出来却有可能让人莫名其妙。对于很多人而言,莫言小说多少都知道一些,比如《红高粱》,比如《丰乳肥臀》,再专业一点,会知道《透明的红萝卜》《红蝗》《欢乐》。莫言本人也认为,在《丰乳肥臀》之前,《欢乐》是较为满意的一篇,感情饱满,艺术上没有太多的遗憾。遗憾的倒是《怀抱鲜花的女人》,但不是在艺术上。就像一个女人,被人称道脸蛋和胸脯，而她最满意的部位别人又视而不见一样，莫言认为，喜欢他小说的读者们恰恰忽视了《怀抱鲜花的女人》，这不能不算是一种遗憾。为此莫言还专门以这作品为标题出了一个小说集。这部小说集子较为集中地体现了莫言对人类初始经验的思考，对文化的神秘性特质的探寻。莫言自称，那是他调整时期的一段创作实践，时间大约在1991年至1993年间。那时他作了各种各样的尝试，也是一个调整创作，向其他作家学习的阶段。其中《怀抱鲜花的女人》对女性的表现非常特殊，女主人公的主动性、叛逆色彩在沉默中坚决地显现自身，所有男性对于女性的先在想法都在此冲撞并被打破，象征意味令人深思。

在谈到这部作品时，莫言特别强调，这绝不是一部爱情小说。"我个人认为这是我前几年写的比较成功的一篇小说。它反映的是人的一种生存状态，而不仅仅是一个带有神秘色彩的男女性爱故事。生活在这个世界上的人就是这样，他在拼命追求一种东西，追求到了之后却又试图抛弃它，而在刚想抛弃的时候却又犹豫起来——《怀抱鲜花的女人》要表现的其实是人的这种两难处境。"他借上尉和女人的冲突来揭示，同时这冲突本身也极富意味。上尉所代表的是理性、法规、军纪、家族、道德舆论等随处可见的社会规范，而女性则代表非常自然、非常淳朴的本能和欲望。这种淳朴的本能和欲望跟文明发展所带来的那些规范性形成尖锐的冲突。人实际上是在各种限制下生存的。如果说存在象征意味的话，那么小说中的男性和女性是互为对立的双方。最后的双双倒地身亡，才是他们和谐的开始，是一种矛盾消解的方式，也是唯一的消解方式。

1999年，莫言整理他的新作，出了一个小说集《师傅越来越幽默》，又收入这部作品，而且"后记"里基本上都是谈的这部作品，可见他的珍爱。"坦率地说，选进《怀抱鲜花的女人》是因为新作的数量不足以编成一本书，安慰自己的想法是关注我的读者可以用旧作和新作进行一些比较。那么多旧作，为什么偏偏选了这篇，当然是自认为这篇比较好，是不是真的比较好，我说了不算数，那些跟我有仇的人说了也不算数，广大的读者说了算数。"莫言重申，"《怀抱鲜花的女人》是1990年代初写成的，可能有的人把它当成了爱情小说，当成了爱情小说也不能说人家错，但我的本意是写一篇包含着一点点哲理的武侠小说，终究因为功力不逮，结果'画虎不成反类犬'。尽管如此，《怀抱鲜花的女人》还是我比较满意的作品。"

应该感谢莫言先生的"唠叨"，它回放出一个作家的烂漫之趣，也为我省去不少口舌，至少我无需再就这部作品做多少深究了，这倒让我想起伟大的马尔克斯，当所有的人都在为《百年孤独》喝彩时，老马却说，他最好最满意的作品，不是《枯枝败叶》，就是《没有人给他写信的上校》。

注：本文所引材料，除了《师傅越来越幽默》（解放军文艺出版社2000年1月版）之"后记"外，均来自林舟《心灵的游历与归途——莫言访谈录》（《花城》杂志1997年第3期）。

汪政印象

你要写好一个人，最好是见过面，但不相识；说过话，但不承诺；熟悉他，但不深交。可惜除了不能算深交，其他方面我都做到了，因此对于汪政，远不是一个印象记所能概括的。真的要说印象，尤其让我难忘的是交谈时他那惊讶的表情，生动而丰富，再配上他那孩童般天真而圆润的语气，让人感到讨论的问题真的太严重、太难以理解了。

和他没深交，是说我们的见面，除了文学，其他一概不论。头一次听到他的名字，还没毕业，我们的当代文学老师总是拿这位学兄的勤奋来压我们。从此这个名字总是在我心里搅动。幸好我们都赶上了一个新时代——1986 年，回首这一年，可能每个与文学有关的人都会稍稍兴奋。那一年，博尔赫斯死了，但他却在他梦中多次抵达过的中国转世了。那一年，余华、格非、北村、吕新、杨争光等人，几乎是同时而陆续地发表了他们的划时代作品。我和汪政正是这一年岁末见的面，是在海安，我们的老家，在《钟山》的一次笔会上。此前，我们已经读到了他在《读书》上评论洪峰的文章《对阅读的挑战》，可谓一鸣惊人：不仅仅是洪峰的作品，自此所有的新潮小说都对我们的阅读提出了挑战。1998年9月，在云南大家杂志社举办的"凸凹笔会"上，洪峰说他当时读到这篇文章也很奇怪，他说汪政是个埋头只做学问的人。洪峰一再要我转达他对汪政的问候与敬意，只因他们一直无缘相见。

与汪政一聊才知他是我的同乡。其时，晓华大腹便便、满面红光地怀着他们的孩子。他们都少言语，小心，细声细气。人们在赞扬着他们是中国文坛上的新派对，他们似乎更专注于腹中的新生命。直到散会，我们合影，他才稍稍兴奋。接着，第二年春天，我们应费振钟之邀，相聚在无锡鼋头渚，我和他，还有常州的王玮，泰兴的陆晓声，同住一个套间。窗外大雪纷飞，窗内侃侃而谈，热火朝天。当然，我只有旁听的份儿了。那次聚会盛况空前，有《文学评论》《文艺报》《文学报》的主编、记者，有初露锋芒的江苏新锐，还有说话打结的盛子潮和李动劫，人们都很激动，热情洋溢，让我和汪政不住地惊叹生逢其时，恰如别林斯基所言，这是一个文学的幻想的新时代，但汪政一如既往地大会一言不发，小会信口开河。

后来就再没这种机会了，由于生活、工作，我搁笔了好几年。我和汪政再没天花乱坠，倒是不住地读到他的新作，关于叶兆言的、储福金的、北村的、鲁羊的、陈染的、毕飞宇的、韩东的，他的每一篇文字，几乎都能够让人们对这些作家再次刮目相看，不仅让他的同道们觉得新鲜，也使作家们心存知遇之感。

和许多青年学人一样，在探究事物本来面目的过程中，汪政也面临着许多的问题和困境。也许这些问题早已不成为问题，但汪政总是不太轻易相信结论，或者说汪政从不轻易下结论。

于是调查和取证,博览群书和思考设想,就构成了他的闲暇生活。这种足不出户坐井观天的生活方式自然会不断地酝酿出新东西,汪政的问题堆积如山也就在所难免了。这正是汪政的可取之处,也形成了他一贯的评论基调:从不解决问题,但不断地提出问题——读一读他的近作《我们距布拉格有多远》《教育的黄昏》就能了解他的尖锐了。后者发表在《中华读书报》上,却更接近于一篇教育评论,事实上该文立即被《教育文摘周报》选载,并加上了一个极其冗长的编者按。

如果教育忽视了学生的个性发展,培养出来的学生都是近亲繁殖下的一个规格的下一代,如果教育依然固守着传统中陈旧的东西,仍在统一的观念指导下,用统一的口径讲授、统一的要求限制、统一的标准考核、统一的尺度评估来有限地培养本来生性并不统一的学生,那么,脱颖而出的人才何在?

可能是受到该文感染的缘故吧,编者在按语中一连用了五个"何在?"来表明问题之急要。汪政一直是很以自己选择了教师这个行当为荣的,有一段时期,他还兴致冲冲地鼓捣着把我调进他那所学校,可惜在心有余而力不足后,他甚至不敢给我打电话了。而在《教育的黄昏》一文开头,汪政就直截了当地承认:"我从教已几十年了,但一直对自己的身份缺乏明确的认识。"这种矛盾其实就来源于对教育的焦虑,同时也表明汪政也是个纯真的理想主义者。

不过在汪政的文字里,你很难找到断言。的确,面对浩如烟海的经典书籍,对当下作品的任何断言都轻于鸿毛、滑稽可笑,也许那些高调性的断言对作家本人来说,能够起到暂时性的激励作用,但长时间来看,对于他们的想象能力,对于他们寻找写作的原因,对于他们执守的信念,可能会带来灾难性的扼制。既然人不能两次踏进同一条河流,人也就不能否认他在理解他人和融解事物时的局限性，问题也好，困境也好，只要带有建设性和开创性，它就既是我们写作下去的理由，也是我们深究下去的新支点。由此我理解了一家著名杂志约请汪政写《小说的境遇》，而他为什么迟迟不动笔了。

1996年夏天，汪政患了严重的病毒性心肌炎。我去看他，他正蹲在不太干净的厨房里，操一把看上去不太锋利的小刀刮土豆，显得无精打采。坐到桌边，一眼望去，他和晓华的卧室凌乱不堪：一个书的世界，书的海洋。自然，一本本打开或折叠的书所形成的秩序，与日常生活的秩序是难以并列的。汪政说话的时候有气无力，但当我被告诉，趁着病中休息他一字一字读完了钱锺书的五卷本《管锥编》时，是那么舒坦，我是那么震惊。在他的餐桌上，摊放着三卷本的《中国历代小说序跋集》。我特地翻到封三，看了一下书的印数。汪政说，你不要看，你只要想想看，这本书的编者和出版者明明知道无利可图，还是编了出了，对于我们来说，对于文学来说，不又是功德无量的事吗。我知道他始终想着小说的境遇，文学的境遇。我也知道，汪政什么时候都是站在真正的写作者和编辑者一边的。

汪政的病早就好了。虽然只隔30分钟的路，却难得见面。难怪我写在《作家报》上的那篇《三人行》（另一人是刘剑波），荆歌读了要嘲笑有"我的朋友胡适之"之嫌了。打个电话过去，我还是问他："身体好吗？""好好的。"他回答，好像他压根儿没生过病。再看看他那篇《避让与控制》的文末，分明写着：

"1996年26届奥运会开幕日。"

也许是我记错了人，汪政真的没生过病。在《钟山》杂志最近召开的"新生代作家作品学术研讨会"上，我最后一个报到，七转八转，又和汪政住到一起。夜深人静，面对这位老生代作家（指80年代崛起的青年作家）和新生代作家的吹鼓手，我打趣道，有些青年作家说评论家都是"食腐肉者"，他怎么看。汪政说，那谁是腐肉。过了一会儿，他告诉我，正是那位青年作家，曾写信请求把他的评论作为一本小说集的跋。那本集子的样书收到了，汪政也打趣道，只是我还没收到稿费。那晚，好像是由于这个话题，我们再也没能深谈下去。

　　回到家没几天，接到汪政的电话，说我必须看一看他的随笔《悲悯与怜爱》，发在《人民文学》上，务必看一下。我应着，心里却奇怪，因为我们有一种默契：从来不要求对方看自己的作品；但我这次肯定是要看的，尽管到现在还没找到，可我相信，汪政的意思我已经心知肚明。

春天唤醒冬眠者

如果说在二十世纪八十年代中后期，以叶兆言、苏童、格非、余华为首的江南才子给当代文坛注入了一针强心剂的话，同样可以说九十年代末期的今天，以朱文颖、魏微、周洁茹、戴来为主的江南才女也构成了绝世的风景，在她们身上，预示着下一世纪文学的格局，也看到了前辈作家的痕迹（尤其是苏童、叶兆言），请注意：这几位新作家都麇集于苏州地区。事实上，七十年代出生的女作家还可以列举出若干多，我放弃她们不仅仅出于个人的偏爱，也不仅仅出于地域上的考虑，更主要的是列举的这几位不另类，或者说不那么另类。生活可以另类，写作则不行。把另类的生活和写作的另类等同，容易导致先锋和另类混为一谈。文学的先锋精神终究会成为传统的一部分，并当作一种阅读经验与写作经验储备起来，而生活的另类则是永远另类，一个人为了过上另类的生活，什么都会干得出来，包括把私人生活也文学一下。《广场》就是这样一部先锋小说，至今我尚未发现朱文颖的描红字贴。在这个极具有开放性的广场里，弥散与凝聚、收缩与扩张的力气共有，它让你陷进去，又给你留下喘息的空隙。手不知不觉中，你可能会掩卷而思，视线模糊，听凭南方街道上匆匆而行的路人，跨过我们的身体我们的脸，只留下丝丝缕缕的"香椿树的味道，春天雨后满地梧桐籽的清香，还有隔夜做爱留下的那种潮湿的气息"。

"最后的影像，则是停留在镜子里面的我。"

"我"又是谁呢，是作者，叙述者，还是阅读中的我？

不能说朱文颖的作品里没有身体、没有自己，况且还是一副竭力凸现其轮廓的湿漉漉的肉体（它成为无限的广场的有质感的内核），但朱文颖总是极力避免私人即其个体的缠绕。从一开始，朱文颖就把小说看成了一个想象中的广场，给我们以轻盈而沉重地上升着的感觉。朱文颖的广场是诗意的、伤感的，也是宽广的、和平的，穿过这个广场，会让人增添非凡的力量与勇气。在这个广场上，她梦想自己是一只散步的鸽子，能够于挥手之间，像天使那样飞翔。然而朱文颖的飞翔并不是向上的，更不是独自上升，满怀悲愤，夫直刺狰狞的月亮和鬼眼的天空。与其说朱文颖极度渴望飞翔，倒不如说她像天使一样，总是向下飞的，亲近人间，给每一个匆匆而行的路人都带来福音，带走厄运。携着这份疯狂过后的平稳，朱文颖制造了俞芝和萧梁的"平安夜"，也描绘了单纯和空灵的"浮生"。

老实说，从个人的趣味上讲，我不太欣赏这两部作品，可正是这些作品，成为朱文颖砸碎了私人的枷锁、摆脱了个体的重压的强有力的证明。我更为欣赏的则是那个让朱文颖一下子从女作家群体中离开的短篇小说《刀客》。此前，在她的笔下，故事似乎无关紧要，迷离的语词有些飘忽，过度的膨胀甚至有些伤害了作品的"情绪"，但是这在这个悬念贯穿始终的故事里，在没有放弃语感的前提下，作者安排了两条线：从形式上看，复仇的刀客是主线，不过从内蕴上讲，小女孩的歌唱更加有力——最终它改变了故事的结局，也改变了刀客（以及我们）对人生的看法：既意外，又合理。同《刀客》相比，《一个沙漠中的意大利人》毫不逊色，只是一个让人不安，一个显得诡秘。当然这些都不是作者的初衷，也非她的目的，不过她的每一部作品里的独有的"气息"都恰到好处地强化了表现力。这一切皆缘于作者有点早熟地领悟到，展现困境中的生存和生存中的抚慰才是文学最恒久的魅力。基于这份热情和现实的态度，她的那些密集的湿漉漉的南方文字，才没有显出荒寒、瘦硬，也没有凄凄惨惨戚戚，反倒造就出一份独有的婉约之美。

我所认识的季能宽先生

一天下午,我正坐在门房读一本新杂志上的《邻居》——雷蒙德·卡佛的短篇,季能宽先生推着车子喊我了。他说他刚刚从北京回来,他去参加了蒋和森先生的葬礼。听到蒋先生去世的噩耗,我心里有着些微的呻吟。我不研究红学,但蒋先生的小说《风萧萧》我是拜读过的。我一直不知道他是海安老乡。季先生与蒋先生书信不断,这次又特意赴京垂悼,可见相交之深。

这一天的下午就在我们的清谈中过去了。自然,我们谈得最多的还是书。季先生今年五十过半,他不是什么名人,一点也沾不上名人的边儿,但和他一起谈话,我这个一向出言直率的人还是有点受宠若惊。他告诉我这次在无锡上火车之前,直奔书店的情形,因为书是可遇不可求的。他还告诉我在北京直奔人民出版社的情形,因为他订的《新华文摘》第三期至今未到。"在那里,我看到了一本《主义词典》。"季先生对我说,"我觉得很新鲜,便请小姐拿给我看,没想小姐到书库里翻了半天，我接过手一看书价：48 元，我实在不好意思再放回柜台。"

可以想见乡下老农模样的季先生买书时的窘境。现在他又是另一个样子了。他为了看一下博尔赫斯的短篇《结局》，到我这里来了。他说他的那个选本中的《结局》中间缺了两页。吉卜林的小说看好了吗，我问。没有，他说。我知道他不会那么快就看完的，否则那就不能算是一本真正的书了。

虽则和他同住一座城里，久仰其名，却一直无缘得见。直到去年县里开会，听说他竟然也喜欢读我的东西，甚至因我同一些朋友辩论得很不友谊，便过去问候他。我们之间的友谊便算是开始了。谈到藏书，季先生觉得这个词不太适合他。他不可能那么奢侈，也达不到那个数目，且他选购的每一本书都是要认真阅读的。"也许以后我会尽可能不买书了，我没有那么多的收入，现有的书我也读不完。"季先生略带遗憾地说，"这个月，（1996 年 5 月）我紧打紧算，还是在买书上花去了近五百元。"

这个数字正是每个月的工资额，而我今年的个人报刊订阅花费了近六百元，还咬了咬牙，现在在季先生面前，真是小巫见大巫了。从这一点上看来，我和季先生的交往不能说没有一点私心，现在，我的床头，就放着从他那搜来的《小说叙事学》。庆幸的是，季先生对我大开方便之门，似乎我借得越多，书的价值便越能够体现出来。

这就是我所认识的季能宽先生。

"近来，我总感到精神不济，看一会儿书就觉得吃力，看来是眼睛有了点问题。"季先生苦恼地说。我劝他注意休息，再说他书房里的灯光也太暗了，我琢磨着是不是买一只放大镜送他。同时，在我的脑海里浮现出那个阿根廷作家，那个智慧的盲人一手抚摸着《道德经》，一手拄着拐杖，弥留之际还梦想访问神秘中国的形象。没有书,谁能知道他、认识他,谁又能够通达他的心灵秘境呢。在书所构成的回路里,心灵是没有距离之远近的,我想,现在我经由书认识了季先生,又经由季先生去认识更多的书,不正是在反复不断地走着追寻真理的相同路径么!

隐情之释

阅读《外国文艺》第三期，美国作家理查德·福特创作和主编的一组"工作"小说很有味道，以前读过他的《石泉城》，不记得《冬寒冻死人》是不是出自他的手笔。现在读了《隐情》，因为在《修真纪》中设置过类似的情节，更拥有了天涯若比邻的共鸣。女人要是出轨了，男人怎么办？这是一个问题，《隐情》中的男主人公同样面临着这个问题，这也是文明社会千家万户的普遍性问题。只不过《修真纪》里，只是女主人公的一次虚拟和询问，而《隐情》里的年轻夫妇活在现实中：他们去参加一次晚宴，在车上，女的向男的坦白了过往的出轨经历，"对不起"，并保证不再犯错。更要命的现实是，晚宴的那家男主人，正是女人当年的外遇者，这是怎样的残忍与残酷！问题没有到此结束，我想我与福特先生的差距也正是在这里，福特先生决定残酷到底。勤劳的含辛茹苦的男人把车子停在路边，思来想去，动手打了女的。估计每个男人碰到这类事，都会气不过。估计每个女的被打了之后，抽泣一番，事情也就过去了。

但男人打了她,并没有完全出了气。他问她是不是很难过,你难过吗?他一连问了三次。他每问一次,我的心都跟着抽搐一下。我是在为男人难过,还是在为女人难过呢?下面就是女人关于"难过"的回答:

> 我告诉你的时候我是觉得难过。
> 虽然不是特别难过。
> 只是因为必须要告诉你才难过。
> 好了,我已经告诉你了,你也打了我的脸,可能鼻子也断了,我没什么好难过的了——除了那个。
> 我难过我嫁给了你,这我会尽快纠正。

关于难过,没有比这篇传达的信息更丰富的作品了。男人打她,是因为难过。女人难过,是因为必须告诉男人。如果说,过往的出轨是肉体的出轨,那么,女人的坦言证明了她的精神没有出轨。事情早就过去了,她完全可以不说,如同大多数男人女人出轨之后的沉默。难过,是因为她在做出选择。因为她爱男人,她必须告诉他。告诉男人,男人是否能够承受,造成了她的犹豫。她难过于男人的难过。现在好了,所有的问题都解决了,她也可以无爱一身轻了。男人的认错,是因为他似乎读懂了女人。可是一切都晚了。你将会失去一个多么爱你的女人呵:她勇敢地坦言,是多么的不容易,又是多么的爱你。失去之后,你还能找到这样坦诚的女人吗,只有那时,你才会更加知道你的不对。

"除了那个",到底指代什么,我到现在还没有把握读懂。但我知道,"除了那个",至少还说明她尚存难过之处。是难过爱的顿时消失,还是婚姻的行将解体呢?这样的模糊之地正是作品闪光的魅力之感。

　　在这一连串眼花缭乱的心灵撞击过程中，福特先生并没有忘记我们所处的冷酷现实：一只过路的小浣熊被一辆横行霸道视而不见的卡车撞伤了。"那些狗屁不如的人渣还在哈哈大笑"，她用鼻子使劲吸了口气，再深深地吐出了一声叹息。出轨是她必须经历的成长代价，坦言是她的成熟和修真境界。女人突然地"向外转"，火烧眉毛的时候还关注着身边的世界，她请求男人"拿出一丁点好心""过去看看""这在你能力范围吧"？

　　显然，小浣熊的情节是小说的复调。福特先生同样没有忘记艺术作品的隐喻功能。这个情节传达的意味更加精彩与浑厚：男人关注自身胜于关注世界，男人的占有欲大于爱欲。受伤而凭本能意志挣扎着爬进树丛等待死去的小浣熊隐喻着我们的女主人公，隐喻着她那颗受伤的心，从肉体到灵魂。货车压轧小浣熊，看似伤害的是动物，残害的却是人类自我：一个失爱的世界还有什么文明可言呢！作为对男人的惩罚，男人下车察看之时，女人发动了汽车，粉色的灯映出她美丽的脸庞。

　　"空气里清香弥漫。雨蛙也住了叫声。"

　　时间和书写在此刻一同凝固。这一瞬间，是她和他的末日。

作为一个原乡人

认识张荣彩已经多年了,认识子川则还是最近,但我始终不能把文学编辑张荣彩和诗人子川对接起来,这也使得我能够在新年第一天,阅读和欣赏子川诗作的时候,始终保持一个读者与作者之间应有的距离。我搬来一张学生桌,靠近窗户,让阳光洒在我的手掌以及鸽羽一样扇动的诗页上。窗外,积雪尚未融化,却没有一只鸟儿飞来。

> 我们仰望蓝天,
> 忽然想起回家的路;
> 生活,有时会定格在某个地方,
> 回家的路总是漫长。
> (《一只鸟》2004年5月26日)

吃过午饭,我便招妻呼儿,揣着一袋糖块,一袋早就备好的蜜枣,去看望我那乡下的老父老母。出于礼貌,我们在路口,让一对母女先上了出租车。事实证明这种礼貌是非常伤身的，元旦的午后，路口的打车人比平时多了几倍，却没有一个讲礼貌的，路上的出租车也比平时多了一倍，就没有一个愿意停下来。

> 所有火车已经开走，
> 闪亮的路轨射向远方。
> 身影越来越小，
> 路越来越长。
> (《所有火车已经开走》2004年1月4日)

在凛冽的寒风中，我们一家三口，分头拦截。总算有一个司机答应把乘客送到车站，回头再送我们。

> 能感知的日子多么有限。
> 一个偶尔浮上水面的青藻，
> 被更多的潮水淹没。
> 经历了长时间的等待，
> 火车终于启动了。
> (《火车终于启动了》2003年8月17日)

我当然不会忘了，我们乘坐的是"普桑"，我们也不是去远方、去城市，而是回故乡，回到年迈的双亲身旁。

> 世间许多是非，人是人非，
> 都随流水逝去。
> 在有限时间体味儿女情长，

老，水也会老。

（《无言的感动》2003年6月18日）

我看见父亲躲在帽子和大衣里，在门前的院场上拱着手。我看见母亲在阳光下拍打晾衣绳上随风飘荡的旧棉被。我的儿子一脚奔向屋后的河边。出于安全的考虑，我顾不上和父亲多话，也奔过去。

河里有一条破船，但和夏天看到的破相没有两样。河上结了冰，母亲颤颤巍巍追过来说，冰是今早才结实的，可还是不经踩。儿子在够冰块，我把出口虚浮的砖和水泥板重新搬过，用脚试试牢不牢。我对母亲说，冬天还是用自来水吧，尽量少到河边洗菜。

"让我来！"父亲在母亲身后叫着，他扛着一把木榔头。父亲的脑袋已经昂起来。他把榔头高高举过头顶，向冰上砸去。"要不然的话，第二天，根本破不开！"看着漂浮的冰块，儿子笑起来。我们捞出那些冰块，开始比赛，看谁漂得远。冰块滑行在冰面上的声音很好听，冰块相互碰撞的声音也很好听，冰块碎裂的声音更好听。哗哗滋滋的冰块就像流星雨，飞向破船、老树，飞向河的对岸。

在我们甩冰块的当儿，父亲和母亲在灶间忙活着，捏了好些个芝麻圆子。我说不吃，儿子也说不吃。"水已经开了。"父亲说。"一会儿就好。"母亲说。我真的是不饿，但我动员儿子和我一起吃。妻子坚决不吃，还把头摇得响。我很生气，我生气是因为在自己家里，妻子零食不离嘴，三个圆子她完全对付得了，生气也没用，妻子就是不吃。

这时大嫂走进来，告诉我被子已经铺好，住一宿，明天走。这一次我表现得和妻子一样坚决，我说算了，孩子还有很多作业，明天上午还得到老师家去。

　　我知道这是借口，却不是恰当的理由。我知道不会睡在家里，却不记得有多少年没在家住过了！

　　　　是什么让我这么快就忘了根本
　　　　每当秋天到来，想到躺在田里的稻子
　　　　和周身疲乏的乡亲
　　　　不由会生出许多歉疚
　　　　在浮华的都市，回味那些实实在在的泥土气息
　　　　就像在空调房里读悯农诗一样
　　　　心情有些复杂，也有些不好意思
　　　　那些古人也和我一样矫情吗
　　　　毕竟，我们都选择了逃离那片土地
　　　　(《乡间，暮归的老牛》2002年11月20日)

　　回乡的旅程就像在子川的诗行里走了一遭。太快了，来回打车，三个小时不到，更像是一次短暂的走神。说不定跨进城里的家门时，父亲和母亲还在念叨着我们在不在路上、有没有上车呢。我是软弱的，子川也是软弱的。我的软弱

　　　　是来自子川，还是与生俱来！
　　　　慢条斯理的步履原是一种无奈
　　　　收获过后的田野空旷，且疲惫
　　　　(《乡间，暮归的老牛》)

　　但至少我要比子川好得多，幸福得多，我还能回到乡间，而子川呢，子川能做什么呢：

> 想象的田野，野菊花开得那么铺张
> 在靠近收获的日子里
> 蓝天不知躲到哪里去了
> 唯有记忆里的雨
> 不停地洒落，有点意味深长
> (《想象的田野》2002年8月17日)

不要说一个诗人了，在一个原乡人的眼中，想象的田野也不可靠，最无济于事，好在记忆里的雨"意味深长"，可以补偿，让自己得到片刻的解脱，聊以自欺欺人。

> ……许多年前的夏日，黄昏，狂风暴雨，
> 黑暗的场景。像锥子扎在心的最深处，
> 痛感使它麻木！
> 有些事情我真的无法忘记。
> (《记忆》第一节 2003年6月4日)

记忆实在是一个好东西，《记忆》的诗篇也的确是解读子川的一把钥匙。

> 坐在麦当劳，吹冷气，吃汉堡，
> 辛辣的鸡腿令我的鼻尖和脸庞同时出汗。
> 汗颜？恐怕不只是辛辣的鸡腿，
> 消逝的往事，
> 在享受轻松的一瞬，突然浮现……
> 汗颜的人应当是我吗？
> 汗颜的人难道不应当是我吗？

(《记忆》第二节)

我很奇怪人到中年的子川还会进麦当劳，想想又不觉奇怪。可不可以说，这是他对自己的童年的补偿，对乡间的继续背叛呢！然而，往事如梦如烟，"突然浮现"的经历每个人都曾有过，并且刻骨铭心。

最悲惨的不是生命所承受的灾难，
是灾难不能被真实记录。
记忆将随生命终结，化为乌有；
记忆会篡改事实，加进有利于自己的想象。
(《记忆》第二节)

看来，子川是有自知之明的，记忆不仅会最终消失，就算它不会消失，也不能给我们有益的一面。在事实面前，记忆实在无能为力，也印证了诗人的软弱无力。

痛楚与苦难堆积起来，
据说是大把大把的财富。
多么离奇？苦难并没有到此为止。
苦难换了另一种表现方式，
醉生梦死，病态的愉悦。
肉体之上那隐在叫声后面的快感，
竟是这世界郁闷的根源。
(《记忆》第三节)

这是子川最有力的地方，对记忆的追问，让子川看到了月亮的背面。

> 记忆从具体生命中一点点剥离,
> 我将化作一缕轻烟,成为不存在的存在。
> 生命的速朽终将销毁最后的物证。
> 我后悔,为什么不早一点挑出我双眼,
> 钉在未来的路口,
> 让篡改事实的行为无法得逞!
> (《记忆》第四节)

尽管软弱,子川还是心明眼亮的。读了这些诗句,我们会发现,记忆还是有些警示价值的。如果我们每个人都能保有对过去的记忆,也许我们会少犯错误,至少不致铸成大错!

> 有些事情我真的无法忘记。
> 泪将流尽。竟没有想到问自己:
> 伤心处在哪里?
> 我为何仍在流泪?
> 无止境的生殖,使生命得以一次次延续,
> 记忆却无法留下。
> (《记忆》第五节)

伤心何处和为何流泪,是我们每个人常有的自问,也是子川的软弱之处。此情可待成追忆,只是当时已惘然!可怕的不是泪流满面,而是泪流将尽,正是软弱,给子川带来清醒的力量。但是溯流而上,往前两年,我们还会读到这样的诗句:

曾经像一片孤云
独自游荡，像一只迷惘的蝴蝶
鼓动无声的双翼
一个个彩色的梦播种在风里
过去的一切与我何干
憔悴的树丛，在春天里返青
重新葱郁。那个旧包袱终于被解开
被丢弃，在老槐树下
与那顶破草帽一起
伤悼往事
(《过去的一切与我何干》2001年7月11日)

孤独造就了诗人，蝴蝶成就了诗性，不过如果真以为过去的一切与我们无关，那么不是我们误读了子川，就是我们已经麻木透顶了。事实上，在阅读子川诗歌的过程中，我反反复复一遍遍地聆听着罗大佑，"流水它带走光阴的故事改变了我们"。作为原乡人的子川，越是想着遗忘，就越是证明他的原乡情结之深，它使子川的诗呈现出一派无可挽回的寂寥之美、伤怀之美。

奔跑的火光

作为女性作家,黄蓓佳的作品始终独特地升腾着一股阳刚之气,乍一看《枕上的花朵》(《作品》2002年第10期)这部小说,似乎更加带有悲壮的自传色彩。一切都是从"我"去澳洲探望女儿引发。在这块神奇妖娆而壮阔的土地上,"我"感到的却不是惊喜,而是迷离与伤感:上高中的女儿不再是自己记忆中的女儿了,更不再是自己少女时代的复制品了。这样的母女俩的每一次交锋,似乎都留下了看不见的伤痕,不是简单的错位,也不是能够弥合的隔膜,而是亲情无声无息地疏离,它给"我"带来的也不止是深深的叹息和失望,还有亲情悄然流失的恐惧。然而,"我"却不能忘记自己的朋友和同事余爱华。

小说写到这里,可以说是触及了现代人的生存价值问题,不过在黄蓓佳的心中、笔下,一切才刚刚开始。在黄蓓佳那一代女性身上,对他人的关怀超越了对自身的关怀,在这种关怀的温情驱动下,作品中的"我"决定等,等到天亮也要把余爱华等到。黄蓓佳举重若轻地大量运用了传统小说中铺垫和悬念的叙事手法，随着故事情节的纷至沓来，我们瞪大了眼睛，随着余爱华的欢乐而欢乐，也随着余爱华的绝望而绝望，我们看到了一个刻板的余爱华、轻盈的余爱华、臃肿虚浮的余爱华、暴怒的余爱华、狡黠的余爱华、阿福样的余爱华、软弱的余爱华、强硬的余爱华、挣扎的余爱华、纯美的古典的余爱华、永远持有着浪漫温情的余爱华，我们看到了余爱华的血肉之躯，以及其血肉之躯的奋力一击，余爱华的最后瞬间还是如此辉煌吗？小说中反复出现了枕上的两朵并蒂莲：一朵怒放，蛋青色花瓣，嫩黄色花心；一朵娇弱和羞怯，嫩黄花瓣，蛋青花心，幸福绝顶的模样。尤其是小说结尾："我轻轻地拈起纸样，举起来，放在阳光下照了照。花朵于是就在我的手上开放了。"这一油画般的带有象征意义的景观，分明让我们感受到作家内心对于人性之爱的无助呐喊和坚定追求。

最后一个渔佬儿

把刘春龙视作渔民,并不是我的专利。近期召开的《乡村捕钓散记》研讨会上,评论家费振钟、汪政在他们的发言中,都不约而同地把他看做渔民,甚至是最后一个渔佬儿。看得出,刘春龙同志也是乐得笑纳的。也许,他觉得这是他完成渔事散文专著之后应得的礼遇,且是最好的回报吧。不过,和他接得触得越多,我越是对他文人、官员和渔民的身份感到难以取舍。说他是文人吧,他一点不沾文人身上特有的迂腐酸臭;说他是官员吧,他并不像许多官员那样不自觉地流露出拿腔捏调的派头;说他是渔民吧,他又不似底层渔民谦卑和木讷。他到底是个啥样的人呢?

20世纪80年代以来,兴化涌现出一大批有成就的作家,诸如费振钟、王干、毕飞宇、朱辉……形成了一个特定的中青年作家群体,创造了文学领域的"兴化现象"。联想到现当代文学的流变,对于这一现象,我觉得称之为"里下河派"更加妥帖些。在这一流派中,刘春龙是最独特也是潜伏得最深的作家。

独特在于,他的文字不夸张不花哨,一板一眼,酷似吟唱道情,颇得汪曾祺神韵。潜伏在于,提及"里下河派"或者兴化作家群,极少会有人说到他。偏偏就是这个刘春龙,像一根不锈的钉子,生于兴化,也驻留于兴化,成为这一群体中地地道道的兴化作家。

第一次和刘春龙见面在南通,第二次在扬州,都是苏中片作家座谈会上,打了个照面,几乎都没说上几句话。第三次见他,是前年在南京,省"作代会"期间。时间已经过去好多年,他已经从一个乡镇党委书记,变成了文广新局局长。记得是在电梯里,他问我怎么说好了去兴化的,到现在也没去。我好像是说过这话,也对兴化记忆深刻,便相约来年一定去看看。

细细想来,我对他的好感,可能缘于他在兴化,而我长期住在海安,有些同"边"相"怜"吧。果然,来年的金花节,在费振钟的率领下,我们去兴化观赏垛田上的油菜花。一路上,电话联系不断,见了面,他高兴得像个孩子。游览湿地公园时,他一直站在木排上,稳稳当当,确有渔家风范。他不住地给我们介绍兴化的风土人情,对故乡的热爱,超出我的想象。一听说费振钟在写乡村考察的系列散文,他热情地推荐,写乡村写小镇,怎么能不写写垛田呢。垛田才是兴化独有的生态景观哩。午后,又带我们去郑板桥故居看戏,到船厅听道情。等待晚餐前,我们合作玩了一会儿牌,掼蛋,又叫淮安跑得快,他玩得比我好,跑得比我快。

后来几次到泰州,他都在下班后匆匆赶来。让我开心的是,喝酒虽然喝不过他,但他只有和我对家掼蛋,才赢得了。不过,他工作、写作、朋友相聚时的那股劲头,再次让我迷惑了。

他总是那么爽朗,乐观,直接,风趣。在我眼里,刘春龙就是一个生龙活虎正值当打之年的船老大。和他待在一起,你能感到生活的激情。他勃发的生机,时时让你精神为之一振,时时感染着你对生活充满信心和美好的向往,长路漫漫,在他那里又好像根本没有过不去的坎。难怪一位朋友在论及他的新著《乡村捕钓散记》时说,刘春龙所痛惜的并不只是一些渔事的消失,而是一种生态的消失、一种生活的消失、一种文化的消失、一种乐趣的消失、一种智慧和精神的消失。这种消失将对我们的生命和生存境遇产生怎样不利的影响?他的讲说引发了我们产生关于生命与水,关于人与自然的许多思考。

看来,在乐观者的背后,同样有着悲天悯人之情。但雨中之渔,并非文人们的太虚幻境,却给渔人们带来了回味恒久的欢乐,点亮了他们的寻常人生。作为最后一个渔佬儿,这样的态度与信念,可能就是刘春龙执着奋斗,努力开掘他的文学之路的原因吧。

多余的话送给中魔的人

我经常提醒自己：小子，少说多做，好好写你的小说吧。可赫拉巴尔死了，我不能不说两句。这位本世纪下半叶捷克最重要的先锋作家生于1914年，今年2月3日在医院坠楼身亡。由于地处偏僻，直至翻开《世界文学》第四期我才知道。

一个遍尝生活滋味，看透了世界，并且善于用幽默来装点自己的每一天（哪怕是悲痛的一天）的人，以这种方式来告别我们，按理讲是不可能的。《世界文学》的报道也说，事发前医生已经准备让他出院了，并未发现他的情绪异常。但不一会儿就在医院的入口处发现了他血肉模糊的尸体，他是从五楼的窗口坠落下来的。医院排除了药物或酒精起的作用。有人说可能是他探身喂鸽子，不慎失去了平衡，也许这种说法更像和平寓言，让人柔情倍增，但不管怎么说，这个中魔的人终于在过于喧嚣的孤独中离开了，如同《哥德巴赫猜想》的作者，自杀也好，电脑发烧也好，他们都在离开的时刻，中魔般地体验到了那种我们都在渴望的诗意飞翔。

《中魔的人们》是赫拉巴尔的代表性短篇小说集,在我出生的前一年出版。"中魔的人们"是作家塑造的一种特殊类型的人物形象,这个词和由之而来的"中魔"在词典上都无从查找,作家曾多次阐释说,"中魔的人"是这样一种人,他们"善物"。因此,在他的短篇《中魔的人们》中,几个老头坐在水泥粉尘毛毛雨似的飘落的水泥厂门前,这个拉着那个的衣领角,冲着对方的耳朵大声嚷嚷。主人公布尔甘先生挥舞着抽打黄蜂的镰刀,不幸一下子砍中了自己的后脑勺,在"我"前面轻快地跑着,高高地插在头上的镰刀仿佛一根羽饰,可是他连鼻孔也没有抖动一下。这时,一缕细细的鲜血淌到他耳旁满是尘土的头发上,然后在下巴颏儿底下急速地滴落。这儿的空气确实糟糕,以致"我"用手背抹了一下鼻子,手背上马上出现一条又黏又滑的黑道道儿。这就是我们生活着的世界。可是当"我"自告奋勇要为他拔出镰刀时,布尔甘先生却说:等等吧,没准我们家的小子想把它画下来哩。我的老伴儿来了!接着,中魔的心态在事件的群像中更为广阔地得以展开。当"我"苦着脸担心他得破伤风时,布尔甘太太却说:不会的,我们这儿的空气医治百病。她攥着拳头爱怜地在老头的脑门捶了一下,解释道,他爹哪儿伤着了最好马上在他的两个犄角中间捶一拳。为什么呢?因为他是个淘气鬼。说着,她抓住丈夫蓬乱的头发,把他拉到院子里,然后一只手把流血的脑袋按在水龙头下面,另一只手压着水泵抽水。

这就是赫拉巴尔笔下的人物,他们似乎特别"富于灵感,他们说出的话被理智的人认为不合情理,做出的事是体面人不会去做的"。这些人统统生活在底层,他们珍珠般明亮的心地,闪烁的是豪放开朗,诙谐风趣的色彩。于是,一方面赫拉巴尔所有的作品从形式到内容都一反传统,另一方面他的人物正如他自己一样，都根植于现实的矛盾当中，抒发出一种昂扬乐观的健康基调，布拉格式的反讽与幽默展示着世界与现实形成的强烈反差，映衬出这些人物的悲惨处境，使作家意外地和十九世纪的契诃夫以及他同时代的雷蒙德·卡佛达到了殊途同归，而我们从中看到的是活下去的希望，也看到了小说创新的希望，这希望就是，最先锋的作品同样能够放射出最古典的人性之美。

处于欧洲腹地的捷克，弹丸之地，屡遭涂炭，却仅在本世纪就为我们奉献了卡夫卡、赫拉巴尔和昆德拉三位小说大师，成为二十世纪最重要的文学现象之一。阅读他们的作品，我们欣赏到的不仅是独特的艺术表现方式，更主要的是他们观看世界的不同态度，以及他们同这个世界的关系：卡夫卡是悲观地排斥的，昆德拉是挖苦地揭露的，赫拉巴尔却是乐观地认同接受的。是他们丰富了本世纪的文学。与此同时，首先让我们看到了他们，是怎样地活着的一个一个的"个人"。

中魔的人什么时代都有，所有的写作者也都是中魔的人。可惜现时代的中魔人要么遨游于人群之上，要么立志于出售哈欠，他们踌躇满志却因失血过多而苍白，他们慷慨悲歌，似乎合情合理却绝非理智，他们欲望化的呼喊与细语使我们赖以生存的河流没有了航标而更像是一条任性挥舞的肮脏绸带，相比之下，我觉得今天的中魔人是空心人、是无根者、是溺水者，而赫拉巴尔笔下的那些貌似荒诞的中魔人却显出了真实与正常。当然，对于大师来说，所有的贬抑与溢美之词都是多余的话，他不需要我们去学习，也不需要我们去纪念，重要的是我们必须以之为参照，使我们的灵魂回归我们的身体，用怎样活着和如何写作这两把尺子，去触动我们日益麻木的神经，来检验我们是不是一个实实在在、有血有肉的普通人。

池莉的新拓展

当人们对日常生活的平庸日益感到不满时,虚构小说便适时出现了,小说的出现表明了一种不安定因素的降临,它既是人们渴求的,又是人们所恐慌的,小说的这种打破常规并以此反映时代主观精神的特性,就不可或缺地成为人们生活中的一些虚拟的兴奋点。基于这种认识,对于我这种具有阅读与写作双重身份的人来说,以池莉为代表的新写实小说,并不能带来一星半点的审美价值,尽管《烦恼人生》《不谈爱情》《太阳出世》之类的命名,表达了她作为个体生命的困惑、感慨和希望,然而它们从一开始,就是以公共话语的面目展示的,她似乎想充当一段历史的代言人,因而她似乎在为一个时代命名,她应答了我们的时代是什么或者有什么,却没有能够在是什么与应该成为什么、有什么与希望有什么之间打开二条奇异的通道,这样,新写实小说便成了历史与文学的混杂物,也不可避免地陷入一种尴尬之境:你说它是小说,但是它不由自主地向"历史"靠拢,你说它是历史,但是它绝不可能被"当下"的历史所认同。

　　所幸的是，这一批作家都是清醒的，她们并没有悄然下场，而是努力地梳理整装。好像是某种偶然巧合，去年和今年春天，池莉的短篇《汉口永远的浪漫》(《作家》1996年第二期) 和中篇《云破处》(《花城》1997年第一期)，都使冬眠中的人们有了一些活力，使我的耐心期待有了着落，也宣告了这位女作家的新的拓展。在这两部作品中，人所共有的生活动荡都被作者轻易地抹平了，因此，"开始的一切，都是舒缓的，平和的，宁静的，一如既往的"，但是，小说的那种特有的"不安定"因素却强化了，无论是作者的延缓性叙述，还是人物的陡然出场，这种不安定都让我们睁大了眼睛，显然，暴力（性）是不可避免的，暴力像是一个幽灵，充满在一个城市，也充满在今天我们生存的环境。尽管作为叙事人，她还时不时忍不住地站出来点评一番，不过作者的作用已经在最大限度地消隐了。她放逐人物自由的滑翔，不论是非，她任由暴力的因子凝固、放大，直至爆炸。

　　我相信，这两部作品的产生都自有其现实的触发点，但我宁愿这历史是作者虚拟而来的，正如她一再指出的那样，"因为这个世界上有太多的人生来就模模糊糊，到处留下的都是语焉不详的人生片断，把他周围的人和事，把生活和历史都搅得似是而非"，作者在此所流露的思想，也可以看作是她试图颠覆历史的有力证明，这使池莉挥发出了比以往任何一次都大得多的想象力。阅读这样的小说，我有一种手痒式的冲动，好像我正东倒西歪在五月的麦田，倾听成熟的豌豆不断破裂的声响，正像别的作家一样，池莉也找到了自己解决现实危机的因素，即通过颠覆历史获取真实，进而获得个人自由的写作空间，池莉用暴力撕开了日常生活的面纱，用语言和人物收复了她曾经占有过的"现实"的全部失地,表明了她的全部作品的前后一贯性,也预示她能够不断地拓展,给予其作品更强大的说服力。

我的老师

一生中你接受过多少老师的关怀与教诲？恐怕谁也不能说上个准数，但是到头来让你念念不忘的，也就那么寥寥几个。我也是老师，我知道这个岗位的普通，它并不像人们歌唱的那么伟大、神圣，因为老师们难得出现在你的人生转折点，然而如果你从未遇到过好老师，那么你的这一生很有可能不是浑浑噩噩，就是糊里糊涂。

幼儿园的生活，我只剩下对一副眼镜的回忆了：是白框眼镜，戴在一位女性的脸上。我已经忘了她的名，好像姓景。除了给我们教课，她也领我们去茅厕。她似乎待我特别些：给我洗脸，还给我涂上香喷喷的百雀羚。

小学里的数学老师也是女的，民办代课。她喜欢好学生。我的同桌是个数学尖子，如今远在美国，把老婆也办去了。记得有一次我们俩贪玩迟到了，可她只批评了我。我当然不服气。她也知道我不服气，说：如果你和他一样好，数学可以免考。我对她的话非常反感，没想到现在动不动也拿这话套在学生头上,紧箍咒一般。只是我不能像我的老师那样,喜欢归喜欢,对谁都一视同仁。想想也可怕,那时一个班六七十个人,她教三个不同年级的班,每天都要把作业答错的学生留下来订正,不是简单的订正,而是要你讲给她听,讲错了,她再讲给你听,当堂过关。也怪,她这样做,从来没有哪个家长找到学校,也从未形成过抄作业的恶习。

我也记得初中里的语文老师。矮胖的身材,普通话很蹩脚,可是他表情严肃,常让我们忍俊不禁。就是他,端端正正,一笔一划,把第二次汉语简化字表全文抄在黑板上。直到现在,我还习惯把力量的"量",写成"昮"。

不过最难忘的,还要数我的高中老师,丁华、沈泽夫妇了。丁先生身材高大,很威猛,眼睛瞪起来尤其让人惊惧。他是我补习时的班主任,我们第一次认识,是在黑板上。他把我默写的"面红二尺(耳赤)"狠狠地嘲笑了一通。我知道他是善意的,但是坐在下面,听到同学们的笑声,我还是再次"面红二尺"。几天后,正是丁先生要求我搬到他家住宿。那时候住在丁先生家是一种荣耀,好像跨进丁先生、沈先生家,就等于大学的大门向我们敞开了大半,而且要通过各种关系才能进去。如果没有记错的话,丁先生主动找的学生,我是唯一的一个。他不单找我谈,还做了我父亲的工作。

应该说,住在丁先生家,是我独立生活的开始。孔子收门徒,好像有个规矩:必须带上一串肉干充作学费。丁先生没有这个要求,只是沈先生临到周末会提醒我们:鸡蛋不多了。带过来的鸡蛋由沈先生统一管理,不计多少。每天早晨,沈先生起床后的头一件事,就是给我们煎好鸡蛋,或者打蛋茶。他们自己也养了不少鸡,不够了,或者有谁忘了带,他们就拿出来贴补,反正我们每天都有鸡蛋吃。现在想来,我似乎揩了别人不少油。这是一个清贫的家庭，他们似乎都喜欢穿布鞋，而且鞋底必定要钉上胶皮，他们总是悄无声息地走近，查看我们有没有偷懒、瞌睡。有时候，他们来来去去，我们全然不知。他们尽量把脚步放轻，还有一个原因：怕引起我们紧张，怕分了我们的神。

但我不怕丁先生，丁先生也知道我不怕他。丁先生训别人时，别人不吭声，我有时还帮腔几句。丁先生训过我们之后，沈先生总要过来一趟，调节一下气氛。我甚至喜欢丁先生训我们，因为不多久，他们就会拿来一些零食，有时是丁先生自己拿，但更多的是沈先生。只有我知道，丁先生既批评教导我们，又相当尊重我们。

我害怕沈先生，她是我高中三年的班主任。沈先生的个头恰好与丁先生形成反差，但是她端庄、光亮，她走近我们的时候喜欢咳一下。沈先生的眼睛很大很大，直逼人心，似乎我们这些小鬼头的任何花招也瞒不了她。去年夏天，我听说丁先生动了手术，核实之后急急忙忙赶过去，丁先生已经出院了。又听说丁先生送学生参加统考。赶到他们住的招待所，却意外地见到了沈先生。沈先生的眼睛依然那么大而有神，只是头发染上了白霜，但她把辫子剪了，留着一头短发。他们早都退休了，却依然站在讲台上，丁先生好像还是班主任。

我喊了一声沈先生，沈先生应声而起。还是那个声音，还是那个嗓门，还是那个表情，还是那么敏捷。让我敬畏，又感到像雪一样温暖。面对沈先生，我恍若一下子回到了从前，唯一不同的是，沈先生也喊了我一声："周老师！"

追风筝的女人

我写叶弥是有些私心的,因为自从读了她的《成长如蜕》,见过面、打过牌之后,我就一直想着给她写个像点样子的评论,至今,我还保存有叶弥早期发表在《江南》上的一部中篇小说复印件,当年我那篇始终没出炉的评论文字是这样开头的:提起浩浩荡荡的江苏文学大军,一定是绕不开苏州作家群的,不过当你真的进入这个群体,你就会发现,炫目的苏州作家群炫目的原因在于它本质是苏州女作家群,不是两三个,也不是三五个,而是前前后后一长串,大有"小蝌蚪找妈妈"之气势,更让你惊奇的是叶弥,作为苏州女作家的中坚人物,她的作品其实是与江南无关的,与婉约无关的……

搁下笔来,我想再等等看吧,评论似乎为时过早,还是看看叶弥的下一步还有什么新动作吧,哪知这一等就遥遥无期了呢。叶弥的成长果然在我的意料之中,此后她佳作迭出,如《天鹅绒》,如《猛虎》,不可收拾,也不可阻挡,却又在我的意料之外,有关她的作品的评论更是若雨后春笋,芝麻开花,且皆出自评论大家之手，此时我再班门弄斧，就显得又可笑又多余了。

　　1998年夏末，《雨花》杂志在连云港搞了个笔会，那次的最大收获就是认识了叶弥，因为大我一岁，我这个老作家就无可奈何地成了她的小弟，这就是我的私心处。我到现在都不清楚叶弥有没有亲弟弟，反正我这个弟弟似乎是铁定的了。叶弥是认真的，而且做得像模像样，此后电话来往，开会相遇，她总是以小大姐的口吻问候我、提醒我、关照我，告诉我她们一家当年下放苏北农村的经历。隔年五月，还把我们全家吆喝到苏州，游了一趟周庄，带我们去了东山，看了山上的一座小寺庙，据说寺庙虽小，却很有些来头，九百多年了，但我只记得路边的杨梅、水蜜桃，清新的空气里流溢的酸甜气息，现在也能隐约嗅闻得到。

　　2002年，在北京进修期间，已成名家的叶弥也来"鲁院"视察过，请她和她约的一帮子朋友在"大鸭梨"吃过饭喝过酒后，我们走在八里庄纷乱的小街上，叶弥指着路边林立的发廊说，罗望子呵，好好写小说吧，这种地方可别去呵。我心虚地低下头，数着电线杆。老实说，我去过，还不止一次，都是和要好的同学一起去的，也就是洗个头，敲一敲颈椎，每天坐在电脑前，实在吃不消。不过叶弥说了之后，我再也没敲过。但我也不是吃素的，记得她着一件薄如纸的白色羽绒衫，我笑她不会穿衣服。她则大度一笑，笑我根本不识货，那还是个叫"蜜雪儿"的品牌哪。

　　和叶弥玩得最多的还是打牌，小说反而聊得极少。叶弥是个会享受生活、放松自己的人，她知道生活就是生活，写作就是写作，混为一谈往往迷失方向。但我很难评估叶弥的牌技，或者她有没有牌技也很难说。每次开场，叶弥总是冷静的，还提醒大家打牌就打牌,不要争吵,可是两三把过后,无论输赢,最先争执起来的好像又都是她。如果恰好是我和她打对家,她照样批评我,指点我哪张牌应该出而没出,哪张牌不该杀却杀了,弄得我这个圈内公认的八十分高手也手足无措,开始怀疑起自己是不是真的打臭了。

不聊小说,不等于不聊她和她的作品,尤其她不在场的时候。经常会有人告诉我,你们江苏有个叶弥,小说写得很棒。不仅男作家夸她,女作家也夸她,小作家夸她也罢了,大作家也夸她,这的确是个很令人服气的事儿。不过,夸她的人更得意,似乎他们对文学,对江苏作家一副知根知底的模样。

在我看来,从事文学的人不是怀揣文学理想,就是因了混混生活,可是叶弥什么也不为。说到生活,她的家境宽裕,还不是一般的宽裕,可是她写小说了,还写得那么好;说到文学理想,她认为:我是女人,女人喜欢做梦,做梦是不切实际的。所以,小说就成了中和我这个特性的手段。我必须通过小说到达现实并理解这个世界。但让我痛苦的是:我发现写小说成了我的另一种梦,一种会走路的梦,你不知道它将带你到何方去。

说了这么些,我还是难以把生活中的叶弥和写小说的叶弥连接与贯通起来,生活中的叶弥似乎是随性的、糊涂的,写小说的叶弥又是清醒的、理智的甚至是残酷的。一如我们这些人,始终是在放着风筝,摇摇晃晃,歪歪扭扭,而她是个追风筝的,内敛、奔放、激情、执着。

最近的一次碰面是去年的现在这个季节,在范小青作品的研讨会上,我突然发现叶弥不爱说话了,而且来去匆匆,避闪着众人,似乎她从来就是不怎么说话的。但我们等在电梯门外的时候,她又"气势汹汹"地问我,罗望子呵,你怎么不说话呀。

现在,我说了,说得不好,请多包涵哦。

画家郜科

二十世纪九十年代初，有一次我到位于湖南路的省作协拜访费振钟，在他的办公桌上，看到一本新出的大开本画册，我潦草地翻翻，觉得很是新颖奇特，又与我当时的心境相去甚远。问是何人，答曰郜科，杂志美编。等了半晌，终不见人影。不过打此之后，却经常留心他的动向，漫画小品、封面插图、水墨写意、报纸杂志，他都做得有声有色，在我的心目中，郜科几乎是个无所不能的家伙。

真正认识他，已是十多年后，我调入作协，和他成了同事。说是同事，但我们平时并不上班，偶至单位，也难得碰上。只有一年一度的年终考核，必定能看到他。都说年年岁岁花相似，岁岁年年人不同，眼前的郜科却经年不变，永远是一顶网球帽，永远一身的野战排中士打扮，永远的朗朗而笑。只要遇见，他那蒲扇般的大手必定会紧紧攥住你，热情地递给你一根"三五"烟，让你感到朋友亦或是男人间的贴心贴肺。你会觉得，今天，此时此刻，碰上这样一个男人，生活忽然变得有意思有希望有质感有力量了。

在一次南方之旅中，我有幸和邰科同住一室，这才了解到他的水兵生涯，他的东欧、俄罗斯的漂泊经历。我们彻夜长谈所谓的艺术。邰科总是越说越激烈，越说越兴奋。记得在亚龙湾的船上，半夜里，邰科的嗓门奇大，震耳发聩，船又摇摇晃晃，恍若入仙。以致招来隔壁的毕飞宇，加入我们的论坛。

我喜欢邰科作品中的平民调子，草根派头。无论是他的仕女画，还是田园画，人物和构设都是那么率性，或嗔或喜，或怨或乐，都是那么本色，和画家一样，没有任何心机，抑或是抹去了心机，回到了生活原点。我尤其喜爱邰科的"文革"宣传画，动乱年代的青春与梦想，或夸张或反差，时尚与古典的杂糅，书写着那一代年轻人的绚烂意趣。鲜红与草绿是邰科最着意的语言，这里没有寻常的怀旧，却撩拨着我们的灵魂，为我们以别样的方式打开了尚被遮阴着的历史。"亲历历史"，我想起《收获》杂志的一个栏目，而邰科早就在自觉地做了。邰科对"文革"的思考与发现，让作为作家的我不禁汗颜了。

我除了临过几天帖，对画几乎可以说是一窍不通，但不管我好说歹说，邰科总是照单全收。日子久了，闲聊多了，我便半真半假道，有机会的话还请邰兄给我的书画画呵。他很爽快地应了。谁知一语成真，没过几个月，我的长篇《梅花弄》给春风文艺出版社相中，只是篇幅太短，最好是能做些插图。我赶紧惴惴地打电话给邰科，他说那你把稿子发过来看看吧。此兄看书的过程中，还发过两次短信来，说书写得很有意思，他读着读着都有了"化学反应"，保证能画出来的。我固然不会给他的鼓励昏了头，但毕竟吃了颗定心丸。不到十天，邰科兄便特快专递过来他的作品，既有纸本底稿，又有复印件，甚至还给我刻录了光盘，说是便于收藏，便于排版。我忽然发现，这家伙还是个心细如发、不计回报、不留后手的男人。

可惜应了好事多磨,《梅花弄》没能通过新闻出版局那一关。郜科反过来愤怒地安慰我,说这么棒的小说咋会不能出呢,没关系,咱留着,总会出来的。没过几天,我的责任编辑又打电话给我,我以为有戏了,编辑却说拜托我一事,能否和郜科先生联系一下,他们希望能请郜科兄,给他们的几本书画画插图。能够"成就他人的碧海蓝天",而且这个人还是郜科,我觉得是对他的弥补,当然求之不得了。随后几年,便有了插图本的长篇小说《胸若桃花》《红衣》《裤裆巷风流记》陆续出笼。我的《梅花弄》经过调整,也在 2005 年由太白文艺出版社出版,今年还重印了一次。

殊途同归的是,前些天,又接到太白文艺出版社编辑的电话,催得还比较急,一是想选《梅花弄》里的一幅画做他们另一本书的封面,二是想请郜科继续给他们的书做插图。我当即打电话给郜科,此兄大大咧咧地答应了,至于那幅画,他分文不要。这下轮到我急了,我说拜托了郜科兄,我已经给你要了,你要了请我吃饭也好呀。他在那头嘿嘿嘿地笑了。也许郜科不晓得,他笑得我心虚,我已然分不清,是作家成就了画家,还是画家成就了作家的碧海蓝天了。

王贵是谁

单位里人来人往的交通要冲,搁着一块小黑板,上面写着:王贵同志的追悼会定于今天下午三时在殡仪馆二室举行,请相互转告。那种心平气和的语气,那种去不去由你的语意,都说明这个通知没有什么特别之处,对于通知者而言,这不过是由他处理的日常琐事当中的一种罢了。

然而王贵是谁呢?我在这个单位已经工作十年了,我从没听说过王贵这个人。也就是说,王贵如果在此工作过,那也是十年前的事了,不过若他真的在此工作过,必定会有人谈到他,或者谈其他人的时候涉及他。比如,我就经常听同事聊起从前在这工作过战斗过生活过的某某人好色,某某人是个醉鬼,某某人喜欢揩油,某某人是个小喇叭,某某人最会整人,某某人不见兔子不撒鹰,当然这个某某人肯定不在本单位了,但我就是没听说过王贵。

那么王贵是谁呢?我问每一个朝小黑板瞄上一眼的人。他们都摇摇头:不知道。似乎也不需要知道,他们瞄上一眼后款款而行。我又问每一个从我身边匆匆而过的人。他们或是流露出狐疑的表情，要不就是现出意味深长的眼色，倒是向我瞄上一眼，似乎在责怪我不该有此一问：管他王贵是谁呢。

的确，即使现在我弄清了谁是王贵，也不能去为王贵做些什么。活着的时候他没人知道，死去的时候这个名字又对活着的人毫无意义，王贵是不是我们所有人的映像呢？站在小黑板旁边，我的心里一阵混乱，一片空白，随即走进办公室，夹着教本，走上讲台，王贵这个人也像一阵风刮过去，我忘得一干二净，更不用说去参加追悼会了。

要是我再也想不到他倒也罢了。但是过了两天又想起了他，想起那块小黑板。有好几次，路过单位搁小黑板的地方，我都迟缓地慢下，驻足不前了。想起王贵的时候，我总是深深歉疚，为我那断断续续的不应有的遗忘，要么，我就不该忆起他，既然这个人让我撞见了，我就应该认真打听到这个人，不是为了了解他是谁，他做过什么也不重要，而是为了了解这个人短暂而漫长的一生，像我（们）一样，他曾经活着，这样我们才能得以心安，心安得如同他仍然生活在我们中间一样。

那个男人

1. 好小说的唯一标准，是始终让读者持有强烈的代入感。小说呈现的生活，与现实生活之间的距离，理应既像童年一样陌生而遥远，又像月光那样神秘而亲昵地照拂着我们的每一个毛孔。好作家的唯一标准，是始终让读者持有清晰的辨识度。老舍与沈从文，莫言与刘震云，苏童和余华，他们各自为战，无可替代。辨识度的大小标示着作家成就的高低。从这个意义上说，我不是一个好作家，因为我根本不能给人以一定的辨识度。我这样的写作者只适合去打半瓶醋。

2. 街灯亮了。那个拿着一本书的男人，行走在黄昏的市场街。他走得不紧不慢，一会儿松松垮垮，一会儿抬头挺胸。他的手上有一本书。收摊的妇女们忙碌中不忘盯他一眼，带着奇怪的神色。两个姑娘一边说着悄悄话，一边瞄瞄他，很快又谈笑风生。拿书的男人有些慌乱，他拿不准她们的神情是赞美还是嘲讽。他不得不把书换到另一只手，捏着，或者夹着。他像个孩子面对一只笨重的菜篮子，也像一条狗面对一只巨大的骨头。可他毕竟是个成熟男人，拿的是一本书，理应轻飘飘的呀。现在他觉得沉重如铅。那是他写的书，他去赴宴，打算送给请他喝酒的朋友。他不断地捣腾着两只手，那本书在手中，仿佛一只挣脱不开的鸟张着翅膀。他越走越快，看上去像是在逃离一场灾难。可笑吗，这个男人？我问自己。因为我就是那个拿着书赴宴的慌慌张张的家伙。

3.迈出中年的门槛，步入晚年，有人喜欢弄古玩，有人喜欢练书法，还有人喜欢钓鱼、远行或者搬到乡下。我则写起了散文随笔，实际上我是极不喜欢这种文体的。人总是很难面对自我，散文需要的恰恰是真性情，真性情的时候又能有多少回呢。散文让你彻底的敞开，而非掩藏。散文写作的过程，就是情感稀释的过程。因此我不喜欢写，又正在写。我不知道这样欲罢不能式的纠结是不是在跟自己较劲。

4.汽车熄火后，钥匙拔不下来，你遇到过吗。我周围的人都说从来没有过。可是我的车经常如此，让我颇为头疼。到4S店检查，说挂挡面板坏了，要更换。好的吧，那就换。工时费加材料费花了1350元，有点心痛。问题是不久之后，钥匙还是常常拔不下来。忍不住去讨要说法。4S店说，操纵杆也要换，估计还得花上千把块。我说，那你上次为什么不说，却换了外壳面板。回答说，上次以为还能用，帮你节省的。至于面板，你本来就磨损严重了。我无言以对，但也不想乖乖就范。好在这种情况不是每次都发生，它是偶然的、随性的，只能祈求上天保佑了。但每次关闭发动机时，我们都心惊胆战。有一回实在没辙，邻居友好胖子把车倒出来，让我们的车停放到他的车库。怎么办？当然要修了。我们这回没去找4S店，而是任意找了一家路边维修店。杀熟的事到处都有，所以这样的麻烦不能找朋友帮忙。维修店的老师傅一听情况便嘿嘿笑了，他说天天有人为这样的麻烦来找他。其实吧,这根本不算个麻烦,不算个事儿。怎么讲?你们学的手动挡开的自动挡吧,师傅问。是的,现在谁还开手动车呀。那就对了,他说,你们把操纵杆推到P挡时,没有踩住刹车。熄火扭钥匙时,也得踩住刹车。虽然不踩刹车,也能拔下来,但不规范,随时可以出现你们所说的麻烦。师傅没收一分钱。他肯定知道,以后车子有了毛病,我们还会来找他的。

这件事告诉我,钥匙拔不下来,并非绝无仅有,就像到了医院,什么样的病人都能遇见一样,关键就看医生如何处理了。医生如果说,情况很严重,病情就会加重。医生如果轻描淡写,给你开点藿香正气丸、速效感冒胶囊,你的病可能没出医院就好了多半。这样的好事当然不多了。那么4S店这么做,到底是员工缺乏经验,还是故意黑客呢?我不想揣小人之心,但手动挡、自动挡关机熄火的动作要领,应该不算什么高端技术吧,为什么他们不知道呢?开车到家,我按照师傅的吩咐,干净利索地关机(踩住刹车),拔下钥匙,再关门锁紧。我喜欢听到锁车门时那悦耳的丢丢声。

5. 为什么总要在宿醉之后,才觉着早晨的那杯茶救心般的好喝,那碗粥无微不至的爽口?

6. 美酒美味美色,所有的欲望都有毒素,并且让我们习以为常,习惯成瘾。我们活着,因了欲望。我们死了,源于无望。

7. 日本演员高仓健去世了,我首先想到的是他主演的那些电影,塑造的那些男人形象,尔后想到的是那些同样伟大的中国男演员王心刚、达式常、许还山、杨在葆、李默然(排名不分先后),我努力回忆他们表现的角色和电影。我还想到了一个日本作家开高健,因为他的名字和高仓健有一个译音相同。开高健很少有人知道,却的确是一个稳健型的作家,他在写实的基础上，总是逸出现实的束缚，非常现代，比什么黑井千次、安部公房厉害多了。但微信上到处都是怀念和记录高仓健的文字。这是不是一种角色移位？我不知道高仓健的个人情况，就像不了解也不想了解萧红、张爱玲一样。其实我们欣赏和怀念的应该是高仓健创造的老派硬汉形象，而这种怀念的错乱却有点让人无语。再说这种怀念也仅仅停留在怀念上吧，恐怕很少有人会再去重温《追捕》《幸福的黄手绢》——无论人物还是音乐，都那么刻板和稚嫩。我们经常重温的仍然是教科书般的黑泽明电影，他的结构、叙事、对暗黑的钟情、越过现实的表达，都让人念念不忘。也许，我们怀念高仓健，只不过是在怀念我们自身，怀念我们当年所处的那个启蒙时代吧。

8. 汽车、电脑、手机、微信，每一个新兴事物崛起时，都会引发人们的怀疑和忧虑，随后才渐渐被裹挟其间推而广之。没有多少人疑虑读书的用处，因而读书人永远是极少数。

9. 万万没想到，斯蒂文·米尔豪瑟的绝大多数作品都是由同为美国作家的保罗·奥斯特译成法语，作最郑重的推介，在法国获奖、引起追捧，才成为经典作家的。奥斯特是那种畅销型的纯文学作家，米尔豪瑟是隐士型的精英作家，在大学教授和文学爱好者的小圈子里流行，两个人写作探索的路子也不一样。读了米尔豪瑟，你会觉得，雷蒙德·卡佛不值一提。毫无疑问，小三岁的奥斯特也是米尔豪瑟的铁杆粉丝，而且他的长篇短制《密室中的旅行》完全可以和米尔豪瑟的作品媲美。奥斯特译介米尔豪瑟，不仅有着非凡的底气和勇气，还表现出英雄惜英雄的敬意、不译不快的惬意。

10. 已经不止一个朋友告诉我，我晒的照片很模糊。有的朋友说得委婉：朦胧。有的很直接，建议我换个手机。还有的朋友好心地拿起我的手机研究，作指导和示范，结果呢，还是模糊或朦胧。不可否认,手机已然成了现代人身体的一部分。它是手、脑、眼的浓缩物。它的窥探大于观看,每个人窥探和记载的都是另外那个风景物象。然后我们彼此被窥探和记载,其实都不是真实的我们。因为我们本来就不真实。相对于别人,每个人都是外星人。那么只能如此解释这种模糊或朦胧了:我的窥探和记载把我一脚踢进了虚无。不管风景物象多么动人多么灿烂多么伪装得有意义,存在的是风的漩涡和更大的隔阂,留给我们的也只能是转瞬即逝的失落感。

11. 周末去乡下,看望年迈的父亲。父亲喘着气,弯着或者蹲着,给我挖了青菜、菠菜、大蒜和葱。他执意要自己挖。他说,明年就挖不动了。父亲一边择菠菜,一边说,正月里带我到街上玩。我说好的好的,现在带你去也行。他摇摇头说,不去,现在不去,到正月吧。大哥说,正月还远着呢,现在就去。大哥不懂,我懂。父亲九十,年后九十一了,过年等于过了一个坎。正月里上街,是他如今的目标,也是将来的自豪。我们在生活中的煎熬,被父亲看作和时间的搏斗。

12. 微信的好处是,朋友们可以天天见。坏处在,让我们失去了原本属于彼此的那一份念想。理所当然,它也成了情感沙化的工具。

13. 好作者首先应该是个好读者。做为读者的作者和做为作者的读者似乎应当有着共同的期待,而这实在是不可能的。于是,新的阅读和新的写作蕴藏着新的期待。

14. 也只有到了我这样的年纪,才会觉得,读安徒生童话,和看《荷马史诗》《包法利夫人》,听《天空之城》《花房姑娘》一样美妙。这是因为,伟大的作品总是殊途同归。

15. 夏天,我们总是避着阳光。到了冬天,我们处处迎着阳光,却躲不了寒冷。对于刺骨的冷,我们既害怕更渴望,可始终找不到一条冰封的小河,也看不到雪压青松的白。所以诗人说,"你拿一本小说躺在床上,在另一个幻象世界周游,它使你感叹,或使你向往,因为冬天封住了你的门口"。我只得背对繁华,静默于温润的黑,才能想象冰山上摇曳的火焰形状。

16. 在你成功的背后,肯定有一群默默支持帮助你的人;在你成功的前面,注定有一个比你强大你又必须超越的对手。这个对手可能是别人,也可能是你自己。成功的人酷爱对手,感谢对手,是对手把他变成了活着的人;庸常之人恐惧对手,他选择撤退、逃离,面貌不清,直至模糊、消失在芸芸人海。他活着,仅仅作为一个被忽略和遗忘的角色。

17. 清晨,一天中最暗黑的时刻,我驾车去殡仪馆。路边树木不多,来往的流浪狗超过了寒冬夜行人,我仿佛行驶在路的尽头。灵车、小车塞满停车场,送葬的人也远远超过医院探病的人。生者渴睡满面倦容,化了妆的死者美丽安详,仿佛手串上雕工精细的一枚桃核。葬礼开始了,很快又结束了。主持仪式的女孩蜡黄着脸,催促人们收拾花圈推走死者。另一支送葬的队伍堵在门口呢。一队队戴孝的人蚂蚁般走向车子,领队无一例外,打一把黑伞。我抽了支烟,大声咳嗽,大口吸进早晨的空气。多么清冽的空气呀,就像这清冽蔚蓝的天空。一只鸟一直聆听着《大悲咒》,忽然离开枝头,飞箭般射向启明星。

18. 在写作的迷途,瞬间被照亮的感觉真好,好得爽歪歪,好得千金难换。前提是你必须在写,必须把自我扔进写作的困境,出没于词语的大海,劈波斩浪,才能听到大海的回声。

19. 更多的时候,我们必须死死压制住写作的冲动。就像骑马少年努力不想他暗恋的姑娘,就像收藏火种,让她成为云层里的一道亮光。可以允许她变身为刀子,潜伏在胸腔。心,是他的磨刀石。遍体鳞伤时,往往意味着璀璨与辉煌。

20. 从前，人们宰杀牲口时，事先总要祭拜一下动物的神灵。小时候，家养的猪要出栏了，母亲总是抹着眼泪，给它做一两顿好吃的。猪呢，不吃不动，悲恸不已。猪动身的时刻到了，母亲总是转出去，或者蒙头躺在床上，几天没有好心情。我们吃猪肉、吃羊肉、吃牛肉、吃驴肉、吃鸡肉、吃鱼肉，甚至吃马肉、狗肉，因为这是一个巨大的食物链，也是一个永远的禁忌。我们感激它们，我们又贪婪成性。但我们决不会嘲笑它们，我们只会说，"你幸福得像一头猪"，或者"她像绵羊一般温柔"。在它们活着的时候，我们是那么地爱护它们。幼崽时，我们怕它经不住冻，会把它放在锅膛口。冬夜，我常常看到父亲提着马灯，到猪圈里察看、添料，给它们拉上草帘子。在中粮集团的养猪场，为了减少它们临死前的痛苦，通常采用电击法。万万没想到，如今，我们的一个小镇，竟然一年一度举办"曲塘羊肉节"，领导讲话，群众鼓掌，现宰现吃，人欢羊嚎。人类面对生命，面对沉默的羔羊，已经失去了起码的敬畏之心。

21. 我不喜欢保温杯，通常我用玻璃杯泡茶。我喜爱观看茶叶在杯子里垂挂、悬浮、翻滚、上上下下的姿态。壶中有乾坤，说的就是茶叶很忙，它们各有各的去处和奔头。我的保温杯夜间总是贮满了开水，等待我口干舌燥的那一刻。但我醒来时，往往天已大亮。我是给小白挠醒的。小白是只小比熊，它掌控着我的睡眠，不让我有偷懒的机会。我讨厌它，又依赖它。对此，小白了如指掌，却我行我素。它认为，我才是它的依赖。

22. 二十多天过去，终于读完了中篇小说"纽约三部曲"之《玻璃城》，仿佛经历了一场漫长又艰难的跋涉。没有感动，也没有震惊，却有着抽丝剥茧样的痛快。断断续续地，我追随着叙述者，渐渐逸出了小说的疆界，神游大地与太空，回望树林与星辰,最终我飘荡的灵魂再次回归了我的躯体。阅读过程中,我常常猜想作者,他写这本书是给我看的呢,还是给另一个作者米尔豪瑟看的呢。他是想得到他所尊崇的作者的特别期许吗。我也常常猜想别的读者,尤其是国外读者,这样一本穿着侦探外套的后现代小说,他们是怎样看得下去的呢,而且还那么畅销?我注意到,这部作品写成于1981年至1982年,那辰光,中国文学还处于蒙昧期。

23. 有的人用微信时,仍然沿用QQ的方式;有的人拥抱,是为了漫长的告别。有的人报怨一生,自认为好死不如赖活;有的人一生辉煌,却觉得这个世界不宜耽搁太久。最美的时光,永远惊鸿般短暂。找不到自己,那是跑偏了方向。

24. 一部好的作品至少得有三个作者:原著者、批注者和评介者。这些作者最好来自南方,也来自北方。

25. 下雪天,我还是喝喝正山小种吧。可惜如今的雪再也不能用来烧开水了。

26. 可能是年纪大了,在短篇小说里,我越来越喜欢欧·亨利的简单直接。虽说契诃夫常有出人意料的修辞和幽默,但我不喜欢他的唧唧歪歪。优雅呢,要数莫泊桑。最高贵的仍然要属梅里美。拥有如此逼人气质不仅因为他同样身在法国,主要在于他自始至终坚定执着讴歌英雄。无论宫廷里的贵妇人,还是战场上的士兵,还是亲手处死儿子的农民塔芒戈,还是野性的卡门,处处散发与捍卫着一个时代的精神操守,令我们为之羞愧、倾倒和缅怀。

27. 为什么每次搁笔收工,总感到灯枯油尽?迷迷糊糊的视线里,好一个白茫茫大地真干净啊。

28. 所谓朋友,就是那些热衷于点赞的人。从中他们也收获着自己值得点赞的人生。

29. 小说已死,不是说这种文体的消亡,也不源于人们的懒散和生存压力,更非其他艺术门类的纷扰和其他媒介的强力侵入,而是小说本身,它的种种可能与人性上的挖掘,似乎已经探索完结。但是我们不要忘了时代与语言。每个时代都有每个时代的问题与风骨。每个写作者,也都有着自己叙述的腔调与癖好。有人的地方,就永远有小说。小说,于人而言,是对未来的一种过去式把握。

30. 我们渴望春天。我们期盼春风扑面的那一瞬,真的是因为二月春风似剪刀吗,还是源于在春天,每个梦里都有着你的梦呢!

31. 每次我洗车,三楼邻居的老父老母就感叹,你又省钱呵。他们第一次感叹时,我说是呵是呵。第二次,我说店里没我洗得干净。第三次,我说省钱可以多跑些路呢。第四次,我说去洗得等,不如自己方便。他们的感叹似乎是在测验我有多少个答案。后楼的宝马车主见面就给我递来一根烟,说到海光路上的洗车行洗去吧,报上他的名字,只要十块钱。我知道他是真诚的,我同样真诚地谢绝了他,我说,没法子呵,我就是爱洗车。我的车肯定不是好车,但永远都是最干净的车。我爱洗车,就像看不得流浪的狗一样看不得肮脏的车,这和我书房的杂乱大相径庭。我就像个在花园里割草剪枝的中年男人,代步车就是我的花园。如今我依然爱洗车,哪怕寒风凛冽,洗净擦干,静静地看看它,照照自己的影子,车身印着我的指纹,车内留有我的体温。然后,步行去喝酒。路是越来越堵了,我觉得开车才是活受罪哩。

32. 早晨,春雨绵绵,牵狗遛遛。一个戴粉红口罩的女人与我打招呼。泰宁装饰城的老板,她的名字叫小三,她很乐意别人这么喊。老公和她几乎形影不离守着店。望着她的背影,我惊叫一声:"男人码头?"电瓶车扶手上的黄色购物袋,四个黑体字粗大醒目。老板小三侧头瞟瞟,便疾驰而过。

33. 一个人的暮年,有病没病,都是与痛苦相伴的。有病的痛苦短暂,确定。没病的苦痛属于漫长的孤寂,且没尽头。有病治病来自求生的本能,也是想干点什么折腾折腾的无奈之举,肉体也就成了自我与医生轮番轰炸的废墟。没病的人则流连于追忆,常常大胆假设,遐想自己如果选择另外的道路会是一个什么样的辉煌以求抚慰。殊不知,不管怎么选择,答案如出一辙。这么想,并非完全出于悲观或厌世,而是不必等到暮年去痛,让当下生活圆融,暮年才会圆满。

34. 春寒冻死人。一条小狗吠了一夜。我在它的叫声中入睡,也被它的叫声闹醒在黎明。当然,"吠了一夜",绝对是我的错觉,它既没有一直叫的力量,一直叫下去的终点同样也是衰竭。然而一直不叫它就会在颤抖中渐渐僵硬,所以不叫只能是力量的积攒与节俭,只有吠叫才能激发它抵御寒夜侵袭的潜能,使自己不至于麻痹和麻木。我注意到,它每次也就嚷嚷几嗓子,有时候频密急促,有时候涣散、不成其调。它的吠叫让我既高兴又担心,更揪心的是间隔长短不一。要是超过一定的时段听不到它叫,我心里就微微一沉,害怕它再也叫不了了。好几次我想下楼探寻一番,躯体却动弹不得。我不知道它在小区院墙的外与内,也不知道它被关在车棚里,还是瑟缩在灌木丛中。我怕我找不到它,更怕面对它。真的,现在,此刻,我已经好久没有听到它叫了,取代它的是鸟类的啁啾调笑。它再也不能叫了吗,还是已经挺过来,觅食去了……

35. 不是所有的错误都可以原谅,也不是所有的人都能原谅你的错误。每次都能原谅你的肯定是最爱你的那个人;因为有爱,人们常常原谅自己,这是自我的唯一退路,也造成了自己更多的错误。

36. 旁白，并非多么新颖的形式，在《平凡的世界》里，却用到了极致，很多观众不习惯，且颇有微词，但我很喜爱。作为一种抒情性叙事，它有力地弥补了影像无法替换的情感黑洞，成为复调，不仅让人物立体饱满，提升了影视剧的文学品质，而且激活了我们对原著的重读欲望。只可惜，这部电视剧到了48集之后，我就再也看不下去了。

37. 文学来自想象，是虚构而来的现实；历史出于需要，是对现实的反复虚构。文学是方言口语，历史是白话书面语。历史是历朝历代的宣传队，而文学才是永恒的播种机，文学为历史驱魅，历史则不断校验着文学的成色和纯度。

38. 怯懦者是勇敢的，勇敢者是自信的，自信者是谦卑的，谦卑者是满足的。

39. 人人都说我身材适中，殊不知我对自己的身体已经到了忍无可忍的地步。尤其冲澡时，我不敢看自己，我非常讨厌我那渐渐隆起的肚腩，它酷似无名者不起眼的卑微的坟包。为此我下定决心，要做些改动。除了遛狗（事实证明那是无效的），每天我在家都原地跑步、仰卧起坐、弯腰触地、踢腿、蹲跳，可谓千方百计，但收效甚小。我只得使出绝招：晚饭后，我只穿一条单裤，让寒气渗透。不久，肚子里一阵一阵的绞痛。晚上，我一般要上两到三次厕所。这是我自创的"腹泻瘦身法"，可见处处有学问，对外却宣称，身体标准是一个人形象优雅的尺度之一。没人知道，我若再不有所动作，我所有的内裤、泳裤、长裤、保暖裤就都要报废了。

40. 年轻时，我们折腾自己；年迈时，我们折腾别人。当我们无法折腾时，我们也就成了无趣的和无足轻重的人。

41. 我喜欢说走就走的旅行。精心安排，手术刀一般准确，简单问题复杂化，往往会失去渴望中的意外与惊喜，那么你的旅行和每天的工作还有什么分别呢。

42.昨晚外出吃饭，问出租车司机，你这车是两个人轮着开的吧。司机说，就他一个。我指着他的证件照问，那是你吗。他说是我呀，那是从前的我呵。照片上是个肥头大耳的男人，而我身边的司机西装革履，高大挺拔，小麦肤色，很有些沧桑感。见我不吱声，司机倒来了兴趣，他放下手机，说那时我很胖是吗。他说你知道我怎么减肥的吗。跑步，健身，什么运动都没用，我是跳舞跳回来的。我不跳广场舞，我在锦龙跳探戈，一个月一百块，便宜得很哩。跳舞必须提气、收腹、踮脚，还得与曲子、舞伴配合默契，一晃时间就过去了，不觉得累，也不觉得乏味，非常享受，一个月就见效。他手舞足蹈，沉浸在对跳舞的怀念中。我真的没想到反差如此之大。肥头大耳，我们会觉得这样的男人一定很二很霸蛮；西装革履，我们会认为他很有风度，但他们的确是同一个人的不同形态。因了这样的不同形态，在生活中，我们作出了多少误判，酿成了多少遗憾呵。

43.《什么是我的》，美国女作家安·贝蒂所著的中短篇小说集，曾经是我随身携带的书。那年游新疆时弄丢了，引以为憾。我以为我再也不会和它相遇了，却在儿子的背包里发现了一本新的。1999年2月，上海译文出版社第二次印刷。

44.每一次的相聚，都是伤感的告别。我们每天都在告别，告别青涩，告别他人，告别好消息告别坏消息，告别此在，告别自我。在告别的声声叹息中，我们拥抱着虚无，也反抗着虚无，接近了现实，也超越着现实。

45.新箬子，新粽子。每年仲春季节，大姐都给我送来糯米香。亲情是具体而微的，又是非特质的。它缝合着我们的身心，我们的呼吸，我们的乡土记忆，我们日渐涣散的目光；它要我们时时驻留，蓦然回首。

46. 意外接到来电，原来是老同事老大姐，现南京师大文学院博导魏南江老师。一别二三十年哪。她先生李惠薪，20世纪80年代的青年作家，文化局长，当年我出海体验生活就是他安排的。如今他成了玉石专家。她说他们非常想我，邀我去南京做客、讲座，参观他们设置在无锡的玉器博物馆。有人想着是幸福的，想念他人更幸福，只是我们常常羞于表达。"当你老了，"诗人又要咏叹了，"每次我都呼唤你的名字——"可惜那时我们的呼唤自己都听不见了。

47. 梅西为什么是永远的英雄？因为临门一脚时，别人的腿就发软。

48. 人生处处是遗憾，最大的遗憾则是揣着糊涂装明白。如果早点明白现在才明白的事，我们将会怎样呢。

49. 我愿做那颗黯淡之星，丝丝缕缕的光亮，只要照见我自己，也就心花怒放了。

50. 再荒芜的土地，春天也会芳草萋萋；种子与土地无法选择彼此，却可以选择不屈的共同孕育，为了证明彼此。

51. 尴尬的是朋友送你的书，你遗失了，还让他发现了。更尴尬的是见面后，他再次送了一册。

52. 你是毛毛的座椅，看见你，我就想起它。毛毛离开我了。沙发，也由牛皮换成了小叶红檀。怎样安置你，一直是我的纠结。所有的玩偶，都摆脱不了被遗弃。我想改变你的命运，就只能和你一同消失。

53. 死不瞑目的人，都是心事太重的人。死不瞑目的人，都是事业未竟的人。死不瞑目的人，容易让人焦躁、瞧不起，或者敬而远之。死不瞑目的人，活得很累、很烂，也很享受。对于这个世界，死不瞑目的人，比我们更了解，也更留恋。

54. 孩子，我知道，你想找到的是在你生命中永远支持你永远与你一伙儿的那个人，但你想过没，你会一如既往地支持他（她）吗。

55. 在你阅读卡夫卡的那些时刻，卡夫卡就是你的卡夫卡。我们都有一个卡夫卡。无数的卡夫卡，从他的书信、日记、随感、寓言、静思、绘画、小说及其断章中涌现出来。每一个局部，都丰厚着他的全部。我的卡夫卡潜伏在我的小说里，我的多部作品中都有一个K。我记得库切有部长篇小说，叫做《迈克尔·K的生活和时代》，这说明库切也有他的卡夫卡。卡夫卡的小说里只有一个K，其他人则以身份命名，不是司炉就是医生，不是猎人就是教师，不是军官就是饥饿艺术家，不是女歌手就是土地测量员，他们都是K的化身。我的小说里，有K，也有具名具姓的人，就这样，他们拥挤呼吸在一起。K是虚拟的，别人是真实的，但间离效果却使我产生了恰恰相反的错觉。

56. 睡觉流口水的人，绝非沉睡的人，亦非装睡的人；睡觉流口水的人，是容易叫醒的人，更是心无挂碍的人；睡觉的人流口水，是为了激怒失眠的人。

57. 人们永远无法站在同一条河流里，却常常掉进同一个陷阱。

58. 梦是最准确的现实。不会做梦的人，苟活在别人的梦境里。

59. 那盆不知名的花枯萎多时，一直欲扔未扔。兴许是获知了自己的命运，它赌气般地顽强盛开。扔不扔呢？忍不忍？纠结只为"花千骨"。

60. 为何总有人作恶多端屡教不改？因为他们正是恶的表现形态，宛如善有善的表现形态一样。善与恶，都从属于美。美是善与恶的统一体，而爱是善减去恶之后，剩余的那一部分。

61. 宿醉后，到何盈记吃早餐，其实只需一元钱。一碟雪里蕻，一斗碗绿豆粥，舒服死了。一个年轻的妈妈推着童车过来，坐到我的桌旁，嗲嗲地逗我家小白，她说一句，她宝宝也学一句。小白则乖巧地配合，摇摇尾巴，或者"汪汪汪"。"还要什么？"女胖子边盛粥边问。我不得不点了一只萝卜丝包子，咬一口就丢了。但好像不多花这两元就是一辈子的对不起。

62. 在路上，我们走着走着，常常会忘记初衷。比如我买啤酒，完全是因了家里拥有带把手的啤酒杯。那些年，为了凑齐一套赠品杯，她不停地从超市往家成箱成箱地拎酸奶。来不及吃，常常过期。为此她又把酸奶二次发酵，重新酿制。可惜赠品已从啤酒杯换成了玻璃碗。再后来，连碗也没了，她喝酸奶酿酸奶的习惯却保留下来。现在，只要她一拉冰箱门，小白就飞奔过去，等着陪她喝呢。为了啤酒杯，或者为了别的什么，或者什么也不为，我们常常付出意想不到的代价，于是生活才有了一点新鲜和温度。

63. 我们创造的所谓事物的独异性，实质上是事物的惯性与常规，我们的创造不过是小小的肤浅的发现。我们的发现，也不过是在渐渐地，犹疑地，迟缓地，向着事物本身靠近。

64. "今天吃什么？""嗯，韭菜炒绿豆芽吧。""可能买不到了，烤鸭怎么样？""我要吃素，你来荤的，哪跟哪呀？""哦，那就韭菜炒豆芽，绿的绿的。"

"我得开车去上班，要迟到了。""我想去图书馆的呢。""我下班还说去看妈妈呢。""那好吧，你开走吧，我骑车。"

"头儿，今天我得请个假。""什么事儿。""不好意思，今天还真的不止一件事呢。""呦呵，甭说一件事，哪怕你有一万件事都得给我待着，去，干活儿去。""好好，我去，我去去。"

婚姻、事业、闲情都是微不足道的，一切权利归语言。

65.很久以来，我的耳朵就不舒服。采耳的女人说我患了中耳炎。说她有秘方，八百块，包治。我有些犹豫。为了拥有一双好耳朵，八百块不算太多，但我还是犹豫。上午，我终于去了趟医院。我已经十多年没有体过检，也多年没进医院了。所以寻找门诊部就花了很长时间。拆呵建的，医院也在变形。然后排队挂号又花了很长时间。女护士问是普通挂号还是专家挂号。当然专家了，我不想我的耳朵受半点委屈。我留意了五官科，三楼。但到三楼找五官科，又去了不少时间。往南走，我站到一个女护士背后，狠狠心，还是打断了正玩微信玩得起劲的她。她指指走廊的另一头，往北。到了五官科（严格来说，应该称作耳鼻咽喉科）才发现，每个科室门外其实都有个挂号收费处。长椅上坐满了人，喇叭里不时叫喊着候诊病人的名字。我觉得叫号就可以了，不停地呼唤你的名字有些尴尬。应该给他们提个醒。我在脑子里排队，不知道给谁建议管用。但很快便忘了这事。长椅上的人都很忙，手指在手机上翻飞，有的男人还晃荡着腿，孩子们更是跳上跳下的。我得离他们远点，徘徊复徘徊。每次走到听声室门前，都听到那个漂亮的女医生在向丑陋的女同事诉说病人的难缠，但是每次她的目光总是注视着我，好像我就是那个埋怨她的病人。在走廊里徘徊了五六圈，听到自己的名字时，我如释重负。听我说完，专家说你不是发炎，而是霉菌。专家说原因就在于你经常采耳。我说我去的是那种专业采耳的地方。他笑笑，说那也保不准。在电脑上点击了几下，他把卡和发票递给我，说好了。我说你看了右耳，左耳还没看呢。他说看了。我说没看。他说肯定看了。那好吧。我问吃消炎药吗。他说不用吃，就滴他开的药。这回我学乖了，站在门外的亭子间等待交费。接过我的就诊卡，收费员说了几遍，我都没有听清。旁边带孩子的女人说，叫你掏七毛钱呢。我的吃惊正在于此。我生怕自己听岔了，招来白眼。"七毛吗？"我再次问了问收费的。得到她的肯定后，我掏出一块钱，她找给我三毛。然后，我又回到专家跟前，问他，光滴药，里面的东西怎么办。他没看我，说会化掉的。

66. 朋友在圈里晒字：相信未来。并叙述这幅字的来历。最后他问，"你还相信未来吗？"我想说，我们的变幻不定，注定我们达不到自己的期盼。我们达不到的那个期盼，正是我们的未来。有期盼，就有未来。对未来的期盼，是生活的迷人处，也是第一推动力。想想太矫情。作罢。

67. 阅读是接气与养气的最佳方式。对一个写作者来说，阅读当代文学，不是为了学习，而是表达尊敬。当然，最主要的还是为了和这些作品相互区别。

68. 人是生而不平等的。哪怕一对孪生子，先落地的可能是第二个受精卵，而滞留于母体的那一个又可能感触更深。他们的长相、个性、情智都与孕育时机、基因密码的组合和体质状况息息相关。他们化蝶为蛹，再破茧而出，此去经年，渐行渐远。

69. 昏昏沉沉，再读《最后的爱情，最初的仪式》这篇压轴之作，发现和读作者的《只爱陌生人》一样，会产生不尽的想象，远远超越写作的想象。

70. 一个歌唱呕哑跑调的人，唱得越投入越动情，对我们的骚扰越大，印象也越深，影响却越小；多年以后，我们才明白，我们之所以记得他，他所以成就了一番事业，就在于他爱歌唱，也敢于发出他喑哑的声音。

71. 风雨大作，去大姐家陪老父亲吃午饭。回来睡醒，喝龙井，看《爱在黎明破晓前》，1995 年的片子。我奇怪写《火车上》时，没看过。当男的说服女的下了车，我知道有意思了。和《罗马假日》相比，他在纯情中融合了现实，也没有德国影片《在床上》那样的激烈。我喜欢他们各自拿着一本书，喜欢他们的矜持与患得患失，也喜欢这样的句子："随着暮色降临，我越来越喜欢他……"

72. 拜访一个家庭，必然冲进他的厨房。进入一个城市，就得游览它的图书馆。

73. 楼下花圃里，有两只新生就遭遗弃的狗娃。眼睛尚未完全睁开，站立不稳。我唯一能做的是从冰箱取出两盒酸奶，撕开，放在它们的眼前，涂在它们的嘴唇，以后的两天，我想我不敢路过花圃的这一角了。我怕听到它们"m，m"的叫唤。

74. 昨晚回来，看《曼哈顿》。伍迪·艾伦的电影还是比他的小说更丰富。今天看马修·麦康纳主演的《污泥》（2012年），和两个孩子的对手戏。成长的伤痛。男人的信义。值得重看。

75. 所有的真相都简单不过，当我们发出原来如此的感叹时，事情又远远超出我们的想象与理解。

76. 你是有故事的人，他是想有故事的人。我是讲故事的人，她是故事里的人。无聊，源于没有故事。无奈，只因故事爆胎。故事的好坏，影响到你对一生一世的结论。

77. 真的猛士，是不会去摘取金牌的。他更乐意于制造一段传奇，一气化三清，成为最遥远的传说。

78. 爱是不计后果的执念。所以爱同样很简单，如果你不计后果的话。

79. 对一个人的攻击与打击，莫过于将他妖魔化。一个人对另一个人的妖魔化，意味着对其自身的丑化。妖魔化的祛魅，是一种审美，祛魅之后，是对妖魔化行为的反噬。

80. 断断续续观看《小时代4》。这种强迫性的阅读过程,看重的是影像中虚无的时尚。自始至终,他都在构筑着一座空幻之城,营建着叙事的无意义。女主角的病,病到子宫,也俗套到极致。硬要说他有什么隐喻,就是这一群病中的男女抓不到一丝空气,也抓不着自己的呼吸。生活虽有风险,行动却不必谨慎。灵魂尽头是被抽空的洞,填补空洞的是品牌与资本。未来无战士,《小时代》系列从另一个侧面折射出这个时代青年人的集体失血与迷惘。

81. 终于读完长篇小说《欢乐而隐秘》。想象它如果拍成电视剧,其情节应该狗血至极。是叙述的掌控与语言的魅影引领我们,体验着一骑绝尘不管不顾的阅读快意。相对于作者的年龄,小说中那躁动无望一塌糊涂的青春显示出他旺盛的创作欲,但宗教哲学的掺杂又不免有些取巧与矫情。

82. 拾荒者诉说着他们的垃圾人生,可拾荒的人还是越来越多了,他们背着蛇皮袋,骑着小三轮,似乎只有他们才能确认垃圾的价值。

83. 因为老实人常常存在失败的可能,所以聪明人才往往是智者的天敌。

84. 《我告诉儿子》:你的父亲不是一个温和的人。这首名诗,写于1984年,1999年改毕。这是一个父亲的自白。他要折断自己的翅膀,像旧手绢一样赠给儿子,送他飞翔。"我一天也不会离开你/我将暗中跟踪你,走遍天涯。"他要做远远地看护着儿子的月光。"被我忍住的眼泪/将会成为你流淌的金币。"如果穆旦的诗面对的是大地万物,徐敬亚面对的则是大地上的精灵。全诗语调低沉,满满的奇思哲句宛如夜幕下的粼粼波光。"父亲只要求你/在最空旷的时候想起我/一生只想十次/每次只想一秒。"诗篇诞生的过程恰巧呼应着少年成长的过程。决绝的鼓励，寄寓着诗人对人类未来的厚望。

85. 一条狗的意见，在两条狗之间，是没有多少商量余地的。

86. 每次看到刘小东的画作都会激动不已。为什么在他的笔下，寻常之物会熠熠闪光，无意义的细节能化作有意趣的形状？陌生、新奇、大胆、特质，凌空虚步，冷酷与温和，独断与激情，也许我们尚未进入那种天马行空的灵界吧。

87. 去年我才知道，有个画画儿的木心。我到乌镇来，好像就是为了看到他和他的字画。

88. 对于男人，情商高了就是软肋，智商低了就是硬伤；对于女人，情商低了命苦，智商高了，命更苦。

89. 你若健康，你看到的就都是快乐。你若灰暗，你看到的就都是肮脏。你若失望透顶，在他人眼里，或者在镜中，你就是个失败透顶的家伙。

90. 对于这个世界，我们说得越多，懂得越少；理解得越深切，未知的领域越广阔。

91. 读完卡尔维诺的短篇小说《黑羊》，深切地感受到，既非生活的，也非艺术的，伟大的作品总有它自己的逻辑力。

92. 从本质上讲，真理即真实。真相永远不会呈现和再现，仿佛日月之辉扭曲数万数十万年之后姗姗来迟的蒙尘之光。但真相是存在的，也许它就狡黠地隐蔽在冠之以"真实"面貌的阴影里。而我们日常挂在嘴边的真实，则时刻行走在逼近或者背离真理的暮途中，正如恨可能是因为爱，爱却可能是个炫目迷离的陷阱。

93. 马尔克斯说，父母是隔在我们与死亡之间的帘子。这给了我们惫懒的借口。我们的懒散，来自于我们背后的屏障。

94. 我们这条楼道各家的门灯很有趣；一楼没有，因为没有必要，再说车棚走廊里还有感应灯，跺跺脚就可；二楼应该有，但只有一盏,房主是我最好的酒友,因为使用频率高,买灯泡也最勤;三楼可有可无,因为上下都有,靠楼梯的那家住有老父老母,所以安装了,但亮不亮由他们自己控制,也就是说晚上要是有人出去了,灯就亮着,带来的直接后果就是,如果进屋忘了关,就会彻夜长明,由于他们没有(也不可能)养成进出开门灯的习惯,经常彻夜长明,虽然用得不多,成本却不比我们小;四楼必须有,两家自然都装了;五楼嘛,我就住五楼,按理说四楼有了,我们可以偷偷懒借光,但吃相太明显太丑,我和对门还是装了,不过我靠楼梯口,用我的灯比较顺手,我也不可能为找平衡,就别扭地去按他们家的灯。这样一来,对门的灯可能由于用得极少,灯泡坏了没换,就再也不亮了,而我则必须经常用湿抹布擦拭脏分分的按钮。

95. 很多时候,我不想写作,就如我不想说话,不想在迫于无奈匆匆而去的晚会上,作出虚假的微笑,不想我那澎湃的句子和言语的暗桩弄脏这个世界。密林中,凉亭上,飘来荡去的语词,是写作者最亲密的爱人,更是他们最恐惧又不离不弃的敌人。

第四辑 事情篇

朋友们来看我

秋天到了,朋友们来看我。他们坐着一辆小车,直扑我门前的小院。僻居县城,除了英年早逝的东北评论家张钧先生来过,极少有人光顾。现在倒好,朋友们往我的客厅里一站,房子立刻变小,心里立时温暖。总不能站在这吧,我说,去打保龄球吧,我有一张卡。朋友们摇摇头,不打,我们老远的来,是为打保龄球吗。这一愣神,还真不知道城里有什么可去之处。不是有个韩紫石吗,汪政提醒我。

那就去海安市博物馆吧。我是个蹩脚的导游,幸亏朋友们对韩紫石并不陌生,面对馆里的两棵树且发出惊叹,也让我有了一点荣耀。出来时,费振钟问我,怎么没有"韩国钧故居"的题匾?他的理由是,博物馆到处都有,紫石老人只有一个。

出门向东,我们徜徉在东大街上。我劝他们别去,他们执意要走走。我们正好四人,惹得麻雀馆的老板引颈盼望。静是静,静得我们仿佛生活在魏晋时代。一直走到顶,再往回遛,毕飞宇说,怎么就不像江南的小镇那么洁净。我辩解道,江南小镇是渗透着水意的，再说那些小镇本身是作为旅游资源来开发和保护的，当然不一样。汪政说，如皋也有小街，但是如皋小街的每一个拐角都有小店，就比方说，红烧肉要起锅了，母亲喊一声"小芳小芹，去去去，打两毛钱酱油"，那才闹呢。费振钟则迈开老农的大步，一边丈量，一边说，兴化小街的石板条好像比这里的长一些。

毕飞宇想进对面的海安中学，他舅舅的孩子毕业于此，我只得硬着头皮奉陪到底，好像我是这儿的主人。我曾有几次机会来海中任教，都由于这样那样的复杂而简单的原因，由于自己的听其自然而搁浅。朋友们惊呼于我竟有这样的念头，也惊呼于我现在的遗憾。为了儿子，我说，也为了调教出一两个好学生。朋友们摇摇头，庆幸我终于没能进去。

拐进新华书店，瞥见昨天的晚报，便凑过去看一看中青队的战绩，女店员赶紧收起，让我们到柜台上买。毕飞宇吱吱吱地出了店，我则装模作样在书海里趟一圈，问有没有苏大编的高一语文练习。女店员腾地起来找给我，我说不够，我要30本。女店员激动得找来磁卡，敲了几个电话。我说你备好，我下午来。

让你乐个中午吧，我想着，把朋友们赶进新澳门餐厅。每次去都市，都是朋友们招呼我，做了几次茶客，便讨厌面红耳赤醉醺醺的饭袋酒囊，今天当家做主，我打开"品王"，摩拳擦掌，好像真的要和他们一比高下。他们个个好酒量，真喝，我绝不是对手。但是他们浅尝辄止。菜很多，朋友们叫别上了。朋友们批评了，最后连我也觉得不该再上了。可是小姐照上不误，说是老板叫上。朋友们突然问我，是不是一辈子待在县里。

饭罢正好送儿子上学。毕飞宇已经爬上去南京的车，我们没能道别，汪政送费振钟过江拜望陆文夫。我和他俩招招手，好像明天就会再见一样。

睡梦中接到毕飞宇平安到家的电话。我告诉他,我恐怕是要一辈子待在故乡了。

在火车上

我能想到的最浪漫的事,就是坐火车去旅行。

火车不会提前到。换句话说,火车肯定会晚点。我们害怕晚点。晚点让我们焦灼不安,即使最有修养的人,晚点时刻也会茫然地跺着双脚或走来踱去,握着拳头喃喃自语劝慰自己。但一次次的塌方、暴雨、泥石流、重重迷雾、节日的大客流,决定了一次次的晚点。晚点不会因为你的情绪波动而中止,或有所降低。要么正点,要么晚点,这既成定律就像一枚钱币的正反两面。面对定律,最好的办法是云淡风轻,调整好你的姿势:等待。等待也成了火车站台最寻常的风景。

如果在火车与飞机之间,让你选择其一,我想很多人会选择坐飞机,毫不犹豫地。飞机多好呵,那么便捷舒适,那么有品质内涵。坐飞机,让很多人的骨头都变轻了,好似进入太空之前的预先失重。但我将毫不犹豫地选择坐火车。坦率地说,我不喜欢坐飞机,越来越不喜欢。在此我并非刻意去贬低飞机这一富含高科技的搭载工具,我只是谈谈我的感受。第一次坐飞机的那种激动也还记忆犹新。那是1998年秋，从南京飞昆明，参加《大家》杂志笔会，与格非、张锐锋、李洱、谢有顺、李大卫、李敬泽、叶舟、张者、雷平阳等人游玩甚欢，而一周后返回南京的凌晨时分，毕飞宇则在金鹰大厦的高楼上等待我。又是一夜长谈，在宾馆内半明半暗的光线里，半梦半醒的低语就像是在进行一次暴动前的密谋与策划。可以说，不坐飞机，我就没有机会一下子相遇到这么些个文学同道。

机场永远是春天。正像马尔克斯所言："在一等候机大厅里，春天是如此真实，花瓶里插着水灵灵的玫瑰花，甚至连最普通的音乐听来也像作曲者希望的那么优美和恬静。"来到登机口，进入机场通道，走近舱门的那一刻，你内心沸腾的兴奋会到达极点，有人可能还会像伟人那样抽出点滴时间朝着世间沧桑回眸一笑，更多的人步伐匆匆，仿佛迫不及待要把自己喂入鳄鱼之口。飞机的马达已然轰鸣，机场保安和内勤人员是那么帅气精神，空姐们已经把永恒的微笑调节到了最佳状态，保证你有宾至如归的体验。此时此刻，你把地面上的一切，芸芸众生，包括你的伴侣、孩子，你牵挂的人或牵挂你的人，也包括你烦心的琐事，全部抛到了脑后。你想，你开始过另一种生活了。一种"人上人"的生活，尽管短暂，且不太真实，可梦境不就与此相类似吗。

一旦进了机舱，就不那么美妙了。过道拥挤纷乱，人们的谦让总是出于不得已。座椅局促逼窄，猛一抬头，你会发现，空姐们的微笑是如此职业而空洞。一张张笑久了的脸恍如一只只制作精良的喜剧化羊皮面具。当她摆动臀部，故作优雅地转身而去，那持续得令她自己也快厌倦了的笑容也终于一闪而逝，恢复正常表情，这才让我稍稍放松下来。而后呢，而后不待空姐示范，习惯于飞来飞去的老客们便熟练地拉出安全带，自觉自愿地把自己固定在座椅上，顺手打开前座的靠背翻板，掏出一本卷角的航空杂志或一份本埠报纸，煞有介事地草草翻看起来，几乎有些旁若无人，但不久便百无聊赖地插回袋子。在飞机上是没有阅读一说的，没有人在飞机上读书，你不可能在高空上真正静下心来，环境也不允许。灯光很快黯淡下来，如果你执意要亮灯，空姐会静悄悄地走过来提醒你，以节约能源和不影响其他旅客的名义。那你还能干什么？舷窗那么小，可能你还不坐在窗前，那更无法俯瞰窗外的世界了。当然，偶然的一瞥，你会看到地面上的房子，如火柴盒般大小。这就是我们的房子吗，就是我们要倾其一生的家居吗。这一瞥，立即就让高高在上的感觉荡然无存。所以这样的俯瞰，还是少些为好，也不至让你陡生郁闷乃至绝望。那你只好盯着靠背上的视频了，它准确地显示出你所处的位置和高度，以及到达终点的距离，却空幻如网络模拟游戏。更多的人戴上耳机或耳塞，还有眼罩和袜套，称得上全副武装，准备进入睡眠状态。他们真的睡着了吗。有人已经打起了呵欠，左顾右盼，那是在等待飞机上的快餐。干巴巴的盒饭，一根火腿肠、一块鸡腿或猪排、一只带奶油的小圆面包、一小袋榨菜。总是干巴巴的，味同嚼蜡。连饮料也是干巴巴的。不管你乘坐的是哪家航空公司的飞机，供应的总是那么几样千篇一律的干巴巴的饮料、干巴巴的盒饭，要不怎么说"世上没有免费的午餐呢"，飞机上也不例外。

　　大概是2005年吧，《青春》杂志等"四小名旦"在广州开会，叫我去领一个什么奖。出发前的第二天，我打了退堂鼓。杂志主编急上了火，她费了老大的劲，才说服文联主席，同意增加一个给我的名额，现在我反悔，去的机票是来不及退了，回来的也很难说。我起先还只犹豫，随着她的电话一次次地动员和埋怨，却逐渐坚定了我不坐飞机的决心。我也不知怎么了，照理说，飞机的安全系数最高，肯定不是这方面的原因。我也不怕耳鸣，我怕就怕坐在飞机上，那样的悬浮，那样的无根。

其实这些都还是鸡毛蒜皮，不值一提。真正让你揪心的还是无法消受的孤独，远离尘嚣。你很想抓住什么，可是没有人理会你。人人都装作睡觉或看视频、电影，陷入各自的孤独里，好像在飞机上理当如此，因为飞机自身就是一只孤独的怪物般的大鸟。你稍稍发出一点异样的声音，敏感而敬业的空姐便会走过来，送给你一块防止着凉的大毛巾，或者柔软地问你"先生，你需要什么吗"。你需要什么，只有你自己知道。可是你不能说，不能说，你手足无措地摇摇手，在弯腰微笑的空姐面前，你就像个活灵活现的小丑。

马尔克斯曾经在《飞机上的睡美人》里，惟妙惟肖地叙述了他在飞机上的窘境——最初，我是在一本外国文学杂志上作为短篇小说来享受的，后来在《诺贝尔奖的幽灵》一书里，它又以散文的面目出现了，而且还出自同一个译者之手——所以，我无法判定作品的体裁类别。话又说回来，不管它出于虚构还是亲历，都给了我最大的真实，反正我是当散文来看的。当时，他在机场看到一位绝色女子，顿时眼前一亮，心情大好。那女子像一条美人鱼出没在人浪中，他则始终追寻着她那若隐若现的倩影。没想到那女子偏偏和他同座，紧靠舷窗。悲剧于是发生了，那女子随即吃了两颗金色的药片，睡了整整 8 小时零 14 分钟。在这漫长的时光里，"她一回也没有醒，也没有叹息一声，甚至也没有稍微改变一下姿势"。而他如坐针毡，"一分一秒也不能摆脱躺在我身旁的那个神话般的人物的魔力"。他在想她醒来后怎样和她搭上话，他能说些什么呢。他也很想为她做些什么，博她一笑。他每喝一杯酒都要祝福一下她。事实上，他的确为之付出了，而她却一无所知：他既想她快快醒来，又为保护她的睡觉免受干扰而和空姐据理力争。在那样的时刻，"我唯一的愿望就是看见她醒来，哪怕她大发雷霆，这样我就能恢复自由，也许还有我的青春。但是我没有勇气"。

这部奇妙的短篇作品，令我百读不厌。甚至在催生了短篇小说《冰雪美人》（《芙蓉》杂志）后犹未尽兴，冰雪美人又出现在了短篇小说《大雁塔》（《十月》杂志）中。毫无疑问，这个冰雪美人是《大雁塔》真正意义上的主角，她也像大雁塔一样神秘，充满诗意，以致男主人公旅行的过程中对她始终不能释怀。只不过人物的活动空间，换作了火车上，冰雪美人和我们还一个单位，是"我们"中的一员，和我们是一伙的，尽管她一言不发目不斜视。这样处理，增加叙述难度的同时，也增添了一丝暖意，不至让我们坠入世界末日的冷酷仙境。有趣的是，马克尔斯同样非常坦诚，还是在《飞机上的睡美人》里，他说他想起了川端康成的一部美丽小说，作品描写京都的资产阶级老人，欣赏裸女睡觉。"他们不能叫醒她们，也不能碰她们，连这样想都不行，因为快乐的集中体现就是看着她们睡觉。"川端康成的作品，把"忍即美"的日本文化演绎到了极致，备受折磨的老马则自嘲道："我，此时此刻的日本老人。"

也许他别无选择吧，以老马的睿智，若有火车坐，又何苦到飞机上去受这茬罪呢。我就在火车上观看过一个绝色女子，那是在从海安到北京的软卧车厢里。女子站在不足一米宽的过道上眺望窗外，若有所思。她在想什么呢。长发，长裙。是那种白底，碎碎的小小的红花。圆领，中袖。泡泡纱的质地，但肯定不是泡泡纱，只是那裙裾有泡泡纱的质感，又有丝绸般的柔滑。我把她看成一幅赏心悦目的静物画。我甚至喊上家里人，勾起了她的好奇心。她不得不承认，那女子的确是美，连我儿子，一个刚刚出门远行的青涩少年也探了探头。我装作去卫生间,去开水房,三番五次打她背后擦身而过。老天作证,我并没有搭讪和惊动她的想法,连她光洁的小腿和鞋子也没敢看。她亭亭玉立的静美姿态,只不过再次证明了"美女是用来欣赏的"。

据我所知,关于火车的艺术作品,最著名的油画当推梵·高的《火车和车子》;最著名的小说有《东方快车谋杀案》和《黄色箭头》,前者为通俗小说,后者则是后现代精品;还有人拍出了《猜火车》《周渔的火车》《爱我就搭火车》之类的片子;更有甚者如希区柯克,把火车当作了他的异度空间。火车给人提供的想象力和艺术表现力,一点不逊于其他漂流物,它极大地丰富了我们的智性经验。我也梦想过有一列自己的火车。自己的火车,并非一个人的火车,而是一列可以越洋过海畅行无阻的火车。它可以没有轮子,没有烟囱,也可以没有轨道,只要能让我时刻听到来自地心深处的轰隆就成。哐当,哐当,火车启动了,我就像插上了一双超低空滑翔的翅膀。我在飞,但我又紧贴大地。火车上应该有我的亲朋好友,有我最尊敬的人、最崇拜的人,也有最不耻的人,还有最有个性或最无个性的人,他们都在自己的车厢里。串门?当然欢迎了。他们什么时候都可以交叉互动,甚至交换位置、交换角色。每节车厢的左右两侧都设有出入口,方便人们随时进出,却无需检票。出入口立有一只投币箱,多少有个意思就成,没有意思也成。我的火车特别欢迎那些无家可归的人。火车上的每个乘客都有权决定火车的行程和行驶方向。当然得有序,就像KTV包房里的点歌台一样,但是妇女儿童优先,老弱病残优先,孤寡无助者优先——这是三项基本原则,一百年一万年不动摇。我就是火车的司机和司炉,火车启用了自动控制装置,是我最崇拜的一个人的最新发明,遥控器就在我手里,所以,我的火车看上去无人驾驶，其实人人都是司机。

假如真的拥有一列这样的火车，我想，我们就可以恢复青春，我们就可以从那遗忘之海上缓缓站立，火车就是我们亘古不衰的故乡了。

虽说可以借助火车迸发想象的火花，但坐火车最不需要的就是想象，想象只是火车的衍生品。坐火车是回到人间，那哐当哐当的轰隆与你的血脉相通，并最终让你踏实。坐火车是回到现实，火车就像个大卖场，在火车上，你想怎么坐就怎么坐，想怎么睡就怎么睡，放屁、打嗝、打喷嚏、打呼噜，随意喧哗，都是可以尽兴的。一个车厢里的人，就像一个生产队。我喜欢这样的家庭感，尽管我们都是陌生人，我可以一声不吭，也可以随性和他们交流。这样的家庭区别于传统的严格意义上的三口之家。普通家庭比较固定，等级色彩浓厚。火车家庭松散疏离，但更祥和，更自在，具有更大的归宿感。如果你是一个外向的人，坐火车会给你带来更大的好处。可能你三聊两聊的，就能聊出一门亲戚，一个共同的朋友来。有一次我去南京，火车行驶了一半，和我并排、过道那边的中年妇女突然跟我打招呼，亲切地叫了我一声"老师"。原来，我在教师进修学校工作时，她刚好中师函授，听过我的课。她的女儿在南京读大学，老公也在南京搞工程，她这是探亲去了。然后，我们又聊起了我还有些印象的函授学员。生源稀少，好多中小学都合并了，这些学员退休的退休，没到龄又没能转正的早就不教书了。说着说着，她又向我介绍起她所认识的在南京的海安人，有一个竟然是我的高中同学，受高中老师的叮嘱，我也正要找那位仁兄。她立即打电话给老公，找到了我那位同学的电话号码。在火车上交谈，你会感到时间尤其短暂。走出站台，她老公和女儿正在出口处等着呢。她不由分说，热情地邀请我登上她老公单位的商务车,一定要送我到作协门口。要不是我表现坚决,她还要请我共进午餐的。

如同公路电影一样,新一代的作家已经敏锐地注意到"火车现实主义"这一严肃命题了。我读过一个欧洲年轻女作者写的短篇小说《坐火车旅行》,小说的主人公也是女人,一个29岁的女人,也就是我们通常所说的剩女。她坐火车的唯一目的,就是想找到一个可意的男人,她要把自己嫁出去。嫁出去其实并不是很难,但对方至少看上去要顺眼,这样自己不致太冤,也算对自己有个交代。她的周围,她的现实中几乎没有这样的男人。火车的现实似乎给她提供了一个机会,一个更大的现实空间。她带着美好的愿望坐上了火车,她本来就喜欢坐火车散心。倒是有个男人中意她,而她也看上了一个男人。事与愿违,中意她的人,一个胖子,也是一个骚扰者。他一边不断地递给她面包,一边把猪油手伸向她的大腿。他只是想完成火车上的一次艳遇。而她中意的男人,本分体面,似乎是个有妇之夫。她想,有妇之夫也是不错的,可以慢慢争取嘛,实在争取不过来,做他的情人甚至小三也是可以接受的。可她没有机会,因为有妇之夫是个好男人,规规矩矩地坐在老婆孩子边上……

火车不相信浪漫。浪漫只存在于魂牵梦萦的春之梦。当浪漫遭遇火车,换来的只能是冰冷的现实。火车上的浪漫只可远观不可近看,所以,我更喜欢坐慢车。慢车可以打开窗户,窗外移动的风景就像电影的慢镜头,青山绿水可以擦拭你的眼睛,鸟语花香可以撞击你的神经。我住在海安,单位在南京,常年往返于两地。冥冥之中,上天好像知晓我的喜好,才安排了这样的生存方式。这条线路极为繁忙,学生多;学生们离开家乡,成家立业后居住在城市,便又轮到他们的父母奔波在铁路沿线了。有一次,我好不容易买到一张票,无座的站票。站也没有站的地方，便楔在车厢之间的接头处。接头处的人也很多。人挤人，和公共汽车有得一比，可是大家都很安静。安静地倾听着来自车厢内的笑声。大家也很谦让，尽量不触碰对方的身体，这和公共汽车的状态又正好相反。我的身前是一个小女生，背着个包包。包包把她与我间隔开来，我还是努力地不碰到她的包包，仿佛那只吊着小熊的包包也是她身体的一部分，那只可爱的小熊就是她身体的秘密探头。这样我就在她的身后形成了一道保护性屏障。我这样做其实也是有私心的。她正在看书，偶尔推一推眼镜。她竟然在看书，在如此昏暗的光线里，在如此糟糕的境况下。她看的不是流行读物，也不是时尚杂志，是一本《海子的诗》。哐当，哐当。她的书页不时碰撞着节头处手风琴状的内壁。火车经过大桥下面时，会突然一黑，她刚巧翻过一个页码，纸张掀动的细微之声，就像春蚕啃桑叶。什么时候，我的耳力变得这么灵敏了！透过她带茸毛的颈，我费力地追寻着她阅读的节奏，我下意识踮起脚跟（其实她比我矮小），伸头凹颈，追寻那些似曾相识的字迹，心情异常舒畅。仿佛她是我的一个知己，一个永远不会相认不会再见的知己，但她是自己人。

也有不赶巧的时候，我就只能坐大巴了。大巴也是慢车，时开时停，为了带客。旅客们怨声载道，我也是苦不堪言。同样是慢车，心态差异怎么就如此之大呢。火车之慢，还有个好处，就是经常临时停车，让快车先过。于是坐慢车的人们就会陡然驻留在一个陌生地段，移动的风景也定格下来，好像你不经意间按下了暂停键，做一次必要的缓冲和补给。火车上的人开始伸懒腰，活动筋骨；我张望着窗外，好奇地盯着鱼塘里的增氧机喧腾出的浪花，忽然有一种跳下车去走一遭的冲动。我不知道火车会停多久，即使知道我可能也不会真的跳下车，但冲动仍在,这冲动的感觉被我写进了小说《老有所爱》(《中国作家》杂志)当中,作为对自己欲跳未跳的某种偿还。倒是有次在南京开会,待的时间长了,便有些厌倦,随意地给一个朋友发短信,说打算去看看他。他说那你来呀,你不来就再不理你了。本是玩笑话,他这一说,我当真打的去了车站,刚好有票。我登上了去宁波的火车。第二天上午的宁波下着毛毛雨,我们打着伞去看天一阁,在湖畔吃了海鲜。傍晚时分,告别朋友,我重新上了火车,美美地睡了一觉,到南京,上午的会议正好开始。身边的朋友悄悄问我,昨天你死哪儿去了。我说我死在梦里了,梦见自己上了一列夜行的火车,火车把我丢在一个我再也找不到的地方了。

还是二十世纪九十年代,学校组织我们去桂林旅游。有人单飞,有人双飞,我全部报的是坐火车。先坐长途汽车到上海五角场,晚上从上海火车站出发,开始一天一夜的漫漫征途。那是个炎热的夏天。车厢里只有蒙着蛛网和灰尘的电风扇,可能还离你很远,就是坐在风扇旁边,吹面的也是热风。好在我们阵容强大,整整两个车厢,不由令人想起张晓刚的油画《大家庭》。滚滚热浪中,充塞着方便面的气息。我从未吃过方便面,哪怕再饿。但我知道这就是生活的味道,粗砺,热气腾腾,火烤火燎。我们累了,就坐在自己的硬座上闲聊,缓过劲来就打牌,或者跑到隔壁的车厢里吹牛。那次旅行的记忆,除了在桂林和相识已久却从未谋面的作家鬼子碰了碰头,跟他在一个粥城喝了些啤酒,就是火车上的愉快,别无印记。返回时,人少了三分之一,但感觉依然如故。那感觉就如同小时候喝年酒,吃流水席一样。

回忆就像一根水做的绳子,坐火车的记忆宛如手心里的温柔,剪不断,也理不乱。2002年冬天,在"鲁院"参加中青年作家研讨班，院里安排我们去延安社会实践，我有幸在火车上观看了辽阔的北方。冰天雪地，好一派北国风光。我的日记《北京时间》（《芙蓉》杂志）是这样记载的：

12月21日　大雪

上午看了一点儿巴尔扎克。《苏城舞会》，一个短篇小说，是一种别样的流畅。

忆起二十年前上学时，一个同学就向我推荐过，我那时正迷恋着现代派，对老巴子不屑一顾。现在读来，却是那般的气势雄伟，大开大合，毫无挂碍。

整理去西安的行头，到升和市场买了些食品。

下午三点，"鲁院"的车子送我们到火车站。五点二十，我们登上去西安的列车。

同行的有《文艺报》编辑王山，听说他是王蒙先生的儿子。还有郑理，原来《小说界》的编辑，现在上海文艺出版社，受《文学报》委托，跟踪报道。

晚上喝了不少二锅头。车厢里到处都有我们的人。有些热闹。这么多清一色的年轻作家一起上路，真是鲜见。

给家里打电话，明天是小天的生日。

孙惠芬喊我去，还有丁丽英、戴来。陪她们打了一圈牌。张晓峰大概也喝了不少啤酒，老是在一边捣乱，说粗话。还掐了我两下。这世上再没有比陪女人打牌更累的活儿了。它考验你的耐心，让你变得愚笨而浑然不觉。幸好是在车上，火车行进着，我的心也跟着咣当咣当地跳动着。

12月22日　下雪

早晨七点半到达西安，在万年饭店用了早餐。

十点，登上去延安的火车，继续行路。火车走得很慢，仿佛是要让我这个南方人看个透彻。雪在飞舞，黄土高坡莽莽苍苍，不动声色。我接替吴玄，和戴来、凤马打牌，看谁"跑得快"。还了吴玄的本钱不算，我还赢了八九十。

傍晚七点到达延安，在电力酒店，延安市委宣传部招待我们吃饭，和巴音博罗同住一室。喝的是西凤酒。延安的面食很多。还有《延安文学》，一本很厚的杂志。

饭后，一大帮人逛街。雪是越来越大了。据说延安已经多年没有下雪了。十步之外，看不清人影。广场上，白茫茫一片。我们打起雪仗，拍起照片。走在延河大桥上，如履薄冰，正好可以拥住女同学的腰和肩头。我们手挽手，我们走在雪路上，热热闹闹，欢歌笑语，完全像是"鲁艺"的师生。看见了，我们看见了宝塔山，近在咫尺，又遥不可及。但是我们依旧心潮澎湃，一如生产归来。

远远的有一对人儿，总是跟我们这一帮子若即若离的，看着又让人挺嫉妒的。

12月23日　雪后初晴

总算睡了一个好觉。

雪后的延安庄严雄伟，让人心里紧绷绷的。这样的感觉是因为延安有着一段伟大的历史，不管这段历史是如何记录的，总值得人们回味。

八点半，我们去枣园。黄土高坡上面的树林银装素裹，把枣园打扮得闪闪发光，也显得更加空旷辽阔。走在林地，雪给我们踩得咯咯吱吱的响。风过处，不时有雪块跌落下来，在两棵大树间，艾伟给我照了一张相。在纪念馆前，我和高大的毛泽东像合影。

一个漂亮女人带着孩子拍照。她们的出现给白色的大地添加了鲜艳的色彩。我蹭过去,请欧阳黔森给我和那个可爱的小男孩拍了一张。女人说,雪太大,孩子今天不上课,正好带孩子出来看看雪。

枣园之后便是杨家岭,这两处选址都极有特色,与西柏坡异曲同工,让人直觉得时光倒流。然而厚厚的积雪轻轻掩埋了真实的延安,历史的延安更是变得捉摸不定,亦真亦幻。

艾伟跟在我后面,我故意在一片虚浮的深雪上坚实地踩下去,结果这小子不假思索,小腿都埋进去了,皮鞋里灌满了雪,呵呵呵。

在中共七大会址,我和同学们学着当年的好汉们,激情洋溢地讲演。

和着积雪飘荡的,还有陕北的信天游,天空变得更为高远。我们循声找去。艺人刘爱民,打着腰鼓,招引着游客。游客就我们一批人。大家早就在首届农民春节晚会上见过这个西北汉子,此时赶紧围过去合影。这个"刘老根儿"相当配合,老到地摆出各种姿势。

饭后陪丁丽英上街,有朋友要她带些陕北民歌碟子回去。冰雪融化,地面滑得很。丁丽英紧紧地抓住我,说起她现在的生活。

下午游览延河大桥和"鲁艺"。也许是昨晚已经先睹为快吧,白天的延河大桥不那么好看了,桥下没有多少水,而"鲁艺"也已经名存实亡,只能从史料和照片里去寻找了。现在在"鲁艺"旧址的是陕西省艺术学校延安分校,破落不堪,远不如一个乡办初中。老师们有的上课,有的在改作业,山墙上写着各类值勤表。"鲁艺"的主建筑是一个天主教堂，大概原来是作礼堂用的吧，现在也成了艺校学生的舞蹈练功房。我们在那里逗留片刻，孩子们大多十二三岁，在老师的吆喝下做出各种动作，眼睛却落在我们身上。躲在钢琴铺天盖地的旋律里，我在教堂前后左右角角落落遛了几圈。

我也不知道自己在找什么。

时间还很充裕，我便和王山开了一间钟点房休息。王山要我写一篇东西，谈谈考察感受，或者学习感受也行。我说再考虑考虑。刚眯上眼睛，有人打进电话给他，王山说是从南京打来的，问我《钟山》贾梦玮的电话。

晚宴上，延安请来市歌舞团的演员唱歌助兴。我们听到真正的陕北民歌。

九点半前往车站。十点二十，火车开往西安。

幸好下午睡了一会，在车上和郑理聊到一点。

光阴到了 2007 年，创作室安排我们去柬埔寨看吴哥窟，或去尼泊尔看国王遗址，还可以坐小飞机看"珠峰"之巅。都被我婉拒了，我跟着工会组织的人马去了一趟河南焦作，登云台山。我的命就是这么好，坐在火车上，驰骋在中原大地，又是一番景象。中原，华夏文明的发源地。而现在，我就行走在这历史的巨大版图上。那次旅行，我带了儿子，许荣带了儿子，晓华带上了女儿（如今这位才女已经成了 80 后新锐评论家了），汤海若带了女儿（如今就读于巴黎政治学院），叶兆言带上了太太。许多人都拖家带口，小家庭组合成大家庭，就像俄罗斯套娃。睡的是卧铺。到处都是欢歌笑语，也有亲切的轻声轻气的交谈。少男少女们爬上爬下，奔来跑去，或者娴静地坐在窗前，目光越拉越长。返程时，因为下雨塌方，也有说是路基毁损，这一停就停了六七个小时。可这有什么要紧呢。机会难得，大家表情轻松，什么事儿也没发生的样子，交流着这次旅行的观感，和回家的打算。因为临时停车，我们还在洛阳歇了歇脚，吃了顿丰盛的晚餐。这是计划之外的安排，再苦不能苦孩子嘛。而意外，往往意味着惊喜。那时已是晚上十点左右。吃完饭，我们到广场上蹓跶。夜晚的广场亮如白昼，也闹如白昼。广场上人山人海，乐声震天。洛阳的老少爷们儿正在练习集体舞呢。跳舞，有时还真是练习生活、练习爱的一种方式哩。传说中的洛阳，以一朵花（牡丹）、一个词（洛阳纸贵）和一个洞（龙门石窟）而名满天下。因为坐火车，我却看到了一个舞蹈中的洛阳，仿佛我在阅读一本城市之书时翻错了页码。

离开时，我竟有些恋恋不舍。

我的火车往事可以装满二十二个大车皮。想起这一系列的火车片段，就像是在放电影，身临其境欲罢不能。我不管它朝哪里开，坐在火车上，就是我的全部乐趣。如果对座没人，我可以掏出脚来，伸展大腿，毫无顾忌地放上去。看到一个红脸膛的庄稼汉，老到地从油渍斑斑的包里取出小CD，放碟子看，顿时刀光剑影，血肉横飞，无数的人头簌过去。我心神一动，也取出电脑，启动电源，调出文档，修改或继续完成我未尽的文字。我的很多作品都跟我一样，有着火车经历。有时就是增删一个字词，有时就插入一个句子。车厢里某个人的一句俏皮话，会改换我的念头；一个小段子，会让我重新调整故事的走向。我不断地打开或关闭电脑，显得六神无主，却兴趣盎然。我感谢车厢里的陌生笑脸，而这一切都是坐火车带来的好运。

在长春，我坐过轻轨。我把轻轨也当作火车之一种。地铁不是火车，地铁里什么也看不到，什么也不会去想，更不可能开往春天。轻轨迅猛，恍若我在前往火星，但它不断地停靠，不断地启程,不断地让你返回现实:一个小镇,一个城中村,都可能给你异样的联想。从长春到沈阳,我坐的是动车,和谐号。我没想到动车也有无座的时候,说是下一站有人下。下是下了,又有人上了,上车的人举着票,慢慢走近那个刚刚空下来的尚有余温的座位。公主岭、四平、开原、铁岭,每一站都重复着同样的程序,我不得不重复地游走在希望与失望之中,这很有意思。不过,动车里很干净,温度适中。我索性不再去想座位的事了。我坐在车门里的台阶上,连报纸也没有垫,取出一本外国文学杂志看起来。因为老是有人上车下车,一个女乘务员,美丽的小姑娘,便建议我到厕所去。到厕所去!我疑惑地跟着她,盯着她头上挽着的髻和髻上的发卡,她看看左右,悄悄地把厕所的门打开,还提醒我从里面闩上,免得别人打扰。这是一个多么清洁的香喷喷的厕所呀,如果她不说是厕所,我会认为自己拐进了面包房。和飞机上的一样,又比飞机上的宽敞。合上马桶,我舒舒服服地坐在盖子上。竟然在火车里,拥有了一小片天地,一个属于自己的房间,虽然只是临时的,我已很心满意足了。我知道,我坐在台阶上看书的姿态,惹得小姑娘动了善心。我感动于她冒险的帮助,又因了这感动,再也看不了一字半行了。凝视着厕所光溜溜的门,我想就这么坐下去多好。一直这么坐下去,没有人知晓,也不和别人分享。门外和窗外是"呼呼呼"的声音。这空间很小,更显其珍贵的温暖。我甚至还可以点上一根烟,又立刻自责地掐灭了这个卑鄙的想法,顺手扭了扭冲水阀。抽水马桶里呼的一声,闷闷的,我挺直躯体,一阵爽快,好像身体里的卑鄙被冲刷到了路基上,被飞快地碾碎,直至消失殆尽。只可惜看不到窗外。要想看窗外,就必须别过头去,一百八十度地向后转。我突然拍拍脑袋,直骂自己傻蛋。我反向骑坐到马桶上,靠近窗口。看见了,看见了，我看见了我想看的一切……

迄今为止，我还没有坐过磁悬浮列车，也没有近前看过，连路基是什么样子也不太清楚。大前年春节后，我去了趟埃及。坐在小车里，奔驰在通往浦东机场的高速上，突然听到轰轰烈烈的巨响由远而近。什么声音，我惊慌地扒着车门。驾车的朋友瞥了我一眼，淡淡地说，磁悬浮。他大概觉得我老土，又不好直言出来。春天的傍晚黑得早，说话间，火车已经到了我的左侧，在半空中，犹如一条火龙，又像流星划过，很快便消失得无影无踪。我想象不出坐磁悬浮的感受，也不知道磁悬浮里的人现在是什么感受。车内是怎么样的布置？我想象不出实境。他们能看到窗外吗，也亲密友好地交谈吗。我同样没坐过高铁。磁悬浮也应该看作高铁吗。规划和建设中的高铁是越来越多了。听说票价昂贵，直逼飞机。飞机可以打折至最低，高铁呢，也降价吗。降价的同时也减速吗。不管怎么说，我总得挨个儿坐一坐。这两个遗憾也是我的两个盼头。

最近，也就是这个星期，我坐火车作了一次短途旅行。朋友短信邀请时，我的窗外正下着瓢泼大雨，他那边只是零星小雨。他说那你明天来吧。我回复说等等看吧。雷阵雨，来得快去得快。果然，我撑开伞出了楼梯，雨已停了。买票很顺利，爬上车子坐定，雨又下大了。雨点打在窗玻璃上，扑扑扑的，豆大的雨滴厚敦地挂一挂，又渗化下去。到了车站，雨又停了。刚进宾馆，雨再次下大，雨打窗玻璃的感觉和火车上一模一样。雨后的空气非常清新，走在街道上，心旷神怡，身轻如燕，仿佛上天借助它的便利之手，匆忙打扫了一下城市，为的是给我留下一个以后再来的印象。朋友早就给我买了回程票，第二天告别他，坐到车上，才知道他误打误撞，买到了终点。这么说，我可以坐到终点，也可以随便在哪个城市下来了！下雨了。夏天坐火车,哪怕是你一个人,也始终有雨伴你同行。我掏出手机,摆弄着,想给一个好久不见的朋友发短信,告诉她我快到了,请我吃午饭吧。但我犹豫不决。不是害怕冒昧,如果是朋友,哪还有这种顾忌!这个短信若发过去,有两种可能:最坏的可能是她不想见我,又不想伤我,左右为难;最好的可能是她欣喜异常,热烈欢迎。这就是我犹豫的原因。快到她的城市了,我还是按捺不住地发了过去,火车也适时地临时停靠了十五分钟。她回复得很慢。在等待她回复的漫长过程里,我心乱如麻,懊恼不迭。

手机叮当一声,她终于回了。她问我在哪里呢,刚才手机不在身边,有事出去了。我问有时间吗今天。她说明天会更宽裕点,今天下午和晚上她都得工作。欢迎明天来玩,最好是明天。看来我误解她了,她的直白和好客让我羞愧。火车慢慢启动,不久便掠过了她所在的小城。雨下大了,田野和树木上升腾着密密的云雾,遮住了我的视线。我在想,我到底准备停在哪一站呢。前方的路虽然太凄迷,还是请让我为一切坐火车的人祝福吧。在笑容里,在静穆的凝视里。

假币持有者

我有一张假币，一张五十元的大钞，却是假的。头像是假的，水印是假的，手感不对，色彩也不对。其实真假一甩就能听得出来，可我一点没注意，还一直把它夹在钱包里。

那天晚上，供电公司最后通牒，我欠电费将近一个月了，明天再不交，后天就派人来扯线。我赶紧答应一定一定。放下电话心里就想，你神气个啥，交就交扣就扣扯线就扯线，你什么态度呵，你凭什么训我像训孙子呀，你怎么能污辱我的人格呢。越想越气，真想电话打过去，也训对方一通。拨到一半我又放下了。到底是自己欠费人家有训你的理由，你训人家凭啥呀，就是人家给你道歉，心虚的可还是你。

隔天我办的头件事就是到银行交费。正好碰上我的邻居，我不知道他在银行，而且就在这个储蓄所上班。他靠近窗口和我打招呼，我一边朝他微笑，一边掏钱掏卡。办理手续的是另一位先生。我在那里站了好久才发现他也在等我。他把我给的那张钱扔在窗台上什么也没说。怎么了？我问。你换一张吧，他还是没有看我,又拉拉抽屉说他找不开。现在轮到我不敢看他们了,我赶紧掏出一张百元的,递过窗口。

满腹疑惑,但还不敢肯定,我又急急忙忙去邮局交话费。我要么不出门,出门就把所有的事都干好。邮局的窗台要高得多,正好和银行相反,高高的窗台后面,两个女人争相和我打招呼。我正常都在这里交款,有时候寄稿件,她们也心照不宣给我那厚沓沓的稿子当印刷品算,省我两包烟钱。我报了号码,女人也对了名字。我又掏出那张五十元递过去。这回是带有验证真假的意思,如果她收了,那就说明钱是真钱,虚惊一场。可是那个穿绿制服的女人手指轻轻一拎就推给了我,说这钱她们不收。我说有问题吗。我一边换一张给她,一边拿着那张假币自言自语:怎么可能呢,怎么可能呢。此时,两个女人已经收敛了笑容,交换着冷漠的神色说,别在这里晃来晃去的了,要不是认识你,我们会没收的。

我不知道自己怎么出来的,也不知道还好不好意思到这个邮局来。午饭时我向妻子儿子汇报了假币事件。妻子首先不相信,捏着假币甩了甩后,又让我回忆回忆来由。我说最有可能的是买烟了。前天我没零钱,没零钱可不能没有烟,结果一张大钞找了一大把小钞,中间夹着一张五十的,我看也没看就塞进口袋。妻子说你正常在哪里买呢。我说出那个超市。那你就去找他们。好的好的,我满口答应,又问要是他们不承认呢,人家凭什么要认这张假币!那你给我,妻子麻利地说着,把钱抓到手里。

过了一天,我问妻子五十元的事解决了吗。妻子说,还没呢,我总不能用它买菜吧,那还不要吵破了天!我说那你还是给我吧,我还到那个超市买烟,能混掉最好,混不了就算。也只能如此了,妻子说。

可是她一直没有把钱给我。一边的儿子却是一直在笑。只要我们提到那张假币，儿子就竖起耳朵低着头笑。我们问他笑啥，儿子还是笑，笑着进房间做他的作业去了。

诺贝尔的微笑

几乎每年的诺贝尔六项大奖颁布期间，都会引发国人的"诺贝尔情结"。身为写作者，对文学奖的感受更为强烈。记得2002年秋，我在鲁迅文学院参加中国作协举办的首届高级研讨班，大家从北美的厄普代克（《兔子，跑吧》）说到南美的略萨（《绿房子》），从拉什迪（《撒旦诗篇》）到名头最响的米兰·昆德拉（《生活在别处》），甚至还想到了塞林格、罗思、瓦尔泽，就是没想到——事实上谁也不知道还有个伊姆雷，真真的应了这位作家"命运无常"（也译成《无形的命运》，为作者的处女作和代表作之一）的感叹。

仔细想想，有这种情结也不无道理。形势所逼，有总比没有要好些吧。于是人们就从这个奖项的公正性入手，进而深入剖析汉语言文字的局限，以及申报程序，还有管理体制的弊端、学术腐败之气、文坛炒作之风，但马上就有专门研究诺贝尔奖的学者反驳，认为这些都不是主要症结，这个奖的公正性也不容置疑，并乐观指出，中国人拿奖已为时不远，杨振宁先生还给出了最迟二十年的期限。二十年的依据在哪呢？二十年之后要是评委们还不"明智"怎么办？且不去管它吧。

这些年的获奖作家也确实越来越冷僻，没一个熟悉的不说，就连那些外国文学研究专家和有限的几本外国文学杂志也始料不及。是获奖作家不足金足两吗？谁也没资格这么说。是我们太过封闭吗？当然不是。那么是评委们故意制造轰动效应了？没有必要。恐怕还是要回到我们的眼光上面。事实上，这样的讨论这样的情结着实令人不能恭维。我们过多地盯着获奖者的身份血统国籍，而忽略了他们的履历和贡献。不妨随便翻翻吧：2001年的奈保尔是出生于特立尼达的英语作家，其作品"将深具洞察力的叙述和不受世俗侵蚀的探索融为一体，迫使我们去发现被压抑历史的真实存在"；2002年的匈牙利作家伊姆雷则"考察了这样一种可能性，即个体的生命和思想能不能存在于一个人们几乎彻底地屈从于政治强权的时代"，从而"以个体的脆弱的体验对抗了历史的野蛮的独断专横"；2003年的南非作家库切是"在人类面对野蛮愚昧的历史中，通过写作表达了对脆弱个人斗争经验的坚定坚持"；再看今年的奥地利德语女作家耶利内克，是"她小说和剧本中表现出的音乐动感，和她用超凡的语言显示了社会的荒谬以及它们使人屈服的奇异力量"。

从这些雷同的颁奖辞里不难看出，他们的获奖已经不仅仅在于其艺术上的精湛——事实上，小说诗歌发展到今天，其文体的特性已经相当成熟和丰富——更在于他们在直面现实、寻找人类自身顽症痼疾的过程中，显示出的巨大的勇气和超凡的斗争经验。在他们那里，生命个体并不因世俗的野蛮和独断而随波逐流乃至逃遁，反而脆弱地对抗，表现出心智的充分和强大。退一步说，只要这个作家能够为人类的生存作出精神上的开创性指引与贡献，他是否来自中国，又有多大的重要呢？

再回到耶利内克身上，这位女作家在得知获奖后，"不是高兴，而是绝望"，并且在第一时间宣布她拒绝去斯德哥尔摩领奖，成为少有的几位拒绝诺贝尔奖的作家之一。除了强调身体健康方面的原因，耶利内克认为她也没有资格获得这一大奖，而她的同行，剧作家彼得·汉德克（《骂观众》）则更有理由得到至高荣誉。

对这一大奖的拒绝、敬畏和谦卑，无不体现着女作家对自身、对奖项、对他人的最高尊重，我想，长眠的诺贝尔先生应该没有遗憾，而是安闲地微笑吧。

伤痛《漓江》

2月15日下午，汪政来电话，劈头便称《漓江》停了。我吃一惊，却不相信。就在2月9日中午，鬼子曾打电话来，要我将《理智与情感》拷进软盘，用特快专递寄过去。我告之稿子去年12下旬就改毕，给了北京的陈晓明。"纯粹的写作"，这是《漓江》从去年第三期起的新辟栏目，每期推出一位，由晓明兄主持评述，故我颇尽心力。但鬼子说来不及发排了，让我寄过去直接打样。那次电话，我还问鬼子怎么今年第一期没有寄给我，这一期他们与《作家》联手推出了大量新锐作品。鬼子说确实没寄，他支支吾吾，只讲说来话长，他现在也焦头烂额。他始终没道出《漓江》也遭砍伐的厄运。

和汪政话毕，我走出家门旋又归来打通鬼子电话。《漓江》真的停了。鬼子声音沙哑，病恹恹的。你的作品照发，算是为《漓江》料理一下后事吧。那么，我就成了最后一位"纯粹的写作者"？我们都躲进沉默。我不知如何安慰鬼子。文学是脆弱的。本想花个三五年振兴《漓江》为中国文学做点事的，可现在才第三个年头。鬼子说不下去了。1996年的5月，第一次打电话给我的山东鬼子是多么的雄心勃勃呀，我们都期待着《漓江》成为第二个《花城》，可现在我看不见他，就是迎面相撞也不会认识他，但我想起他10多年前首发在《青春》就获奖的《妈妈和她的衣袖》，《漓江》岂不正是鬼子的衣袖！

《漓江》初生，正值新生代作家蜂拥如潮之际，仅仅两岁即以一崭新品牌与《作家》《大家》《山花》《天涯》等刊遥相呼应，且其栏目纷陈，创意精心，小说之外的"名作评点"里，我们会对《遍地风流》（阿城）、《我是少年酒坛子》（孙甘露）、《飞越我的枫杨树故乡》（苏童）和《归去来》（韩少功）等世纪经典再作回眸；"名编辑手记"当中，《发生了的回忆》（宗仁发）、《开放的语境与前卫的立场》（文能）、《工作着是快乐的》（钟红明）等，会让我们体验编辑感受，借助于这扇窗口，编辑与作家、读者直接对话，也让我们看到了无名者为中国文学的崛起所作的种种出击；"漓江译介"更是令我大开眼界，我喜欢玛格丽特·杜拉斯的《老师》，喜欢李柯克《穿石棉衣的人》，也喜欢《论世俗信仰的文学》（伊凡·克里玛）和《论"文化研究"》《乌托邦、现代主义和死亡》（弗·詹姆逊）……就是这样一个让我彻夜难眠的《漓江》结束了，而且恰恰结束在新生代作家转向低谷之时！心乱至极，不记得是怎样与鬼子互道珍重的。将来干什么？鬼子说他现在是广西签约作家。我说最好还是去大学教书，江苏的鲁羊及目前势头正健的郭平都在南京师范大学教书。他说已有大学邀请，可他不想去了。那就等待转机吧，我终于找到了这么一句。不可能的，他回答，连刊号都取消了。可是鬼子为什么不离开不出发？他是坠进了伤痛，还是痴心不改仍在等待？谨以此文记之念之。

宇航员与长城

关于在太空中拍摄长城的消息最早出现，是在人类首次登月的新闻里。最近的一次是前年 5 月 13 日，美国宇航局的太空网站公开了一张十分珍贵的照片，照片是欧洲太空总署的一颗卫星于当年 3 月 25 日拍到的，它清晰地显示出长城的轮廓。就此，人们认为，用合适的照相机和摄像机是可以拍到长城的。美国宇航员盖尔南就表示，在高度为 160 公里到 320 公里的地球轨道上，长城的确可以用肉眼看到。

一些中国专家则分析，长城虽然很长，但很窄，从太空看窄窄的长城，就像从远处看一根头发丝，结果可想而知。美国宇航员却解释说，从太空看长城，不能把它和看头发丝相比较。长城建在山脊上，如果天气晴朗，太阳西斜之时，长城会出现长长的影子，无形中加大了它的"宽度"，在影子的帮助下，从太空用肉眼看到长城就不是不可能了。

国际空间站的科学家也赞同盖尔南的观点，他肯定地说，你可以看到长城，当然这要比看到其他一些物体困难得多，但从太空你可以看到许多东西,尤其是借助望远镜的话,你可以看到大金字塔。美国航天飞机的宇航员甚至表示,在大约217公里高度的地球轨道,无需借助任何光学仪器,他们就可以看到公路、机场、大坝,甚至还可以清楚地分辨出哪里是城市,哪里是乡村。

然而没过两天,欧洲太空总署的发言人便宣布,由于工作上的失误,他们把北京地区流入密云水库的一条河当成了中国长城。这就等于告诉人们,迄今为止,我们还不能在太空看到长城。

在此,我无意赞美科学家的诚实,因为诚实始终是科学的底线。我宁愿相信宇航员们看到长城的童话。也就是说,这里存在着两种真实:一种是地球人的真实,理性的真实,同时也是坐井观天的真实;一种是太空人的真实,情感的真实,也是无法感同身受的真实。

我倾向于后一种真实。

在茫茫星河,太空实在太空了,在火星与地球之间,一边是海水,一边是火焰;一边是未来,一边是过去。很难想象宇航员们的心境,但至少我们可以肯定,他们都是失重的人,他们甚至失去了地球人的孤独感,不如一片落叶,他们渴望来自地心的引力。他们有着伟大的勇气,也有着地球人无法体验的恐惧。不错,他们可以在远离地球的同时遥望地球,但地球是蓝色的,在太空中,地球已经符号化为一个原子或者分子,他们渴望看到更为具体的标记,就像外乡人渴望村庄的一抹树梢、一粒沙土、一口米酒一样。他们渴望看到长城,他们也的确看到了长城,此时,中国长城就成为宇航员的定心丸,成为万有引力之虹,成为他们奔向未来的一只闪亮的罗盘。

如果说中国长城是世界八大奇迹之一,在太空看到长城显然会成为世界第九大奇迹。也许我们可以转告宇航员们,不仅他们在太空中看到了长城,地球人也看到了太空里的宇航员。奇迹已经发生。这是一个独一无二的奇迹,它只适合在我们的信念里滋养与存活。

我们的祖先

星期天,儿子总要睡个懒觉。今天我早早就把他喊醒。我说早点起来,早点做作业,做完了我们下乡扫墓。儿子嚷着什么呀,下周就期中考试了。我说是呀,就要考试了,你还能不下乡祭祖吗。

下楼去买些卤菜,准备带回去。碰到儿子的英语老师,问我下乡不下乡。我说下呀,你呢。老师说她也下,她的祖先在如皋。我心想好险哪,好在有此打算呢。

到家,父亲已经敬过祖先。但父亲很意外,很高兴。几十年来,这是我第一次回家,为了祭祖扫墓。父亲喝了很多的酒。我告诉父亲,这次"人代会",有代表呼吁国家干部扫墓,也该形成制度呢。没成想走在路上,我们和村人打招呼,父亲逢人便介绍,我是回家扫墓的,国家干部也要扫墓呢。

一家三口,跟在父亲后面。我们后面跟着我的侄子,他扛着铁锹,拎着盛满纸钱的篮子。我让儿子举着红色飘钱。儿子不情愿,不情愿也得拿。儿子狡黠地分给我一半,我也不情愿,不情愿也得拿。在村人远远近近的目光下，我们穿行在春天的田埂上。眼里是水亮的绿色，鼻子塞满油油的菜花香。

我们的祖先依在小河旁，立在麦地里。祖先的墓碑斜斜的，稍息的姿态，悠客的模样。挖两锹土，做成碗状，堆砌一个新坟头。肥沃的麦苗在我们的踩踏下发出喘息。田野里还有些高出麦苗和菜花的墓碑，父亲指此为谁，指彼为谁。飘钱在风中摇荡，纸钱也化为袅烟，我们唱喏。父亲又指从此地到彼地，过去这一片全是我们家的土地。

父亲说，你们啊什么啊，我们的地多着呢。所以，这里沉睡的是我们的祖父，而我们的曾祖父和父亲的曾祖父，墓地要远些，远在我的中学堂。那一片也全是我家的地。原来当年我披星戴月求学，不过是走在通往墓地的路上！我忆起迁坟时，父亲曾要我回去，也曾说起，校长认识我，迁坟时学校掏钱很爽快。

于是我们马不停蹄，前往曾祖父和曾曾祖父的墓地。正好让儿子体会一下，当年我所走过的路。曲径分岔，大路铺了沙石，小路还是老样子。河已干涸，水渠也废旧，岸边长着老槐树、大柳树。儿子想走小路，走我走过的小路。我说算了吧，谁知那条小路还通不通呢。

父亲推着自行车，七转八转，拐进墓地。祖先的墓碑很高大，唯独这块地里没长庄稼，宽广得像广场。或者我们不知道地下掩埋着什么种子。父亲大声招呼着，说今年又是他头一个。走至近前，却发现碑前有灰烬，有烧剩的半截芦苇。父亲说，单烧飘钱不算。我把手中的飘钱插在曾祖父碑后，让儿子把另外两根插到曾曾祖父碑后。我们唱喏，纸钱化为袅烟。我们听见阳光落在碑身和地里的声音。我们看见田地里拂动的绯红。

儿子跑到鱼塘边，我们坐在地头，抽了根烟，与祖先们相对。我们的心里亮堂堂的。父亲说我的曾祖父差点考上武状元。父亲说家里出账进账,全靠他的曾祖母打理。这回父亲没有指此地到彼地,而是指着附近的人家说到,这幢楼房原是我们家的短工,那幢瓦房又是我们家的长工。可惜我们和他们已经不再来往了,就像一棵树上的树枝相互陌生,陌生得不如眼前的墓碑。

但是墓碑无言,祖先们沉默着。我相信祖先们一定在笑我。我相信他们一定晓得我此行祭奠是假,装模作样做给孩子看才是目的。

怀旧感

我喜欢一切旧的东西——旧书，旧报纸，旧杂志，旧台灯，旧椅子，旧沙发，旧的软盘。我不仅保存它们，还经常使用它们。有些软盘已经报废，但我还是习惯性地收好它们，集中在一起，跟摞放一本本旧书一样用心。

我写作用的电脑，还是1994年买的386型号，尽管上面贴着486的标记，但它的确是个386。后来在北京，我买了一个笔记本，又是二手货，现在，它连发一封普通的电子邮件也成问题了。

前几天，我去看望我的高中老师，当年高考，我就寄宿在他们家。他们已经双双退休。他们把白发染黑，把写的文章拿给我看，把别人送的好烟拿给我抽。我却执意要看一看我住宿过的小棚子。没想到，那棚屋还在。我们在里面坐了一会儿。当年那间小棚屋，寄宿着我们四五个学生，现在只有两张床，其中一张，还是我们老师自己住的。他说宿在这儿的，是一个特殊的学生。

在我最近写作的一篇小说里,男女主人公都喜欢老电影,喜欢黑白电影,主人公的几个大木箱里分门别类地放着各个年代各个国家的老电影。他们一起看电影,关掉声音,一起摹仿影片里的对话,有时是一对情侣,有时是一个恶棍和一个良家妇女,有时是仇人相见,有时是弃夫与浪女。他们把悲剧变成喜剧,把正剧变成闹剧,把欢乐变成痛苦,把平庸变得高尚,把壮烈变成琐碎,让亲人离异,让仇人放下武器。他们生活在电影里,他们把电影变成他们的生活。

我试图找到原因,也许是我过了四十岁吧,四十不惑。四十岁是篮球的下半场,可是不太站得住脚。在今天,四十岁的男人普遍还处在人云亦云的青春前期。

有一次,我要参加一个聚会,我换了一身旧行头。因为我一直保存这些旧衣服,家里人已经多次抗议。我想我穿一穿,也能证明它们的价值。正好她从卫生间出来,看见我的样子,她"啊"的一声捂住嘴巴,好像她看到的不是一个威风八面的稻草人,而是一只巨大的青菜虫子,映现在洁白的墙壁上。不管她怎么劝阻,我还是穿了出去。聚会上,没人理我。大家的目光都故意避开我,即便和我说话,都一律地讪讪地笑着,并伴有一脸的困惑甚至恐惧。

散场时,大家抱一抱拳握一握手道一声珍重,我却被酒店保安拦住了。我说这么多人,怎么就拦我。保安说,从一进门,他们就盯上了我,酒店的探头始终追着我。我说既然早就注意到我,为什么还让我进门,为什么到现在才抓我。他们说,这叫作欲擒故纵。不过现在轮到他们困惑了,他们认定我有偷窃的嫌疑,看遍录像,却没有找到我偷窃的镜头。他们都是十来年二十年的看门人了,什么风浪都经过,没想到会在我面前栽跟头。让他们认定我可疑是因为我的这身旧行头,我感到可笑,人的衣服是那样直接地反映身份和地位。我又感到悲哀，仅仅是因为我穿了一套自己喜欢的不适宜该场合的旧衣物，就要受到这样的侮辱。

但这不可能改变我，我还是喜欢旧的东西、旧的感情、旧的屋子、旧的衣物，以及跟我的记忆一起发生过的旧的事物。念旧是一种珍惜、一种珍贵的得到，如同一片云锦、一块天鹅绒，怀旧的情绪将永远停泊在你的心灵深处。

失眠症漫记

父亲是两个月前开始流泪的，因为流泪，父亲也学会了用餐巾纸，口袋里、拎包里总是放着一盒盒积木般的纸手帕，我问他会不会拆封，他说会，说着，他掏出一盒来，粗黑的大手灵巧地扒开了纸巾，纸巾洁白地摊在他的手掌上，他很有成功感地笑出了眼泪。眼见流泪不止，而且左眼流得特别欢，父亲就用一只手捂住了右眼，结果发现，左眼看不见了，只能勉强看见一点点亮。父亲慌了，我骄傲的也在于此，父亲一慌就进城找我。他不找老大，不找老二，就找我，让我踏踏实实感到，我的的确确是他的儿子。我记得那天清晨，刚送走儿子，防盗门又砰砰响了，是父亲，他很少按门铃。他进得门来，手里还举着一张公交车票，车票只露出小半截头，作羞涩状。这让我很高兴，因为我和他说过，以后进城，不准骑车了，你乘车过来，车票我报。父亲还是骑车，但回乡下时，一般都是我们打车送他，实在不行，就留他住下，白天再走。那天父亲破了例，他快乐地说，很便宜，两块半钱。安排他吃过早饭，我和他一道下楼，叫他在路边站住，不要动，我去喊了一辆出租车，父亲说，这么点路，跑过去就是了。我不由分说，把他拖上车子，这个时候和他说道，越说他会越固执。到了中医院，我搂着父亲走，父亲忸怩地推开了我，跌跌绊绊地，我又搂住他，他没再挣，身体却是硬硬的，我一阵心酸。我想起高中时，父亲和我进了城，我都要和他分开走。远远地躲着他，瞅着他找我找得慌的样子，我只好现身，父亲问，是不是和他走在一块嫌丢人，不待我答，父亲又说，行呵，那你就好好混个人样子吧。我搀着父亲上楼，又搀着父亲下楼，医生问话时，父亲老是听岔，我就给他翻译，又把父亲的话翻译给医生，我的耐心和派头，让不耐烦的医生也礼貌亲和起来。然后我们去做彩超。彩超处，人流如织，以年轻女人为多，护士和我商量，最好下午来，上午要等，下午排你头一个。回程时，我又打了个车，这次父亲没说什么，我一开车门，他就乖乖爬进去了。在车上，父亲大发感慨，说医院的人真多呵，怎么会有这么多的人呀，比超市的人都多。吃过饭，我们准时来到彩超处，果然是头一个。拿着彩超单子，回到医生处，医生说，下周来做手术吧，白内障。得花多少钱？三千块吧。父亲一听，拉着我就跑，力道之大，我无法回头。一路上，我只能跟着父亲奔走。好不容易追上他，拉了辆出租车，把他塞进去。我说，看肯定是要看的，又不是啥不治之症，顶多我们几个分摊吧。送他上公交车，给他一百零花钱，又往他口袋里塞进十块钱的车费。父亲这个人，你要是直接给他，他肯定是不要的。父亲的眼疾大家很快就晓得了，都说要好好治，他可喜欢看书哩。也真怪呀，少年时，父亲一见我看小说就抢过去撕掉，老了老了，他自己倒爱看书了。再来时，我带着父亲又跑了几家医院，比比价，让他落个心安，如今的城里到处都是医院，什么女子医院呵，生殖医院,博爱医院,仁济医院呵,眼科医院呵,结果都一样,都一口价。这时大哥从外地打来电话,说钱他已经准备好了。我说没关系的,小事一桩。大哥又说,听说咱们县实行白内障免费治疗,不知能不能找一找。那就找找吧。正好楼下的邻居在老家镇上做司法助理,我把名字递过去,又到民政局打听,确有此事,再打听到残联,最近就有名额下发。于是给表哥打电话,让他转告父亲,耐心等待,已经给他在乡民政办登记了。可是父亲等不及,听说东台便宜,便骑车去东台打听去了。昨天好不容易接到通知,赶紧打电话回去,大嫂说,老头子又去东台了,他听说那只要几百块钱。我说不要紧,不会立即做手术的。果然,今天一大早,我家防盗门又砰砰的响了。我只好起床,陪他干坐着。捱到七点半,和他来到定点医院。等到八点多钟,医院的人才陆续到了。前天晚上喝酒,我的难言之隐又犯了。我怀着巨大的痛楚和他跑东跑西,父亲嘟嘟囔囔的,说医院变着法子收钱,检查这检查那的。我却很高兴的,一圈检查下来,父亲的身体很好,除了耳朵,除了眼睛,别的几个老农,不是查出了心脏问题,就是血压问题。回家的路上,父亲看我萎靡不振的样子,批评我穿得太少了。

讲故事的人都在做什么

《讲故事的人》是一本书,砖头那么厚,摆在书店的橱窗里。不知有没有人买,反正我没有买。因为我就是个讲故事的人。那天傍晚等着吃饭,我顺便拐进了新华书店。《讲故事的人》是书里的一篇文字。我一边想象着作者会说些什么,一边蹓跶在一排排书架之间,有点像个麦田里的守望者。可惜书店里没有我的书,除了两个选本,选了我的一篇小说、一篇散文。喝酒的时候,我告诉朋友们听,朋友们说,你的书不应该出现在新华书店里。这样的话,对一个讲故事的人来说,到底是宽慰还是嘲讽呢。最好兼而有之吧。

讲故事的人等人来修电脑。电脑没有了声音,本来这是好事儿。没有声音的电脑,你如果面对它,就像是回到了默片时代。你们的交流就有些古怪、神秘,类似于阴谋与策划。讲故事的人没有等到人,就带着毛毛把电脑送到数码城去修。店里的伙计很熟练地打开电脑,一边调试一边告诉我,他的女友也有这样的一条小狗,接着他把手指亮给我看,他的手指给这样的小狗咬了。为什么,讲故事的人问。伙计说,他不过是喊了它一声,那家伙就气汹汹地奔过来了,逮着他咬了一口。这样的狗是不咬人的呀,它为什么单单咬你哩。讲故事的人为了维护自己的狗,变得有些固执了。伙计说,他是想对它友好的,可能它不喜欢他喊它吧,OK!说话间,电脑搞定了。讲故事的人掏了二十元给伙计,伙计把二十元给了正在打"跑得快"的老板娘,说是给她增加点赌资。讲故事的人回到家,打开电脑,死机了。怎么开机关机,电脑也不睬他了。这是为什么呢,为什么你要逃离默片时代呢,你逃离了,就得承担后果。

讲故事的人去了趟泰州,去看另一个讲故事的人。那个人现在正襟危坐于政府大楼。为了见他,讲故事的人不得不履行一套繁琐的登记领证手续。讲故事的人怀疑,制定这套接见程序的人,一定读过《城堡》,这说明制定程序的人多多少少还算个文学爱好者。这样想着,讲故事的人变得高兴了。拍开门,是一道白色影壁,只看得见一把来客坐的椅子和办公桌的边角。另一个讲故事的人从影壁后面适时闪出,和讲故事的人握手,并称赞来客的衣着很酷。讲故事的人打开电脑包的时候,秘书推开了门,他不得不把包拉上,秘书显然看到了这一动作,又闪了出去,只看见他的一只手和手里的打印稿。讲故事的人点点头,大度地让他进来,秘书把纸片,也就是这次的采风计划交给另一个讲故事的人,便识趣地退了出去。讲故事的人便有些愤恨自己的委琐,愤恨自己为什么搞得像讨好上司,没有必要嘛。他掏出一瓶红酒,递给另一个讲故事的人,一边递一边说,电脑包里不好带,只塞了一瓶。另一个讲故事的人递给他水杯的同时,接过红酒,说没关系,下次我开车去拉。然后讲故事的人和另一个讲故事的人都笑了起来。然后讲故事的人和另一个讲故事的人便出了大楼,向酒店进发。迈下台阶,跨过引桥，他们肩并肩，讲故事的人感到了政府的庄严，也缓过神来。一路上，另一个讲故事的人对讲故事的人陈述自己的挂职计划，待熟悉市里的部门后，他将沉下去，住到县市去，他将湮没在野史县志的漩涡里。喝酒的时候，另一个讲故事的人笑着把讲故事的人送酒的事当成了故事讲了，报社的老总立即接上了茬，说怎么会送一瓶呢，我要送从来都是送一箱的。看来这家伙不是盏省油的灯。讲故事的人说，一瓶一瓶地送，一趟一趟地来呀，我从来都是送一瓶的。老总说，不送也可以来呀。讲故事的人有些急了，说送酒得看质，哪能看量呀，现在二十块钱的红酒超市多的是，还买一赠一哩。老总说，你可别污辱我，我可没二十块钱的红酒，不信我送你一箱。讲故事的人说，我为什么要你的酒。老总说，我就是要送你一箱红酒，说着他举着杯子奔过来。完了，这家伙还较上劲来了。这时，大家才发现，讲故事的人竟然没喝白酒。讲故事的人说，昨晚喝多了，消化一下，晚上搞白酒吧。谁知晚上竟然安排在那个老总的旁边，讲故事的人正想拿掉牌子，换个座位，老总正好走进来，瞅见讲故事的人，就像瞅见了自己的俘虏，他一把按住讲故事的人，说，跑，往哪里跑，今天我和你拼到底。酒会上喝的是"梅兰春"，讲故事的人说，他不习惯这种酒。另一个讲故事的人手一挥，服务员送来一瓶"天之蓝"。老总笑得更欢了，问还有什么要求。讲故事的人想死的心都有了。报社老总乐颠颠地引领着市长、秘书长、部长们过来搞酒，最可恨的是另一个讲故事的人，还笑眯眯地推波助澜，理由是叫你来就是喝酒的。讲故事的人在醉眼迷蒙中，看到了自己的心脏，就像浸在酒里的活体标本，雪白雪白的，不时现出早搏的征兆。这还未完，酒会完了，老总又拉着讲故事的人和另一个讲故事的人，来到一个茶艺馆，听他唱歌。既然如此，就怪不得讲故事的人不讲情面了,讲故事的人放开手脚,点了一大桌子的烟酒饮料水果茶。老总更开心了,说尽管点。瞅个空隙,他才说了实话,说上次讲故事的人路过此地,他没能接待,一直歉疚,这次要玩死。讲故事的人苦笑道,你这么玩死的待客之道,哪个吃得消哦!

在春天,讲故事的人摇身一变为看花的人。那个下午,讲故事的人看了梅兰芳,顺便看了梅花;看了孔尚任,顺便看了桃花。这里的桃花品种繁多,且以观赏类的为主。讲故事的人还走进了园博园。园区很大,人工湖很浩渺。在这里,讲故事的人意外地踏进了南通园。南通园以如皋的哨口风筝为主打,有些别致,但也有些草草应付的样子。不管走到哪个城市,讲故事的人都不自觉地把它和南通比较,虽然他不住在南通,他甚至与南通无关。南通像一个穿着一新的村姑,鲜亮,又总有这样那样的不自然、不熨帖。

到处都是看花的人。春天唤醒冬眠者,看花的人徜徉在花海之中。这是在兴化,恰逢千岛菜花节,讲故事的人赶了个巧。这里的油菜花可以走在板桥上观看,也可以登塔瞭望,还可以坐在小船上仰视。成垛成垛的油菜地,金灿灿地漂浮在水面上,犹在镜中。听说海门也有菜花节,名之金花节,不知有没有搞这么出彩。兴化的油菜花在缸顾乡。这里头有个故事:很久很久以前,一对兄妹坐在缸里,漂流到这块水荡子,举目无亲,又荒无人烟,没办法,这对兄妹只得近亲繁衍,哺育了一代代的子民。不过,讲故事的人更感兴趣的是湿地公园里的鸟巢。这里的鸟巢可称世界之最,坐在木筏上,走在板桥上,随时可能受到鸟粪的袭击,不时听到少女们的惊呼。钻天的水杉树上可以有十几只鸟巢,有的鸟巢方桌那么大,可见工程之巨,讲故事的人眼都看花了。看来,鸟也像人,人也若鸟,都很在意房子，这也算是兴化的鸟与时俱进了吧。只不过，鸟们辛苦归辛苦，无需做房奴，只有天灾，没有人祸，至少它们不会面临新房也拆迁之窘境吧。

　　说起房子，另一个讲故事的人给讲故事的人讲了一个故事。说的是他们的一个共同的朋友，也是兴化人，也属于讲故事的人，此人在前年房价冲高之时，突然卖掉了自己居住的房子，得二百万，然后租房而栖，租金一年七万，他那二百万年息十万，两相冲销，每年他可净得三万。那人愿意住哪就住哪，愿意住什么房子就租什么房子，反正主动权在自己手里。这个真实的故事赢得在场听众一片惊叹和喝彩。昨晚，喝酒前，照例掼蛋。对家问牌友们，人们为什么对打牌感兴趣呢，为什么乐此不疲呢。牌友们的答案五花八门。对家说，NO，打牌是为了摸到一副完全相同的牌。这显然是无有可能的，它使欢乐的人们坠入乌有之乡。不可能有两副相同的牌，但却可能存在雷同甚至相同的故事，不同的人，也有着相同的境遇，可见，讲故事不如打牌。于是讲故事的人选择继续玩牌，直到那副相同的牌出现为止。

跳房子

小时候，一听到铜锣敲就特兴奋。乡下的锣声一般不外乎三种情况：一个是晚上要文艺演出了，下午就早早敲起，且锣鼓呼应，节奏明快热烈。每敲一次，我就到田里催母亲一次，催她快快回来，给我做饭。二个是草房子着火了，天际处浓烟滚滚，火光冲天，锣声急促，有点不由分说，路上的行人，田里的农人，也不由分说往火光处冲，潮水般涌，我最怕看到的是木头水龙，笨拙得像口棺材，几个人轮换抬着，嗨嗨嗨地哼着号子，透出紧张、慌乱和忙碌。白天里只要看到过水龙，哪怕是它停放在打谷场上，夜里我都要噩梦连连，觉得四周的房子都着火了，我陷入了一片火海之中。第三种锣声最晃悠了，晃悠得就像货郎的担子，舒缓得就像货郎的笛子，那肯定是谁家又要搬家搬房子了，那锣声敲得不太像样，农人们晃过去的步子也不紧不慢，反正要等人到得差不多了，才搬得走。

搬房子不仅是主人家的大事，也是农人们交流的机会，更是我们孩子的节日。我是喜欢看搬房子的，看大人们扛着元宝房子，像一群蚂蚁簇着一只葵花匾子。他们逢沟跨沟，遇河过河。而我们就像蒲公英，忽儿飞到房子前面，大人们一声吼，我们又飞到房子后面。那场面特壮观，谁家的地被踩了，也没人计较。不过我们经常分辨不清锣声从哪里来，大人们也不想带我们去。往往是等到我们赶过去了，房子已经停在新住场了。主人正在发烟，发糖。男的发烟，女的发糖。阔绰一点的人家是又发烟又发糖。我们等的也就是糖，主人家这时倒不小气，见者都有份，出工不出力的也有份，我们也有份。大人们谦让一下，不愿去接，主人就把糖塞到他们口袋，把烟压到他们耳后。给我们分糖时，大人们会喝令不能要，主人当然是要坚持的，大人们就会冷着脸骂一声：馋猫！

那时候搬房子，好像是件挺容易的事，挺自由的事。开始人们喜欢独居，喜欢往河边，往僻静处搬，甚至搬到大田中心。后来划了龙江线，要搬都得搬到龙江线上。搬房子不仅能换换环境，还能得到肥沃的墙土。现在我们也搬房子，但照此说来，现在又不能算是搬房子，顶多算是换房子，玩笑点说是跳房子，准确点说是搬家当。有些家当，比如壁橱书柜地砖甚至空调什么的想搬也搬不走呢。

工作以后，我也一直在跳房子，从招待所到集体宿舍、到小阁楼、到平房、到简易楼房、到商品房，换一次，满意一次，也遗憾一次。满意是满意，遗憾却不见少，不是因为房子结构，就是因为装修变味，不是因为小区环境，就是因为物业管理，住在市里的嫌吵，住在市郊的又嫌远。满世界的房产创意都在给人们指引着光明大道，营造着世外桃源，可我们有房无房仍然不得安宁，无房有房仍然刻骨闹心。

我以为只有我会怀旧，只有我会这般无聊作秀。前几天遇到一个朋友，他说他比我还头疼得厉害，他有了恐房症。这位朋友是位大学教授,房子当然也大了。照说他没理由恐房,可人们在饭桌上谈,在厕所里谈,人们无时无刻不在谈论房子,甚至还想听听他的专家高见,弄得人人都感到自己的居住有问题,自己的心也出了问题。"的确有问题,我们的身心已经完全禁锢在房子里,就像掉在了井里却够不着绳子了。"我的朋友感叹道,"在那个物质匮乏的年代,我们搬房子是物由心驱,自由选择,而我们现在搬家当,跳房子,却完全是心由物役,不由自主,这是相反的两极呀。"

骑手的梦

我是一个骑手，只有我知道骑手为什么歌唱母亲。我的手下有十二个骑兵，仿佛耶稣和他的十二个门徒，只是我们当中没有告密者、出卖者、背叛者。那天傍晚，接到首领的指令，我率领着小马队挥师南下。渡过愤怒的黄河，咆哮的淮河，马踏飞燕，我们有如神助，很快就来到长江北岸，驻扎下来。这里满是丘陵和弯曲的小河，婆娑的垂杨柳。我不知道首领的意图，不过作为骑手，我们有着忠勇和等待的耐心。然而人类是很贱的动物，不能停歇，一歇下来，就有了些人困马乏的气象。我只得让大家解开缰绳，放马如放羊，铺开羊皮褥子，好好休整一下。骑手们一听指令，便轰然倒地，马儿们也不甘落后，呼朋引伴，三五成群，很快消失在甘蔗地里。我注意到那一对情侣马，互相挤眉弄眼，由暗送秋波到明目张胆。女士在先，男士在后，嘀嘀哒哒跑了几步，又变得扭扭捏捏，好像害怕我突然收回命令一般，大概是见我视而不见，这才无畏地拐上一条羊肠岔道。这一觉不知道睡了多久，睡觉真舒服呵。醒来时月明星稀，满脸是柔柔的小雨，如花针，似柳絮。天空突然进出一枚响箭，炸裂之后，幻成满天星雨。我知道，出发的时间又到了。我一声大喝，可无人搭理。只得拳打脚踢，好不容易把手下们弄醒，大伙儿揉揉眼睛：这是哪儿呀。哎呀，我的马儿呢。黄大嫖，你个狗杂种给我回来，赶紧的。有人把手指含在嘴里，发出动人心魄的哨音。马儿们依然隐匿在温情的夜色中，好像专心要看我们的好笑。情况很严重。违令者斩，要斩就得斩我自己先，我的头马也不见了。可是将在外君命可以不受，当务之急是分头去找。找到马，才能确立我们骑手的身份与地位。这一点手下都明白，不用我多说，人都走光了。我在月光下转了个圈，也走上那条羊肠岔道，走呵走，走到天亮，终于来到一个小村子。我看到了我的马。准确地说，我看到我的马皮张挂在两根晾衣绳上。一个年轻的村姑手执纤细的柳条，拍打着马皮，秋千般的荡漾。也许到了秋天，这意外的收获就会成为她最醒目的嫁妆。更吃惊的是，那条我和马儿都引以为傲的尾巴竟然就围在她的脖子上。我看不见我的马了，我能想到马的怒目金刚。由于它的怒目金刚相，我才允许它成为大众情人的。或者说，面对那个村姑，我也金刚怒目了。村姑看到了我，有些害怕，但很快明白过来。这是你的吗。不待我说话，她便解开围脖：这个也给你，不要再生气了，好吗。我还能说什么呢。我忧伤地徜徉在熹微的无人地带，边走边唱，都是马儿平时爱听的歌。我把马皮披在身上，还是有些冷，便紧紧地裹住身子。仿佛只有这样，才是怀念马的最佳方式，也只有马儿，什么时候都能温暖我保护我。我竭力地弓下躯体，努力模仿着马的姿势。一只手拖后，摇曳着马的尾巴。我甚至还咧嘴笑了笑。据说马是不会笑的，我也从未见过我的马笑，哪怕它得意忘形之时。所以我要做一匹会笑的马，做一个异类。回到营地，手下们已经聚齐了，三三两两地躺着地上，嘴里咬里青草含着柳枝。我的出现，让他们目瞪口呆。总算没有丢人丢到家，他们马的影子都没找得到，至少我还赚了一张马皮回来了。他妈的，老大的马倒是回来了。马是回来了，老大没回来，有什么用。是呀，是呀，说不定老大用命换回了这匹马呢。老大就是老大呵。也许老大的意思，平时最忠诚于我的一个手下，不冷不热地说，就是让我们先填饱肚子再作打算呢。手下们愣了愣，很快反应过来。他们都是骁勇好战的高手，转眼之间，便抽出马刺马刀砍向了我。先前我不说话，是想观察他们，现在已经晚了，我也无心申辩。败军之将，何敢言勇！刀光人影之中，我只见那个最忠诚的手下站在后边，却是我最可能逃逸的路线。他向我狡黠地眨了眨眼，快意如金，流淌在他的嘴角。看来我真的没看错他，他真的是个明白人。

另一个梦

由于明天去农场摘棉花,下午我们早早地放学了,教室里只剩下我和她。我负责关门落锁,便问她怎么还不走。她说,你还能管班长吗。我说我管你干嘛,我还懒得管你哪。我把钥匙扔给她,抱起我的小板凳。她把钥匙扔回来,问我抱着凳子玩什么。我说带回家,你不带吗。我们的教室门窗破旧,每次停课复课都得抱着小板凳来来往往。她不屑地瞅瞅我,说真是个乖孩子,说你啥时候才能长大呀。我很愤怒,又无可奈何。我比她大个把月,却比她矮半头。她不带,我也只好不带了。教室里只剩我们俩的小板凳,用脚踢到讲台下面,它们就成了一对可爱的小枕头。我跟着她往外走,走出校门,她停下来,我走到前面。在此,我们应该分手,她向西,我向东。可是没走几步,我忍不住回回头:她竟然跟在我后面。我慌忙道,你跟着我干啥。她一挺胸一昂头:大路朝天,你管我往哪走。她是班长,还是个美丽的女孩,她怎么耍横都不为过。我们经过女校长的房子。女校长的家是一长溜的平房,有三个门。我蹑手蹑脚，屏住呼吸，正想溜之大吉，女校长的儿子从一扇门里冲出来，扯住她的一条藕段似的胳膊，我只得扯住她的另一条藕段似的胳膊。我的力气小，只能苦苦支撑，不过我愿意一直苦苦支撑下去，不为别的，只为能够一直扯住她的藕段似的胳膊。她好像看穿我出工不出力的念头，红润的嘴角嘲讽地翘起，一甩手，便脱身了。没走多远，另一扇门里又伸出一条手臂，扯住了她。看样子，女校长的儿子不想就此罢休，而她则听之任之，似乎有想进去探个究竟的想法。这次我恼了，狠狠地扯住她，指甲似乎刺进她的肉里。一路上，我一直紧紧地扯住她，似乎一松手，她便会像风筝一样飞上天。进了家门，我目瞪口呆：一碗热气腾腾的蛋茶摆在桌上，母亲拱着手，笑眯眯地看着我们俩。前些天，母亲让父亲痛揍了一顿，一副要斗争到底的样子，哪里有个笑脸！今天这是太阳从西方升起了。她甜甜地叫了声"姨妈"，便拿起筷子。母亲把我拉到锅膛口，先是向我竖起大拇指，继而抵着我的耳朵说，你小子比你爹能耐哩，有戏！这是哪跟哪呀，我一头雾水。母亲不管不顾接着说，听着，给我盯紧点，这么好的媳妇打着灯笼也找不着呵。我们在农场待了一个星期，摘了十亩地的棉花。摘棉花的时候，我一直不离她的左右。她的任务基本上都是我帮助她完成的。我知道我是个懒惰的孩子，我不知道那些天，我为什么会变得那么勤劳。她也乐得坐享其成。这次学农活动，我收获到了一个"劳动模范"称号，她把一块半的工钱也给了我：偷偷地塞进我的口袋。还把她柔软的小手伸进去，生怕我裤子的口袋有洞，搞得我一阵眩晕，站立不住。好不容易站住脚，我把那一块半翻出来，塞进她的口袋。我触摸到了她的身体，又是一阵眩晕，站立不住。同样的动作再次循环了三番五次。我说，你不能这样做。这是你应得的，她说。我说，你这不是在骂我打我么，我是那样的人么。这是你应得的,她说。她说,你晓得吗,在你摘棉花的时候,我在干啥吗。你在干啥,看小人书吗。她白了我一眼说,我睡在地里,睡在薄荷地里。我最喜欢薄荷的味道,你不晓得吗。我在梦中多次睡在薄荷地里,身上还爬满了来来往往的小蚂蚁。你圆了我的梦。你不仅圆了我的梦,还让我的身上爬满了小蚂蚁,痒痒的。你不仅让我的身上爬满了痒人的小蚂蚁,还让我的鼻尖上停着一支小蜻蜓。所以,她说,我也要圆满你的梦。我的梦,我的梦是什么。我有梦我怎么不晓得。做你的媳妇呀,她笑眯眯地说着,突然脸色一变,怎么了,你好像不太乐意呀!

第五辑 篇外篇

说书

话题依然源自那个阿根廷盲人。他说，在延伸人体的一切工具中，唯独书是记忆和想象的延伸。我想他说得是有道理的，但我想他在说书的过程中遗忘了一个词，一样东西，一件他一生中至为关注的事物，那就是时间。我想说书是时间的延伸更合适也更简洁些。有什么不可以的呢，正如树是道路的标志一样，书也是时间的标志。想一想吧，如果没有书……想一想吧，在甲骨文时代，我们没有书，所以，我们对我们的历史（时间）产生了那么多的说法，且不时争吵，且这种争吵状态必将一直持续下去……再想一想吧，自从我们有了书，我们称我们摸到的第一本书为古书，而"当我们看一本古书的时候，就仿佛看到了从成书之日起经过的全部岁月（时间），也看到了我们自己"（《书》）。我想，这就是书的价值吧；我想，这就是我说起书、念起书、碰到书、读到书就不免动情（以至流泪）的原因吧。

长期以来，我都在寻找盲人之书。我寻找的目的是为了从中搜出破绽。我一向把读博尔赫斯的书当作是一种挑战,(公平一点说,就好像是一场斗智)。尽管我从来没有得到抵抗,但是我时刻都感受到他的微笑着的反作用力。我能极端清晰地听到他的声音,这完全不必奇怪,这种声音自然是来自于他的书,"一个作者最重要的东西是他的音调,一本书最重要的东西是他的声音,这个声音通过书本到达我们的耳中"。所以,即使如前所述,我发现了他的一点破绽,然而最后我还是(不得不)引用他的至理名言来捍卫我的观点。我甚至在想,这位智慧的盲人是不是故意留下一个(或一截)空白来与所有爱戴他的人们智斗的呢。我有一种幸福的感觉。这种感觉只有书才能给你带来,因此,"我(们)对书都寄予厚望",厚望书能给我们带来持续不断的、无法替代的幸福。我想,这就是好书的魅力吧。

一本好书是读不完整的,或者说是需要反复阅读的("当然,反复阅读必须以初读为前提"),更进一步地说,一本好书是读不下去的。你不信,你就可以试一试。你读一读罗素吧,读一读马克思吧,读一读尼采吧,读一读《都柏林人》吧,读一读《包法利夫人》吧,读一读《洛丽塔》吧,读一读《红楼梦》吧。究竟是什么迫使我们无意识地中断了阅读的行为,把我们从沉醉中逗醒?你只要轻松地想一想就会发现,正是那种幸福的感觉,是那种阅读的幸福使你沉醉——打开一本书,也就等于放飞了"着了魔一样沉睡"的人类的精灵——是那种被称为语言的人类精灵让你沉醉,又让你不得不从沉醉中苏醒,展开你那独有的翅膀自由地飞翔,如果你是一个善于思想的人的话。语言风景——我听到过这样的说法,在诗人那里,一切都可以得到注释;在这样的好风景中,你怎么可能不去联想呢。一本书给你展现一片风景,一本书让你融入野地,一本书逗你展开联想,一本书诱你走进精神家园,一本书鼓动你编织起梦中之梦,捕捉起手边的彩虹——我想,这就是你读不下去的原因吧。我可是已经养成了这样一种习惯:在我的案头总是有一堆凌乱的书,当我写作停顿时,我就像只饥饿的老鼠捧起它。当我联想丰富时,我就像只敏捷的兔子扔掉它——尽管我知道这种"恶习"的危险,尽管书们经常遭到家人的排斥,然而我积重难返不能自拔;在我生命中的每一天,我都势必行走于阅读与写作之间,行走于一本本打开来的书与一张张摊开了的格子纸之间;我有什么办法,没有书(的世界),我就失去了一份欢乐,一份阳光。

当然,你不能奢望你的案头上堆满了好书。你的案头上堆砌的更多的是那些运用苍白的陈词滥调搅拌出来的偷梁换柱之书。它们让你扫兴,让你想一想"要是书就这个样子的话,我也能码上一摞",让你想一想"收废品的好长时间没来啰",让你想一想,我还愿意再看书吗?如果真是这样的话,还是请把书放下吧。然而尽管你不想把那些"糟粕集"当作反面教材,你还是有必要对书表示崇敬(看在书们曾经赐予你幸福的份上),"尽管有的书有许多错误,我们也可能对作者的观点不能表示苟同,但是它总含有某种神圣的令人尊敬的东西",何况,如果你相信了这样一种说法,你就会对可爱的书重新评价了。那种说法——同样来自那个外国盲人——认为,每个国家都可以由一本书来代表,或者著有许多书的作者来代表。这位盲人作家还特别强调,他是由海涅的那句话推论而来的,诗人海涅说过:那个民族(犹太人)的祖国就是一本书《圣经》。在此基础上,他还屈指对各国推选的书及代表进行了比较。他的论断(单是从字面上也可以看出,这确实是一段发光的句子)及其行为自然又要让我一番激动几番感慨,同时也让我几番心焦一番失望,因为他恰恰忘记了(不是有意地避开,就是故意地疏漏）古老的东方有一条龙！

一般来说，《红楼梦》是一本残缺之书（仅有前80回），然而严格来讲，它构成和预示的谜样的结局，恰好证明了每一本伟大的书都可能表达出自身不可替代的自由意志。博尔赫斯曾介绍说它"没有尽头""是最杰出或者也是最普及的中国小说"（《聊斋》序）。情况确实如此，这个国家的壁垒森严的等级在小说中被表现得淋漓尽致，书中421个人物中的每一个都充满忧伤，无依无靠，并且满怀怨恨，它的不真实感使每个人读后都对命运产生了敬畏，且能与书中的某一个具体的人物挂起钩来。由于它引起的同情和悲愤如此广泛，几乎可以说，没有哪一本书比它对中国的揭示更为深刻了。

同样，《三国演义》与《西游记》也体现了一种对位关系，不过这种对位是倒置的。前者体现出个人（英雄）命运主要是曹操、诸葛亮和孙权等对国家命运的影响，而后者则体现出国家利益（上界：如来和玉帝，下界：唐皇和唐僧）对个人命运的操纵，受这种操纵的不只是孙悟空（抗争型），还有八戒（逃避型）、沙僧（默忍型），而唐僧则既代表国家，又是具有绝对服从色彩的个人。这两部小说都有着史诗的特质，如前者反映了创业与守业的艰难，后者反映了取经的不易。尤其是后者，作为一部神怪小说，"取经"的象征性使它成为人类社会的一本绝无仅有的书，包孕着永恒的现实意义，因而比前者更为伟大。应该说这两本书都能够代表这个国家，但是罗贯中的立场过于偏颇了，为了满足统治者的需要和平民百姓胃口，没有达到那种虚构的现实或真实的虚构之境界；而《西游记》中最光辉的人物孙悟空降魔除妖的威力与没有个人自由的巨大反差，容易让人感到悲愤和渺小，另外，取经的意义、结局都比较含糊，没有表现出国家与个人应有的合目的性。

能够称为史诗的还有三本书，它们的作者都是那种"众人皆睡，唯我独醒"的人物。作为有"书"以来的第一位中国诗人，屈原以他的愤激和非凡诗性构筑了一部心灵史，这是中国知识分子第一次沉醉在精神家园上下求索、前后漫游，其中体现的我们今天叫作"人文精神"的东西一直为《阿Q正传》的作者所敬仰。《离骚》还是"骚体诗"的典范之作。（我们发现，一本真正的书总是能成为好的摹本，中国文学的模仿就是从向屈原学习开始的）然而，如果把这本书同先于其200多年的《论语》和后于其100多年的《史记》相比，还是会发现它的狭隘：它既不像前者那样满怀信心提供对策，又不能像后者那样"通古今之变"；因而就像今天的知识分子一脉相承的那样，他们对内心的追问只能徒然地把自己与社会隔绝开来，并且屈原关心他的楚国，也仅仅是关心他的楚国。

相比之下，让散文的典范《史记》来代表中国应该没有多少异议，如果把它当作一本书的话；但它恰恰不是一本书，而是一本本书——从时间上看，这些书是自上而下的，而从意味上看，这些书又是循环往复的。结果我们剩下的能够称道的只有伟大的《论语》了。

这是一本纯粹的声音之书，我们甚至不能确定它的作者，然而经过几千年的过滤，作者的声音还是能够清晰地到达我们每个人的耳中，且这种声音满载时光的含义似乎要把古老的中国永远占有！尽管它是一本语录体的散文，一些零碎的断章残简，但更像是一本传记，叙述了孔子的一生。孔子的一生大部分时光是"在路上"度过的（周游列国），这里可以有多种说法：流浪，一种诗意的说法；逃亡，一种悲剧的说法；求仕，一种正统的说法；自荐，一种自信的说法；传道，一种文化的说法；考察，一种社会学的说法，等等。更可贵的是，书中还多次表达了孔子思想上的矛盾与苦闷，表明他也像一个正常人，时时处于"前进、迟滞、后退"任一状态之中。据说，最后他整理那些"理想的"藏书时，完全是依靠学生们的支持聊以度日的，我相信这种说法。孔子以他的亲身经历表明了这个国家的形象，也表明了他的理想就是通过那些书来继续传播他的理想，展现他为人事社会设置的宏伟草图——这是中国的悲剧，也是孔子的悲剧，同时又是孔子或《论语》能够代表古老的中国的原因。我们用他的声音来说话，用他的思想来思想，用他的叹息来叹息，用他的否定来否定，我们从这本书中精确地"找到了我们自己"！

一本书的含义总是多种多样的，我相信有很多阅读者不会赞成我对书的看法，那就是：一本真正的书是能够激发起人们的记忆与想象的。但是我们必须承认，"所有值得反复阅读的书都是神灵的作品"（萧伯纳语），"我们每读一次书，书在变化，词语的含义也在变化"，人们对一本书的不同看法恰恰反映出这本书的多重价值，只有掩卷而思，才能开卷有益，这恐怕是我们都应该遵守的一条书与人的互动法则吧。

钟表的秘密心脏

如同对待一个时代,我们可以给出多种指称一样,对于城市,我们同样可以给出不同的命名:冷酷的,沉郁的,幽闭的,孤寂的,魔幻的,火热的,别人的,陌生的,欲望的。几乎每个城市人都能给他的城市起一个名字,并一五一十地道出名字的来历,作为他对城市独特发现的表证,然而稍一念神,我们还是能够发现这些或怪异或平常的命名其实多么相似,或者说所有的命名者都有着共性的一面:他们都把城市看成了他的敌人,通过命名,他们各各找到了城市的抗体,仿佛不如此不足以提高自身的免疫力。他们都认为,在城市除了要学会微笑,还得学会诅咒,因为城市本身就值得诅咒,于是,你,我,还有他,一面诅咒着蒸蒸日上的城市,一面离开了(或者早已离开了)我们的乡村,如同落潮之水,雄心勃勃地离开了始终守望着潮汐的无边的海岸线;换一个角度看,其实这就是城市的魅力,让你爱恨交加,让你不由自主陷身泥沼,让你不得不随着它惯有的(在你看来是反常的)步伐半推半就亦步亦趋。

城市是口钟，钟是城市的缩影，也是倒影。一座城市就是一口钟，都是钟，分秒必争，但形状各异；不但形状各异，而且速度各异，有些城市走着走着就停下了、有些城市比缓慢还缓慢、有些城市从来就是一座死城、有些城市进行的是加速度运动、有些城市进行着跳跃运动，还有些城市走走停停，但没有一个城市是匀速的；不但城市的速度各异，它们的走向也不同，顺时针的有、逆时针的有、时顺时逆的也有，甚至在同一座城市：时针静止了，秒针往前，分针往后。每一座城市是一口特别的钟。每一个城市人都守着这座钟，又敲着这座钟，同时还是这座钟的零部件，因为有了人，产生了城市生活，也产生了反映这种生活的城市文学。

城市生活的书写者，既是城市生活的参与者，又是城市生活的观望者（也许窥视更为妥当），他们确信，他们找到了城市里生活的依据和密码，这也正是他们的失误之处：他们以为他们看见了城市里的活生生的一切，其实他们抽取和书写的仅仅是城市的表象。表象化成为近年来城市文学的最大特征，表象化的进一步发展，就是城市文学还仅仅停留在反映城市人欲望化的层面上，更恰切地说，这种欲望更像是来自书写者自身，是书写者欲望的折射，当然书写者也是城市的一分子，然而把这种欲望看成是城市的凸凹显然太狭隘了，并且将成为障碍，阻滞书写者去探究钟表的秘密心脏，去倾听地下管道里的音响。

许多人都在写城市，书写城市实际上成了写作者的首选，但人们仍然在不停地抱怨：城市文学缺乏它应有的深度。近来一批标榜另类的新人开始涉足这一区位，并获得一些自以为发现了新大陆的文学编辑的青睐。这些新人几乎不约而同地写自己的故事、自己的城市历程，只是这些故事也不约而同地集中在咖啡馆、某个酒会、某间带家具的房子、某些人影，倏忽而去，另类代替了私人，唯一的功绩在于：他们把城市文学推到了表象化的尖端。

但我们仍然可以把它看作是《你别无选择》的回光返照，区别在于：你可以任意选择，而不需要任何理由，你甚至不需要说服自己。这是一堆大胆抖露自我的新故事，与《你别无选择》相比更大胆奔放，语言锋利，像刀片一样，带着金蛇狂舞的颤音。然而他们没有主意，没有责任，他们比赛堕落，比赛谁傻。另类的个人仿佛无头的飞蛾定格于随波逐流的时间表里，尘埃落定，他们带着一声恐吓自我的尖叫，毋须人们遗忘就早已消失得无影无踪。骨牌一路倒下去，这些相互克隆的故事虽沧桑凄艳却并不动人，或者动人的同时又让人倍感疲软，远远不能触及钟表的秘密心脏，却更像是城市这座巨钟的精美包装。

有人认为，中国一直缺乏严格意义上的城市，中国的都市缺乏都市化的应有进程。我反对。其实城市从其建立之初就决定了它的本质：唯利是图。这一点亘古未变，也永远变不了，变化的仅仅是城市的标志，城市的外在景象，城市的运行秩序：对这一本质的不断强化。有人认为，当代城市文学有必要强调城市特有的文化代码，强调对城市生活状态的把握，以及对城市的独特感觉，也就是说当代城市文学还缺乏应有的城市品格。我反对。其实正是由于当代城市文学太过注重这种品格，急于寻找这种感觉（这一点倒是契合了城市本质上的功利性的），才使表象的书写愈演愈烈：述平为《有话好好说》耗费了一百多万字就是一个范例。

我们并不缺乏城市，我们并不缺乏城市感觉，我们缺乏的是城市意识，一旦对城市的书写成为自觉，我们肯定能够接近那个黑洞，发现城市的众多盲点。卡夫卡的《城堡》，乔伊斯的《都柏林人》，韦斯特的《难圆发财梦》，陀思妥耶夫斯基的

《罪与罚》，菲茨杰位德的《了不起的盖茨比》，都给我们提供了个性鲜明的城市人。也许议论这些经典作家太高调了，但王安忆《长恨歌》当中的石库门里的女人一样给我们以深刻的印象：也许书写城市更需要忘了城市，书写游走的人不如书写这些人游走的心象，一旦你这样做了，都市的表盘就会自动打开。

千年之末后先锋

文学本来就是自说自话,在这样短的篇幅里要道出个子丑寅卯,更有可能言不及义,无奈的是还要谈谈后先锋:一个似是而非的话题,一个并不新鲜但从来没有谁给出定义的话题,我感到了我们的愚蠢。我不了解上个世纪末的情况,可眼见大家都在这个世纪末,且是千年之末,为各个门类的事业的发展结账,既觉得可笑,又不由自主地身陷其中,我们总该干点什么吧!这是不是后先锋们应有的状态呢?

1. 个人写作

如同另类成为时尚后,不再有另类一样,个人写作也已经用滥了,谁都酷似个人写作,谁都值得怀疑,包括对自己,这常常让我们走进窘境。在我看来,只有在匿名状态下的写作,"个人"才会得以凸现,个人写作是在拯救自我,而不是放逐自我;个人写作是一种方式,而不是目的,"个人"的凸现不是标新立异，而是寻求沟通，殊途同归，通过精神上的一致性，达成与这个世界的最大限度的和解。至于宏大叙事，我觉得不存在，或者说不存在叙事上的大小之分，只存在时代的跨度对叙事的局限。

2. 日常生活

它是"现实性"的代名词，这方面的理解我觉得余华说得最明晰，可参见他的《虚伪的作品》（《中国当代先锋艺术家随笔选》第167页）。我曾在《经验1987》和《历史1988》中提出疑问，作过尝试，在《洗衣歌》中得出了结论，接着我开始写作《月亮城，我在注视你》，它有着老套的叙事框架，却不断逸出习惯的叙事逻辑，尽管我的朋友们对此毁多誉少，我却以为找到了事情的真相。

3. 资源与阅读

重建汉语文学的传统不是一个口号，更需要我们去身体力行。每一个语言文字工作者都在这么做，但它没有一个现成的样子，否则我们就无需努力了。在重建过程中，我们必须吸收外来的语言，或者不等我们吸收，它也会侵入——正如汉语曾有改造日语的辉煌那样，每一种语言都有它的优势，可能不待我们去拒斥，就已经为我们所拥有。语言的确是资源，文学作品也是资源，它从属于知识谱系，我不赞成去清理，清理的权力在个人手上：那就是各取所需，这是让语言永远保持鲜活的方法之一。至于翻译与原作的关系，我认为并不重要，一个阅读原作的外国语大学生，并不见得比一个阅读译作的常人理解得更精妙，这是因为如同对色彩的敏感是一种天赋，语感也是天赋。译作本身已经建立在了汉语的文学传统上，至于它与原作的距离——"匿名状态下的写作"完全可以忽略作者，我们对荷马和曹雪芹所知甚少，但并不影响我们对这些虚拟的人的敬重和对这些作品的阅读，每一篇卡夫卡的译作，我们都可以看作是另一个卡夫卡所写，事实上这些作品早已经过了多次整理，许多情况下我们可能忘情于一些残章断简，而对那些完整的意义非常的作品不屑一顾。

4. 想象力与小说艺术

小说是艺术。先锋应该不断地延续，不断地成为传统而非惯性，在这个意义上，先锋就能同传统失去分界，传统也就能真正成为作家应该永远持有的敏锐感觉。想象力是重建现实的唯一途径。想象力的发挥并不是排斥一切现有资源，资源人所共享，想象力也是资源，但只有显示出个人才能的作家才能艺术地发挥出他的想象力。恕不赘言。

5. 作者与读者

读者在吗？肯定在。但他是谁呢？他和作者一样，都处在匿名状态，可能比作者隐埋得更深，一部作品一旦拥有了读者，它的神话便得以成形，此时初始的那个作者已经变得不那么重要了（再次回到匿名状态），以后的工作由读者来完成，前一拨读者是后一拨读者的作者：代代相续。在成形的作品面前，作者无任何权力可言，要么就像卡夫卡那样，遗嘱烧毁。在同一时代，作者也可能混入读者当中，暂时充当一下听众，或者旁观者,他异样地谛听着各种反应,发现他的作品已经被注释得面目全非,对此他应该为神话的建立感到高兴,但既不要愤怒也不要忘乎所以,这两者都出自虚荣,他应该回到他的位置,开始新一轮的循环游戏。

1998.12.16 下午　海安近郊

为了澄清某个事实

底下是我和朋友的一段对话:

问:你为什么写作?
答:写作来源于冲动。
问:你为什么会有写作的冲动?
答:可能是在大量的阅读之后,你希望能够阅读到自己的作品吧。
问:这又怎么样?
答:应该是带着自己的理想吧。
问:能有什么理想呢?
答:那只有你自己清楚,而且正因为你晦暗不明,你才带着这种理想去探究、去证明、去捕获。

对话继续不下去了,似乎越来越走向虚无,也似乎越来越不真诚。朋友后来又补充了一句:总之,你不会是为了写作而写作吧？我说，可我正是为了写作而写作。谈话完全中止，我封住了我自己的退路。的确，我实际上是一个悲观的写作者。我不认为我的写作带有什么意义，什么伟大的精神。如果我（们）不写作，这个世界并不会因此而火车脱轨、飞机坠落、核弹爆炸，不会因此而瘫痪，甚至可能还会更美好一些，可能会少一些幻想者、虚无缥缈的人，多一些忠于职守的敬业者，节约下来的纸张也可能会更好地服务于识字课本。

实际上，我极端讨厌写作，我也拒绝阅读。我为我知道得过多而感到伤心，好像是自己抽了自己一记耳光。我带着"快快了结"的呼喊进入写作的初始。一个先哲说，只有在进入老年之后，我才知道说一句"我不知道"是多么的容易。但我说不出，我只能说"我知道"，既然我知道了，我还有什么写作的必要？难道是我想把我知道的告诉别人？在大多数情况下，"别人"都是我们虚拟出来的。事实是世界上不存在"别人"，只存在"我"，退一步说，我们所讲的"别人"也并不都是傻瓜，可能还会比我们更智慧。

但我还是带着讨厌写作的心绪踏上写作之路：一个险象环生的丛林地带——巨大的冰山也开始浮出海面；我在寻找写作的理由，同时也为自己找到退路。在这里我似乎回避了一些什么，回避了我们今天都在考虑着的日常生活，回避了写作的日常形态：那就是写作者可以出名，写作者也可以养活自己，写作者也能够一夜暴富——有一点可以认定：正是我（们）所回避的这一切滋养着我们的文坛，如附骨之疽，它造就出众多的写作者的同时，也造成了经典难再的大结局。一个获得鲁迅文学奖的青年写作者问别人：我现在是不是该有个情人了？这个故事我听过多次，被当作笑料。也许这是那位写作者的戏谑之语，他在说出之先就预料到到处流传的结果，这是小说的行为艺术。不过,我宁愿它出自那位写作者的本心,我绝不反感。当然,无论他是真心还是谑语,我们都要感谢他的坦言。我(们)也无法幸免地楔于这一群写作者之中,并可能正是在为此而写,喧哗而骚动。在这种夜夜狂欢的气氛中,信念似乎瓦解了,只有到这时候才了然:我其实从来没有过信念。

回顾我写作的初始,那久远的纯真年代:我肯定能写出好东西。这句话还站得住脚吗?我一直在为此奋斗吗?我只知道我在写,或大雨倾盆,或淅淅沥沥,或持续沉默:我还在写!我还能写!我还想写!仅仅这个事实就让我的生活变得有意味了。写作者不断地以此击碎生活中常有的光荣与梦想,击碎"讨厌写作"的干扰。一种抗争,连同抗争之后的喜悦纷至沓来。都是一些虚假的喜悦,喜悦基于这些写作者都是聒噪者和撒谎者,通过灿烂的谎言他们获得喜悦,并与日常生活相抗衡。尽管他们立场坚定走火入魔,但是并没有指鹿为马混淆黑白。情形往往是这样:一夜醒来,我发现生活得过了头,生活的形态超过了写作者的想象,几乎使你感到生活是虚假的,而写作的生活和写作出来的生活才是真实的。就这样,一夜之间,我成了一个失明者,一个失聪者,一个没有味觉的人。现在我总算知道了:其实我什么都不知道。因为我不知道生活,所以我不得不坐下来写作;因为我知道得太多,所以我不得不坐下来,写作——以此来挥霍我的"知道",从而最终再度抵达"不知道"。现在,为了澄清某个事实,为了甄别我是否"知道",我只能写作,别无他途了。写作,能够让我接近或者步入澄明之境。写作,如同我们考虑柴米油盐一样,让我和常人一样,必须考虑问题,尽管内容不同,方式却毫无二异。一个写作者,就是一个科学家、大众情人或者乡村邮递员。

路的尽头让人紧张（创作谈）

在所有的文体当中，我最喜欢的是诗歌，最不喜欢的是随笔。诗歌让人崇高，而随笔让人放纵。可惜放纵往往被冠之以自由、直抒性灵。如今有许多词的面目的确让人怀疑或疑虑，比如大众、红色、文坛、革命、进步、第三者、悬浮、挤压、连接、丰饶（盈）、深度、惊讶，甚至读者究竟是谁，我们也难以揣度。这就是今天的读者对我们不买账的根源（？）。我手写我口，但非出自本心。因此，我不敢作诗亦不敢写随笔。我写我的小说，老老实实。我不再谈创作。每次写完小说，我总是要重读一遍又一遍，总觉得小说的叙述非常平静，可叙述之后我的心里却非常难受。那一刻的时针不是指向十二点就是指向凌晨两点。倒不是我饥肠辘辘，而是叙述的完成给我带来了一脚踩空的感觉。当然这种感觉并非每次都一样，也非每次都如此严重，可"这一次"的写作，关系到写作与生活、虚构与现实的较量。一个真正的写作者，总是在不断地提醒自己，在这种关系当中应该做出某种选择，至少是某种倾向，显示某种姿态。然而事到临头，清醒的意识并不能给他带来清醒的叙述。当他倾向于向生活投降时，发现生活当中根本没有艺术的因子，生活不过是一团永远洗不干净的抹布，于是他渴望虚空；当他坠入虚空时，虚空里同样不存在艺术的佛光，虚空不过是一片混沌的云雾。怎么办？回到生活里是不可能了。他没有任何选择的路途了。他只能闭上眼睛，顺其自然，他写着，写着自己设想中的生活。《泼水难收》，1997年我曾经写过这样一个短篇小说，前几天和鲁羊闲聊时，他竟然不住地吐出这个词："泼水难收"或"覆水难收"。是的，我执着地认为，现实生活与我想象中的生活的那种天然疏离，就形成了其作品，也可能是一切文学作品的艺术魅力。生活总是乏味的，而他设想中的生活却是紧张的，如同他始终走在路的尽头，他始终紧张，也使读他的人紧张。一脚踩空的感觉无疑也是让人紧张的感觉之一吧。我想正是这一点把我同别的写作者严格地区分开来。许多人总是通过写作达到某种情绪的决然释放，我刚好相反。我总是越写越紧张。我爱在貌似平庸的生活里寻求某种不稳定。一旦找到了这个不稳定，故事的张力就构成了，于是我的叙述也就结束了。这种方式一度使我的作品很难让人接受。也难怪，你在向你的内心深处返航，他人看到的却是你航行于远方，能不感到费解吗。然而写小说就应该写自己认定的那个词语，那行句子，那个段落。写小说的快乐不仅仅在于书写的过程，也不仅仅在于发表，更多的时候妙在酝酿之时与收工之后。我的话又要说反了，让我们紧张的情绪也应该看作快乐。只有认清常识之外的非常识，我们的书写才可能有着更为广阔的伸展余地。

小说文体从短篇小说开始（创作谈）

小说的文体必须从短篇小说开始。只有短篇小说才能承接这个使命，也因此短篇小说的写作意义变得重大了。文体，说到底是两种语言的试验，语言形态生成语感，最终决定你写出来的短篇小说的样子，因此，短篇小说的写作实际上是一次语言的推敲和鼓捣：在词语的密林里跋涉，这就是短篇小说的任务。这样说可能让人一下子转不过弯来。不错，它依然反映生活，表现真实：一只柳枝编织的篮筐，完全可以用来插花，或者盛放别的什么，但是由于精巧细致，做工考究，人们更多地把它当作工艺品来欣赏，让它晾着。就这样，它们的价值不知不觉地显露出来，就在于人们匆匆的回头一瞥中。短篇小说甚至可能什么也反映了，（这样的短篇至今尚没产生）空空如也，但它提供给人们边走边看，或者躺在浴缸里，或者仰在床上，适合于读，也还能看，像清泉那样，可能甘甜，但也可能苦涩，也许让人久久不能释怀：不舒服，这是因短篇小说的语言就像一张弓，能够舒筋活血，好的短篇小说如同一帖中医偏方。

一种大众化的说法认为,短篇小说是控制的艺术,亦即短篇小说讲究结构,谋篇布局:这是本末倒置的。从短篇开始的小说文体与结构无关,短篇小说应该最不讲究结构。一个过于注重结构的写作者很可能走进死胡同,要么就是矫揉造作,让人看出它的用心良苦:这并不是一件好事。话又说回来,短篇小说的写作初始虽然与结构无关,然而作为一种独特的文体,其语感影响着故事的走向,最终还是影响了小说的结构。结构是水到渠成的。同样,当我们阅读短篇小说时,决定我们能受到的诱惑。1997年,我创下了一二个飞行记录:发表了三个短篇《老相好》,但仍不满足,于是写下了《过街时与天使交流》(1998年《作家》5月号),我觉得这个短篇始终是属于我个人的,我阅读它,就像阅读其他大师的作品一样,让我手痒,让我冲动。

一旦我们能够轻盈地驾驭短篇小说,进退自如,加之于充沛的体力和对未来的既强烈又冷静的渴望,长篇小说就会呼之欲出了。

我的闲暇生活

把阅读与写作作为我的闲暇生活，是区别于我的工作。教书是我的正当职业，但它与写作有着极大的关联，它们的共同点是，都需要读书。

区别于一般意义上的历时性，我的阅读与写作是共时性的，在《说书》里，我曾经写道：当我写作停顿时，我就像只饥饿的老鼠捧起它；当我联想丰富时，我就像只敏捷的兔子扔掉它——在我生活中的每一天，我都势必行走于阅读与写作之间，行走于一本本打开的书与一张张摊开的格子纸之间。

一个20世纪60年代出生的人，他的"人生经验"的独特在于，亲历性者少，非亲历性者居多。60年代出生的作者与编辑大抵也是如此，他们没有经过风雨，也没有见过世面，校园就是他们的世界，书本就是他们的经验之源，校园生活的苍白与脆弱，注定了他们（也是我们）的视点之窄，也注定了他们对这个世界能够敏感地触摸。

仍然区别于工作，我的经验不外乎两种：写作经验与生活经验，它们无一例外地来自书本，此时，书本的范围扩大了：它包容了一切我们能够接触到的纪实与虚构的报刊。迄今为止，我凭借亲历性经验制作的小说只有《橄榄镜子》和《经验1987》。前者是我的第一篇，可以称为纯粹的个人经验，后者的制作经过整整十年，因而即使是它的"本文"部分，其经验也不断地蜕化了，但经验的蜕化，表明了个人的成长和对这个世界的不断感悟。我的朋友之一说：《经验1987》比《矮个儿哲学家》来得"深刻"。

把经验分为写作与生活两种，有一点儿不伦不类，虽然它们都得于书本，但后者来自现实，前者来自想象，它们之间的关系是不是都像余华所说，"强劲的想象产生现实"呢？未必。个人的经验在什么时候都是微不足道的，书籍才是我们不朽的家园。也许，讲清这一点，有助于对"阅读与写作的共时性"的理解。对这两类经验的移植、改写、复制或者抄袭，是我迷醉于写作的重要原因，它能够让我生成新的经验世界，同时，使我的阅读更为勤勉。

先说生活经验。在《闲暇时间》的末尾，我注明了它"采自《南方周末》1992年1月3日第5版，《'巴士'杀手》"，鸡尾酒的调制法和保健知识，也都不是可以随便杜撰的，这有点儿类似于环境装置艺术，它们的质地注定了它们只能出现在《闲暇时间》，别无用途。同样，《好人难做》的主要事实包括那幅图案都来自这份报纸，而《识字课本》是对苏中地区反奴化斗争的一次再现，虽然它更多的是虚构，但如《教育阵地》，如"五不歌"，如铁姨这样的人物等，都有它的现实背景。在我最为自得的短篇《另一种时间》里，索引"拿出那本《车工技术》，翻到折叠着的第127页：第六章——圆柱孔加工"，这里复述了圆柱孔的功能、种类和要求，叙事学里叫作隐喻，圆柱孔作为一种"配合的孔",隐喻了文书索引这一类小人物的必然处境。

再说写作经验。我一直想写一篇《关于〈旋转木马〉的阅读指南》,但又一直碍于有王婆卖瓜之嫌而不敢动笔。我只得寄希望于某位亲爱的读者突然来信,与我讨论这部"书中之书"。受博尔赫斯的鼓舞,我怀着制作一本"书中之书"的巨大野心,用尽了我的心力。在它的第三部分"我们"里,我说明"在我们的图书馆里,甚至还有希区柯克的小说集子,并且有一个很棒的象形字译本,叫作《夜莺别墅》。我特别迷恋最后的一篇《失踪的人们》。反复研读,以致引起了女图书管理员的注意和盘问,漂亮的女图书管理员叫作浮萍……",这里除了"浮萍"是谐音外,其他都是我的真实生活,然而当我叙述这一切的时候,我情不自禁地把《失踪的人们》复述了一遍,也就是说,我的叙述镶嵌于《失踪的人们》,而《失踪的人们》又镶嵌于我的《旋转木马》,所以,相对于《失踪的人们》,穿插于其中的"我的叙述"是局部的,而相对于《旋转木马》,《失踪的人们》又成了局部,那么《旋转木马》呢,它是什么?它也只能是"书"的局部,甚至连局部也算不上,但是撇开其他,让我们想想这种"连接与镶嵌"的意义吧:你在读完或没读完《旋转木马》之后,没准会去想方设法寻找《夜莺别墅》及其局部《失踪的人们》,然后你会回过头再读《旋转木马》,你的不断比较与鉴别,将使你的阅读产生任性繁殖的现象……

就这样,在阅读之中,一切都复活了,作品与作品之间勾连了,阅读也不再是死水一潭的过程了,它将充满游戏性能,从而使得阅读者与写作者共同愉悦成为可能。对于我来说,我复活了那些我们遗忘或者正在遗忘的作家与作品,他们的作品(写作经验)又不仅弥补了我的想象之匮乏,而且成了我产生强劲想象的起点……一个梦，一道晚霞，一支曲子，一首诗，一部交响乐，一个句子，一个段落，一个完整的短篇小说，（在我们阅读之后）都会成为写作的起点。于是，《红色消防车》在《小虎队》的纯真情怀里结束，《婚姻生活的侧面》在博尔赫斯"我们对于城市的印象，总是会发生一些时代性的错误"的叹息中开始（作为呼应，小说的第三章又突出重复了一次），而《另一种时间》，如果没有他的那句"现实生活就是这样，往往有许多情景对称而时间错乱的事情"，我根本就不能继续写下去。于是在《握着刀片溜达》的篇末，我再次注明："本文所有诗句，依出现先后，连缀成加拿大女作家玛·阿特伍德的短诗《黄昏，启程前的车站》"，不安的是，由于某种原因，这个短篇小说先后发表在1995年的《作家》2月号和《江南》第5期上。

当我快要阅读完两本叙事学和一套后现代主义丛书之时，我写了上述文字，因为我发现，我的良苦用心不是在别出心裁就是在重蹈覆辙。所以，《经验1987》在5月的"新向度"亮相时，编者坦言道：看得出罗望子有一种探索的欲望，可是他能走多远呢？所以，一个朋友"不安"地奉劝道：能不能在现象的质地上使用词语呢？

我不知道。我只知道把我所有的闲暇时光，都消融于无限的阅读与写作之中，似乎只有如此，我才不枉于我那有限的生命。

一个写作者的习惯姿态

姿态，不是姿势，也不是态度，而是姿势和态度。这是每一个写作者都回避不了的自觉或不自觉，因为它关系到一个人的品格。而提到人的品格，就又把每个个性迥异的写作者回送到普通人的生活。说到底，写作者离不了人"类"，他永远不可能独立于正常人之外，至于他与他之间的联系与区别，则正如菲茨杰拉德所言：假使人的品格是一系列连续不断的成功的姿态，那么这个人身上就有一种瑰丽的异彩，他对于人生的希望具有一种高度的敏感，类似一台能够记录万里以外的地震的错综复杂的仪器。是的，他希望，他幻想；他是一台仪器，他试图记录历史，可是更多的时候，那样的历史是不能表现和宣扬的，仅仅是在他那脆弱的心灵上暗暗地书写着的历史；他始终为这样的历史痛苦着，这个人的痛苦，也就构成了这个人自身的历史，于是他不得不持续沉默，他在孤独沉默中意外地享受到了绝对的宁静。他相信，他只能记录他自己，他的习惯于写作的姿态，不过是他个人生活的一面猎猎作响的旗帜。

1. 虚荣心

谁敢说他没有虚荣心，谁敢说？避开"祖国"这个概念，虚荣不过是自尊的同义语。

写作确实最大限度地满足了我的虚荣心。

虚荣心与人的品格有关，所以，你不可能在方方面面都能得到满足。

虚荣心与人的自尊有关，所以，你假如是一身傲骨，你就不可能低眉折腰，你不可能怀有媳妇终能熬成婆的想法。

虚荣心只与碌碌无为无关，那么老子、庄子有没有虚荣心呢？我不知道。

写作的虚荣心是分等级的。

你该有写作的冲动、欲望、激情。

你该不怕失败。

你在写。

你写下去了。

你读给自己听。一遍又一遍。

你把作品投掷出去了，你像一把硬弓，射出了蓄谋已久的一箭。你可能杳无音信，你该不气馁。（这是虚荣的第几个等级？）

你的名字出现在某个远方城市的让人掀动不已或者经年尘封的书页里，你并不知道，你的朋友告诉了你，你说：是吗？

真的，当我的声音，随着我的想要飞翔的心，光临某座陌生的城市，再回到我所在的穷城海安时，我获得了极大的满足。我在海安孤独宁静，但我始终生活在别处；我的生活循规蹈矩，我的作品却超越现代。

接着，你还可能获得电报、电话，你接到一封又一封的信。你想，文学原来真的是永恒的。一个北京的大学生，终于因读了我的一些作品而有了写作的激情。一个小城市的电视台的记者先生，竟然列出了我的作品清单，他希望我千万不要再次消失。我说：这很难说。一个广州的纯粹的小说读者，打电话给《漓江》杂志，责问主编：为什么不把《裸女物语》放在头条？你说我还能说什么呢。

写吧。

2. 为了告别的写作（之一）

经常听到这样的访谈：请问你最满意的作品是哪一篇？那个具有谦虚美德的写作者答：下一部。

我很欣赏这种美德，但是我私下里又不免怀疑。我对我的每一部作品都至为满意，它们都是我的汗水与心智的结晶。然而这还不是最主要的，最主要的是：我的每一部作品都是我在特定的那个"当下"的思想与经验的自我发现，是我在那个"当下"状态的才力所能发挥到的极限。我对于那些动不动就在以后的时间里修改自己的写作者非常蔑视。他们没有过去，他们似乎只有现在。对自己简单而轻率的否定，只能使自己居无定所，惶惶不可终日。

我们的每一部作品，都是一次不可复制的内心独白。我们经常看到的那些自言自语者，实际上也是一些内心独白者。他们中间有执着于勇敢者游戏的孩子，有在各个房间里踱来踱去的老太太，有为生计而愁的骑自行车的人，也有百无聊赖地玩着纸牌的人。你总会看到喋喋不休的嘴巴。你并不知道他们在说什么，你也不想去打听。一个写作者和这些人有什么区别呢。

区别还是有一些的，不多。就说我吧，我乐于不断地阅读自己的作品，阅读大师们的作品，阅读他人的作品。当然以阅读自己的时间为多。我以一个陌生者的眼光重新去打量这些文字，我倾听着那些曾经来自于我自身心灵的声音的色质与高低远近。我发现我喜爱这个句子甚于那个句子，我满意这部作品甚于那一部。我总是从阅读自我的过程中获得灵感，进入下一轮的写作。小说《玩笑》的题词，我就引用了《旋转木马》中的句子：幻想的故事，总是和日子一样，真实地苏醒在清冽的早晨——《玩笑》里的故事也就是从早晨开始的。可是这个句子说明了什么？什么也没有说明，也没有任何意义，然而离开了这个句子，我的故事就不会衍生。问题就在这里，我得承认这个句子很美丽，我又不知道美丽在什么地方。于是，我展开了一次又一次的探求。

3. 为了告别的写作（之二）

说了这么多，题目的意思还是没有能够表达出来，表达是多么的困难呵。出于对段落篇章匀称的偏爱，我只能另起一节。

其实，不管是阅读他人，还是阅读自己，我都是为了抛弃他们。只有完完全全地告别了过去，我才能进入现在。很奇怪的是，当我的大脑一片空白时，我感到天高气爽、心旷神怡，同时我的双手开始震颤起来。正像一个叫张闳的人写在《社会科学报》，后来又在《花城》上重复批评吕新那样：他完全支配不了自己的"手"。那么是什么支配我们的手呢？难道这仅仅是纯粹的生理反应？而纯粹的生理反应能够演变出美丽的文字吗。这种追问可能会使被追问者尴尬，不过我想这个批评家虽然牢骚满腹，但是毕竟没有失语。他甚至还说了一句真话：对于一个真正的写作者来说,也许,书写本身即是思考。或者说,他将用笔来思考?当然,说话者可以不对自己所说的话负责或"打包票",我们还是有理由去怀疑他所谓的"思考"的价值。但一个真正的写作者如果不在告别过去的基础上去写作,他除了复制自己,喋喋不休,坠入让读者不断失望的惯性写作姿态,还有什么路可走的呢。

所以告别,成了我写作的动力之一,正像退稿是我写作的另一个动力一样,没有人能够预知我的写作。我的名字总是以一个全新姿态出现在某本杂志的某一页。我希望我的每一次出现,都是思想的新一轮深邃,我是自己的洞察者,从形式到内容。那么是什么把我的作品相互勾连呢?我的名字(是那个符号式的名字吗),还有我的情感。这种为了告别的写作,使我始终成为某个流派的迟到者,同时又是某种思想意识的超前者:《经验1987》,完成于1987年,发表于《山花》1996年第五期;《历史1988》,完成于1988年,发表于《天涯》1996年第五期;《矮个子哲学家》,完成于1991年,发表于《大家》1996年第二期;《婚姻生活的侧面》,完成于1991年,发表于《花城》1993年第六期;《识字课本》,完成于1990年,发表于《青年文学》1995年第九期;《另一种时间》,完成于1990年,发表于《作家》1995年第二期……

无需列举了,这些作品应该能够说明一些问题。我总是偏离于"当下",但是我从来没有怀疑过自己的思想。文学本来就如同书法、绘画,能够积淀美的东西,在时间的河流里畅游。恐怕这就是告别式写作的意义吧。

4.这样的生活

昨天接到一个朋友的电话,告诉我他的长篇已经写到了45

万，只差 5 万就到顶了，而且已经和出版社签了协议。我兴奋地祝贺他，我真的为他高兴。他劝我也写。我说我没时间，没精力，没才情。

写两部好的儿童小说和一部真正的长篇小说，一直是我的理想。我不知道我能否实现，我至今为止尚没有去写的强烈愿望。我担心我的身体，我也讨厌没完没了的写作。从第一个词语诞生伊始，我的内心就在呼喊着结束的声音了。

有一天，我读着我自己的一部小说，凄惨地对妻子说：我恐怕再也不能写出这么漂亮的小说、这么动人的句子了。妻子问为什么。我说我没有了孤独。妻子说，你把门关上，我们不影响你。我说不行，我感受不到孤独了。属于我的时间，都被扯成了碎片。

存在来源于虚无，绝望中才有希望。

但是我喜欢我现在这样的生活。我有年迈的双亲住在乡下（参见《口信》），我有一个经常生病的儿子，就是现在，我在写作的时候，他仍然咳嗽不止。每天，我接送他上学，督促他拉二胡，画画。他画的画贴在墙上，已经能给我挣一点面子了，他正在学拉《故乡的亲人》的第一句。说起来真好笑，写作只是我的业余爱好，我竟然想做一个真正的写作者。沈阳的作家刘嘉陵说，把人民教师周诚和作家罗望子并列在一起，一定很有趣吧。我倒是已经很习惯了，我习惯于做一个吞吐人间烟火的正常人。为了不拂逆朋友的心意，我会整天站在四十亩大小的池塘边垂钓，却没有一条鱼上钩；为了双亲的脸面，我会不分昼夜，风雨兼程地奔丧。只有当喧哗过后，当空虚的潮汐涌来时，我才会蓦然想到我的那些陌生的朋友。我为他们开动机器，打开窗户，让缕缕光线越过后墙，以便照亮远方某个城市的某个绰约的人影。

我站在书海的边缘

对我书房的描述,最有发言权的当数英年早逝的张钧先生了。他曾经在《新生代作家走访日记》中写道:"我到罗望子家里看到他的书房里没有几本书,我纳闷:难道这家伙不读书?不读书怎么写作?原来,他不买书不等于不读书,他读的几乎都是季先生的藏书,他所需要的书,在季先生这里都能找到,只要一张嘴,季先生就能借给他。所以,我觉得罗望子这个小说家所写出的作品,有一半应该是季先生的功劳。罗望子跟季先生是忘年交。这不,这一趟来他借机又借走了一本书:卡尔维诺的《未来千年文学备忘录》。"(《作家》杂志1998年12月号,107页)

季能宽先生,我曾专门撰文介绍过,这样的藏书家我们这儿的乡村里还有不少。青萍乡就有一个酒店老板请我去看他的书房:朴实,凌乱,层层垒叠的书山岌岌可危,与他的豪华酒店反差极大,加之门外芳草萋萋,蝴蝶飞舞,我担心长虫来做窝,我也担心风雨会侵袭这座废弃的仓库。老板很开心和自信地说，没事的，我只有在这样的环境下，耳听风雨声脚步声和植物的拔节生长声，才读得下去。而且很奇怪的是，找他的人一打听，明明知道他在书房里，也不会来侵扰他。这个酒店老板，所购买的书籍，清一色的西方文艺理论。

捷克作家赫拉巴尔有个小说叫做《过于喧嚣的孤独》，这个酒店老板显然也是一个中魔的人：白天在人群中生活，夜晚在废墟里度过。书房里的人，书房里的影子全都这样。回到我的书房，我要澄清的是：那时我与季先生也是认识不久，我总共向季先生借书不超过十五本，有些还是看过的，比如《堂·吉诃德》，比如奥尼尔的《送冰的人来了》，比如皮蓝德娄的书，我一借再借，每次总看不完整。我不敢向季先生借书还有一个原因：一旦我瞄上了哪本书，过几天，季先生就会主动提出，把书送给我。我急了，急得恨不得打自己两个耳光，季先生不急，他说这本书他还有一本，他说他很开心，因为这本书终于找到了主人！

这样一来，我不得不澄清另外一件事了：我向季先生借的书并不多，我自己的藏书又不多，不等于我读的书（主要是小说）不多，恰恰相反，我读的小说太多了，已经读得让我反胃了，已经成了滞碍我写小说的漂亮理由。我在一所师范、一所师专和一所学院待过九年多，不瞒你说，那几个学校的小说书几乎都让我翻烂了。我还干过一件傻事：离开那所师范之后，我对图书馆或者资料室的一篇雷蒙德·卡佛的小说念念不忘。后来尽管买到了《你在圣·弗兰西斯科做什么?》，可那里面没有收进去。于是我写信给我的同事，请他务必找到，哪怕花十倍的罚金也要弄到手。为这篇小说，我们鱼传尺素鸿雁往来诉衷肠，为这篇小说我们打起口水仗，几乎闹翻了，自然是他没能找到，而我责怪他没有尽心，他则反复说明恨不能掘地三尺。

想象一下老同事戴着深度近视眼镜,一边骂骂咧咧,一边在粉尘里翻箱倒柜的情景,我最终还是原谅了他。

写到这里,我想你恐怕已经自认为对我了解了几分,但是这几分了解也可能会有偏差的危险,因此我得补充几点:

第一,不是有好书不想买,而是买不起,没有银子。仅有的几本书还是上学时省了口粮换下来的。这恐怕是大多数人的经历,有经济后盾者不在此列。

第二,有价值的书并不多,包括我自己的书,能在谈笑间灰飞烟灭就算不错了。一个人再怎么喜欢读书,读来读去,他最喜欢的也就那么一两本。就像男人,再没有衣服,西装总有一件吧,哪怕他是个泥瓦匠、水暖工;就像女人,衣服再多,最得意的内衣也就一两件吧?读书是这样,写作是这样,生活也是这样,都是在圆点上奔跑,你不信不行。

第三,我的书架上书不多,却整整齐齐地排列着《外国文艺》《世界文学》和《外国文学》,这可能也是大多数中国青年作家的习惯,说爱好也好,说通病也好,终究不能否认这三本刊物对中国小说的巨大贡献。甚至可以此作为一个标尺:谁没有读过其中的一种,谁就肯定是最臭的中国作家。

第四,我也曾经疯狂购过书,比如前年去南京,一下子买了三十本书,安徽文艺出版社的"法国廿世纪文学丛书"几乎全买了下来。《林中阳台》《小世界》《一个郁郁寡欢的国王》《胡河清文存》《八月之光》《中国当代先锋艺术家随笔选》等,都是那一次的收获。

我阔大的书架上有限的书堆里,经常阅读的书有这样十种:

《黄金时代》,王小波比较精彩的两部小说(另一部是《革命时期的爱情》)都收于此。

《八月之光》,福克纳的一部让我永远不会放弃也永远不会读懂的长篇小说。

《卡夫卡文集》，季先生赠，加上另一本《卡夫卡短篇小说集》是我的最爱。

《19 世纪法国文学史》，任何一个作家，任何一个流派都可以忽略不计，然而如果没有 19 世纪的法国文学，文学的世界将会怎样？

《红字》，如同钢琴师校音一样，霍桑总是能够恰如其分地修正我的叙述腔调。

《发条橙》，拥有这本书之后，我不再看《麦田里的守望者》了，尽管我只喜欢它的前半部。

《可笑的爱情》，昆德拉的短篇小说与他的长篇小说没有多少区别，无论是叙事上，还是结构上，他是所有作家中风格最为鲜明的一位。

《美国短篇小说选》，美国是人类的奇迹，我喜欢美国的一切，包括美国足球，而这一切可能都源于美国文学：它们忠实地记录了美国人的奋斗史。

《霍乱时期的爱情》，马尔克斯的这部长篇一直伴随着我的旅途，共分六章，至今为止，我尚未读完第一章。

《博尔赫斯文集》，绕开这个人是不道义的，也是说不过去的，尽管我们都厌倦了他，但是他占据着书架上的一个比较显眼的位置，本身就能说明问题。不记得是从什么时候起不读他了，但是我喜欢约翰·厄普代克气势磅礴的论文《博尔赫斯：作为图书馆员的作家》，翻到第 291 页，书页还折在那里，说明我读过不少于两次。

选择十种是一次随机事件，也是一个界限，它圈定了我的阅读范围，也指明了我的阅读倾向，但是在另一个时间，另一个场合，我可能会选择另外十种，比如《黑暗中的笑声》，比如

《智者谐话》，比如《历史的观念》。

除此以外，有些书的来历，也颇有意趣。《礼拜五——太平洋上的灵薄狱》，法国作家米歇尔·图尼埃作，系一位热情的读者朋友的礼物，扉页上写着：

> 赠罗望子：
> 追随我们共同热爱的图尼埃，在夜的黝暗里追索心灵的原乡。
>
> 　　　　　　　　　　　　　　　罗羽
> 　　　　　　　　　　　　　　　1997年9月

《尼罗河传》两册，同样是一位读者所寄，不过是我托他所购。当时《大家》杂志正在搞"凸凹体"，作家海男竭力邀我参加，并推荐给我几本书，其中有一本就是《尼罗河传》，可惜买回来后，我并没有来得及看，便投入到《暧昧》的创作之中，后来我兴高采烈地带着《暧昧》赶赴昆明，游山玩水，但《暧昧》并没有得到《大家》和大家的认可，倒是《花城》看中了它。后来我发现，被《大家》列上名单的许多作家的作品，都没有在《大家》上发出来，也就释然了，而红极一时的《大家》从此走向了衰落，也让我惋惜。一本书，总是联系着一件事，一个人，而扉页上的留言也能看出两个人的关系。刘恪在《蓝色雨季》上写的是"望子批评"，可见他的客套，我们没见过面，也没有通过电话，我也没有在他的杂志上发过东西，倒是他在长长的来信中，对我的作品做了诸多建设性的批评，听说他打来过电话，我也打听过他，一直没有接上头。叶弥在《成长如蜕》上写的是"望子看看"，足见她的散淡和自信，事实上，如今的叶弥如日中天，以《天鹅绒》为代表的一批短篇小说，可能会令许许多多的大小女作家望尘莫及。比较特殊的是《我的米海尔》，可能毕飞宇已经忘记，有一阵子，他碰到我就说《我的米海尔》，电话里也总要问我有没有看，并应允要送我一本，又老不见他送来。有晓华的留言为证：

> 毕飞宇说这是本好书，于是在南通一缘书店寻得，送罗望子，作为我和毕飞宇送你（此二字为后来添上）的新年礼物，望笑纳。
>
> 晓华，一九九九、一、八

当然也有毕大师的留言为证：

> 我的罗望子：
> 因为这本书，你生了天大的气，现在终于平静了吧，祝你好运。
>
> 毕·飞Y

最新的一本书，《地球上的王家庄》，仍然是毕飞宇所赠送——"罗专业指正。毕飞宇，2002，7，2"。他的调侃可见我们的友谊，以及作为同道者对我的鼓励，但友谊并不是我要渲染的，相反，我处处在避开他的影响，只是《我的米海尔》的确是一本好书："我之所以写下这些是因为我爱的人已经死了。我之所以写下这些是因为我在年轻时浑身充满着爱的力量，而今那爱的力量正在死去。我不想死。"这是小说的第一段，它拉开了叙述的帷幕，拉开了主人公的心之窗帘。奥兹的小说直接而内敛，充满着一种诉说的愿望，而且文体意识极强，更为可贵的是，作者就是读者，与我们一同分享主人公的苦难与悲伤。

毕飞宇一直说要为此写一篇评论，但是一直没有写出来，那么只有两个原因了：一、《我的米海尔》好得无法让人评说，好得每一个读者都能感受到的时候，对作品的任何评述便显得多余了；二、毕飞宇把对好小说的感悟，带进了自己的那一片小说天地，《青衣》《玉米》的持续涌现，充分说明了一个小说家的出色能力，也说明了一个优秀的小说家，肯定也是一个好的读者。

最后再回到我的书房。我的书房干净、明亮、宽大、开阔，还有一张可以收放自如的沙发。拥有一间书房似乎是很多人的愿望，也曾经是我的愿望，但这个崭新的书房并没有给我带来新的东西，坐在里面，我常常拔剑四顾心茫然。我倒是怀念以前的生活：最初是集体宿舍，书架就在床头，唾手可得；婚后，一大间房，既是客厅，又是卧室，接着单位给我两间小厨房，我把一间改造成书房，容下了我的电脑；再接着集资建房，我终于拥有一间阴暗的书房了，窗外就是围墙，冬天冷得要命。书房在不断地变化，不变的是它的凌乱，仿佛我在进行玩具总动员……

可见一间书房的好与差，与你的小说没有关系，与你的阅读没有关系，与你的学识没有关系。正如书架摆满书籍的人并不表明他是一个学者一样，书房是自在的，书房的主人是自为的，在很多时候，一间理想的书房可能会成为一个终结、一个局限。书海无边，书海无澜，跨越书房，逃离书房，我感到，我必须去找到更为广大的栖居与游牧之地。

致温暖与爱意

经常有朋友问我,最近都读了些什么书,或者有什么好作品可以推荐的,我总是无言以对。实在是因为懒散,也因为书越来越多,可读可赏的却越来越少了。五月读了《劳拉与胡里奥》,九月读了《风声》后,还真的没怎么看过。昨天晚上十一点后,竟然顺手拿起了新到的《外国文艺》第六期,被一组生日小说吸引住了。这组短篇作品的选编者是大名鼎鼎的村上春树,一共十二个,《外国文艺》译载了四个,我则读了其中的两个。

《摩尔人》。我从最后一个短篇读起,我读书从没顺序。三十年之后的邂逅。当年,男人21岁,女人50岁,发生过短暂的一段情。当年的小伙子是个水暖工,现在卖水暖设备,女人是富商的妻子,现在成了80岁的老太婆,儿女们在酒吧里为她开生日晚会。邂逅的爱情有,但这样的身份与年龄的悬殊绝无仅有。有意思了。一段忘年之恋,在常人看来,也可以说是富商的妻子勾引了少不更事的小伙子,想想就让人吐。然而一个强悍有力的作家面对这样的素材时，要做的就是化腐朽为神奇，让庸俗不堪变得哀婉动人、情深意长。男人并没有认识女人，离开酒吧时，老太婆抓住了他。问题又来了，他们将要聊什么。

女人问男人，当时他是不是处男。

男人说是的。实际上他撒了谎。

男人问女人，当年她还有没有过别的男人。

女人说没，毫不犹豫地，婚前与婚后都没，"除了我丈夫，你是我唯一爱过的男人"。

男人并不相信她，但明白她为什么撒谎。

小说是以第一人称，男人的视角叙述的。第一人称的叙述容易和作者混淆，这里的效果却不一样，它使读者得以仔细地审视"我"的角色和态度。男人承认自己撒谎，是让老太婆开心。但他认为老太婆也在撒谎，显然是个误判。作家其实前后花了不少笔墨来表明那段经历对一个女人的珍贵，抑或是她生命延续的支撑。她肥赘庞大，但她的眼睛明亮，始终微笑，小说一开始，她就一眼认出了已过 50 岁的那个小伙子。退一步说，她是否撒谎已不重要，重要的是他们交换着当年的情感，相谈甚欢，没有后悔，他们怀着一颗感恩的心眷恋曾经的岁月。尤其是男人，由若即若离到倍感珍惜，回忆让他们获得新生，惶乱的老男孩被老太婆彻底征服了，以致"虽然她的眼睛有点红润，但她没有哭，而是在微笑。她那双明亮的蓝色眼睛上似乎结了一层透明的薄膜。现在，努力辨认的话，我已经依稀看出她一丝当年的影子，仿佛时光在暗处流转"。小说的结尾处，男人回味着女人，重新咀嚼着他的平淡人生。

在《摩尔人》的前面，村上春树的导读写道：毫无疑问，班克斯是当代美国最有影响力的作家之一，我读了他所有的新作。他的故事总是沿着一条清晰、笔直的线索前进——这个故事对于班克斯而言，是一篇罕见的温暖人心之作，但读完之后那种特殊的黑暗的疼痛感，清楚地表明它仍然是班克斯小说世界所独有的产物。

《摩尔人》可以说是一个标准的短篇小说，七八千字的篇幅，让我经历了一段漫长的情感旅程，彻夜难眠。短篇小说总是指向过去的，却让作为读者的我们时刻检点现在与未来。常常听人这样说：激动、兴奋，通宵达旦，一口气读完了某部长篇小说。如此言不由衷的溢美之词，我不知道作者听了之后是高兴还是沮丧。所以相比长篇，我更喜欢短篇之慢，慢的覆盖性和辐射力，总是让我产生新的遐想。

《洗澡》同样很标准，甚至有过之。因为作者雷蒙德·卡佛是极简主义的代表人物，海明威之后的短篇大师。但卡佛的作品更平白刻制，更生活化，也更残酷。过生日的男孩在街头给汽车撞翻了，住进了医院。由此，恐惧笼罩到了男孩父亲和母亲的心头。这个短篇的独特就在于，爱意是以恐惧和不安的方式呈现的，所有的细节都展开着他们的忧心，如同深藏的暗流。父亲回家洗了个澡，也是为了解脱这种恐惧，但是澡一洗完，就赶回了医院，他想看着昏迷中的儿子，他还想换妻子回来洗个澡，但母亲不想回去洗，因为她怕看不见儿子的时间里，会发生什么。他们守望着爱，面面相觑，在病房里构成了一种特有的氛围，又温暖又恐惧。最后，母亲忽然想开了，也许在她回家洗澡的阶段，男孩苏醒了呢！

在此之前，线索始终是单一地围绕着男孩一家三口，但是母亲经过一间小小的守候室时，给另一个女人紧紧抓住了，问她是不是有了尼尔森的消息，男人赶紧拉开女人。显然尼尔森是他们的尼尔森。另一家子同样生活在恐惧中，期待着他们的孩子。它使爱意螺旋式地上升，也使作品更为厚重，而蛋糕店不断打来的电话更让小说处于悲怆与希望的边缘。

村上春树觉得,《洗澡》给人另一种"精确而苍凉的印象,就像它把自己的头毫无缘由地给砍了,而且哪儿也找不到"。

但是我找到了,也许,我也该写点什么了。

关于小说的自我问答

小说究竟是什么？

这个问题并不新鲜，而且众口难调，但它可以使人们回想到一年前我的回答：你为什么选择了写小说？时过境迁，今天我能够继续写小说，是因为这是一个谎言成山的世界，而只有小说是一种真实的谎言，你可以认为我是在逃避这个世界，也可以认为我在努力妄图通过小说来托举这个世界。我相信，这种世纪末的情绪会弥漫在每一个写作者的心灵和字里行间。

不妨再谈一谈你的小说作法。

关于小说作法的话题，我已经只言片语地谈到过，而在我之前，也已经有了数也数不清的作品和数也数不清的小说叙事学原理，但是我从未相信过，正如海男说的那样：最不能忽视的一点是，在阅读这些伟大作品的时候，我也从未告诉过自己——喏，小说应该这样写，这就是小说……面对那些不断强大的小说的先驱者，我们除了钦佩、学习之外，就是训练写作这种到了20世纪越来越令我们不知所措的东西（《海男文集》

第一卷跋,《作家》1996年4月号)。也就是说,小说作法对一个坚定的叙述者来讲,是没有多少意义的,重要的是自觉地去叙述,去到那静悄悄的深夜里:去呓语。

然而小说家并不是超然于物外的智者,正如在深夜里的悄悄呓语并不为小说家所独享,反过来说悄悄呓语者也并不都是小说家,在这里强调叙述的自觉只不过是一种文体的自觉。我们高兴地发现,在这个世纪之末,小说的文体自觉已经在被越来越多的叙述者和倾听者所接受了。在这个世纪之末,(而不是下一个世纪之初,那样我们会脸红的)在我们这个充满神秘气息的文明古国,小说家的部分重任被卸掉之后,认认真真毫无牵挂地进行语词梳理,将是他们都乐意去做的事。由于叙述者没有超然于物外,没有生活在上方仙界,这也决定了他们叙述的指向永远不可能是纯粹的自身,他们将无一例外地希望将他们的语词花朵,奉献给那些拥有闲暇时间的倾听者。

基于这样的想法,我从不强迫自己写作,就像从不强迫自己戒烟一样。我从来没有"为赋新诗强说愁"的经验,我总是等待:骰子一掷,守株待兔。在小说《背叛》里头,我这样写道:我的眼前如灵光一闪,一行诗意的文字如鸽子一般飞来,我握着笔的手几乎失控地颤抖起来。我总是在等待这样的时刻尽快降临。我总认为,一则故事就是一则故事,就是一朵花,而花总是要有打蕾、初绽和怒放的自然过程的,同样还可以说故事是一枚果子、一棵老树、一只美丽的豹子。我们相信,人类的生存是在与退化不断冲突的过程中得以进化的,而叙述者的任务,毫无疑问的是进化我们所享有的语词。只有通过语词来梳理"当下"的生活,才能够让每一个倾听者准确判断出,他们在闲暇时间所突然享受到的那种天籁之音,叫做小说。

你怎样看待文学上的各种主义?

我们不得不承认，小说的本质是虚构，虚构的方式有两种：一种作者装作若无其事，不动声色，于是他们的作品就被认为是自然的、现实的；一种作者只强调好像，强调小说的陌生化，于是他们的作品被视为想象或主观。马莎·罗伯特认为，前者当然更骗人，因为它完全是有意掩饰自己的各种花招。但事实上没有一个小说家不希望自己的叙述能够导致读者的对小说乃至对生活的信任感，只不过是通过小说的反常话语来实现这一既定目标而已。因此，从本质上说，小说永远只能戴着"现实主义"这顶帽子。形成叙事的基本力量只能是现实与想象，现实是叙事经验的来源，想象是我们得以享受叙事魅力的手段。可见，一方面现实主义是小说技巧的实物，另一方面，现实主义又是一个时代概念，时代变迁意味着生活在不时注入新的内容，而小说永远是在真实地反映着这种世界的变迁。于是一些人专门描写生活的复杂莫测和人类的虚妄的确信，即确信生活是可以理解的，而处在相反一极的是这样的一种作者。他们刻画那些被卷入他们无法控制的事件之中的个人的命运，这样，在90年代的中国，尽管有许多人（包括许多小说家）对小说一片悲观，我们还是产生了《醉太平》和《私人生活》这样截然不同的作品。然而他们各自所呈现的现实主义倾向与技巧，又导致了人们在阅读过程中的分化，随之，不同的阅读经验产生了对现实主义作品的不同选择。任何一个作家都不希望听到一致的叫好声，因为那肯定是真正的谎言。

你怎样看待文学与政治的关系？

这个问题似乎很严肃，其实没有必要回答，因为文学——进一步指小说永远脱离不了政治，小说的现实主义倾向也使它不能离开政治（社会），在最伟大的作家那里，政治态度是很鲜明的，如卡夫卡、帕斯捷尔纳克等。但小说家要的不是去谩骂和谐媚，而是应该忠实地去呈现。我喜欢昆德拉的一些小说，如《为了告别的聚会》《搭车游戏》等，但我猜测他的过分说教（《玩笑》《生活在别处》）也是他至今没有获得诺贝尔大奖的原因。小说家的政治观应该始终是去执着地爱，爱国、爱世界、爱家园、爱自我、爱人类——这是大江健三郎的伟大所在。就是纳博科夫这样一位作家，也写下了《致祖国》的诗篇（《外国文艺》1995 年第 4 期），我先是惊讶，后来是鼻子发酸，这一个人性的阅读行为，被我写进了新作《漫步月球的马拉松选手》里。你看，一首诗就改变了我的观念。

现实主义的作品都是以塑造典型为己任的，但是现代小说……

无论是现代小说，还是后现代小说——现代这个概念，不应该与现实主义发生矛盾吧——都依然存在着典型，远看如卡夫卡的 K、乔伊斯的布卢姆，近看如阿城的棋王、孙甘露的信使、余华的那个不知道自己名字的孩子、王朔的顽主、苏童的少年人、朱文的小丁等。在小说《南方》中，我杜撰出《后现代小说的文学典型》这一命题，不可否认，典型的内涵与外延在不断扩展，这应该看成是小说家们的努力所带来的叙事贡献。

你的小说中好像有不少的性描写，这是什么原因？

这不好说，我的小说的性描写与昆德拉不同，可能都来源于少年期的性困惑，甚至我那时还有性好奇、性恐惧，所以，在《另一种时间》（《作家》1995 年 2 月号）里，主人公索引希望通过事业上的成就感来达到生活上的性满足，在我的近作《裸女物语》（《漓江》1996 年第 4 期）里面，主人公志高的性烦躁已经演变成了他内在的精神伤痛，我想，读过我的小说的人，是不会把它们与招徕读者相提并论的。

你的小说好像特别注重形式？

是的，如果我说形式决定一切，可能会让人觉得在标新立异，好大喜功，甚至会认为我同王一川博士把金庸与鲁迅等同起来一样可笑。也许我明天就会放下手中的笔，但是我决不重复。事实上，"形式论"也不是一个新鲜的东西，在写作/阅读（书写叙事）取代了口头叙事传统之后，写作/阅读本身势必形成某种模式，这时候对叙事形式的变更会变得越来越重要，否则它只能导致重复，由于我们开始了对那些产生陌生化效果的形式的熟悉，小说随即失去了那种震撼力，于是我们不能不通过变形（文学手段）来除去现实的熟悉性，通过文体的简单化或复杂化，来使读者耳目一新，不断刷新他们（和我们）对周围一切的感受。这种努力自然也会带来对读者的伤害，因为他们既定的阅读心理在被不断地打破，自然也就产生不了那种既定的阅读期待，甚至认为小说家在愚弄他们。其实他们不知道，受伤害最多的还是小说家，他们的极端投入极端热诚——自我焚烧——可能会使他们永远游走在边缘之外，他们的作品也可能会永远存放在结满蛛网的墙角。

给友人的信

G兄：

好！早就该给你回信了，恰逢你又寄来作品，一并写吧。

小说认真拜读了，总的感觉比我当初强多了。毛病肯定是有的，不过我想有些看法不一定适合你，我怀疑自己品评的能力，不放心，看了一两遍后，过了几天，又重新捧读，愈加感到难以言说了。写作与阅读完全都是出于个人的情感，个人的直觉，至少我这么认为。就说我自己吧，也有一位还不能称为朋友的大刊编辑，今年以来不断推出"现实主义"作品暴红文坛，鸿雁往来也不少了，他说他非常关心地阅读我的每一部新作，但总是感到不轻松，处处苦心经营，精雕细刻，沉闷压抑。有时，他也怀疑自己的品评能力，便让别的编辑看，但最后他自己总要复看的，还是进入不了。另有一大刊编辑，每次都把我的小说送上去，每次都让主编刷下来。这使我感到异常难受不安，我没想到当我经过了快乐的书写之后，给他们带去的却是意外的伤害，尽管伤害的角度不同。我想这里面就涉及了小说的观念问题，它顽固地根植于每个阅读者与写作者的心灵，给这个世界带来了极大的丰富性，毕竟，小说不是锅碗瓢勺，不是人人都称手的千篇一律的工具。小说的独创性是人们无可否认的。最近，刘恪大兄寄了我一本《南方雨季》，这是一部优美、阴柔、蓝色、观赏性极强的小说，是一部不能随意判定的小说，也许对它的任何解读都能成立，但也意味着对它的另一种意义造成失损。刘兄的创作谈也写得好，所以我建议你读读。你一定早就读了我的《闲暇时间》吧，你如果对读这两部作品，就会发现不仅写作时间，而且技法上也有惊人的相似性，不过《南方雨季》是长调，而《闲暇时间》为短腔，无法与其相比的。

　　我在写作上始终是个初学者，不敢轻易发表愚人之见，影响你的写作情绪。但什么也不说，就不够意思了，况且以上所言，也不是想剥夺我们认识小说的标准，虽然小说的标准是那么难以划定，可它肯定存在着。许多编辑的意见都是很中肯的，毕竟没有谁想让一部好小说从自己的眼皮子底下滑过去，何况编辑是人类最有坚守毅力的读者呢。我想编辑是个很难受的职业，他们难得看到一部好作品，好不容易碰到了，还有可能引起不同的争议。就我自己而言，不到位是个显著的弱点。不到位，人物就不丰满，它会使欢快的叙述，一下子变得索然无味。从篇幅上给小说划定，它主要也就涉及长、短和闲笔的处理问题。短，要短得有深远的韵味，这方面你的同乡，汪曾祺先生是杰出的大家，微型小说应该属于短篇吧，但它们现在都走了样，成了快餐了。长，就看是不是到位、精确的问题。那位编辑说我苦心经营，其实我远远没有到达精确的目标。最近，我第三次重读了尼尔·乔丹的短篇小说《公共汽车、木桥和海滩》《老式电梯》（《外国文艺》1993 年第 4 期），再次感到妙不可言，看来人们把他的小说集和《都柏林人》相提并论，且他获得奥斯卡最佳编剧奖是有理由的。小说中的闲笔，我想，就类似过渡句衔接吧（我这一学期教的是语法、修辞和逻辑），小说是繁冗还是精确，同它密切相关。你的这些作品在长、短及闲笔的处置上，都存在一些问题。且它们题材单一，即使是同一题材，表现的侧面也应不同。好了，我不敢再兜售了，我本来就不是一个好为人师者，想说的说了，没说的在信中本来也说不清。你想来聊聊，不必考虑过多，只是行前先告诉我一声，以免扑空。近来我在休整，暑假完成了《漫步月球的马拉松选手》（见《莽原》杂志）后，大伤元气，好久不动笔了，在读作品，不断有新的感受。过去我是一有念头就写下来，现在，我把那个鲜亮的念头看作是一粒豌豆，我知道，在夏日阳光最强烈的时刻，它应该会有饱满和爆炸的全部过程。

  祝你越写越好。读了你发表的不少诗及评论文字，总觉得你应该写得很出色。只要出色，你就能打动人们。注意到了吗，11月的《作家报》有一版评论，对前期一直叫好的"现实主义"小说，进行了很客观的批评，不去管它，坚守好你自己的立场吧。

  秋安！

罗望子
12.15 上午

引或跋

小时候，我家门前不远处，住着四爷爷老两口。听说，四爷爷的父亲和我爷爷的父亲还是亲兄弟。

四爷爷喜欢打鱼。他每天的活计，除了打鱼，就是补网。他家的楝树上，永远晾着一张网，浸过猪血。微风轻拂，网就滴血。他有一双高靴子，黑色，套在腿上，直齐大腿根，非常威武。

我上初中时，四爷爷已经八十多岁了，还是天天下河捕鱼。

奇怪的是，一到夏天，步入晚年的四爷爷每趟外出捕鱼前，总是穿得整整齐齐，回来时，却常常不着一缕，光溜溜的背着鱼篓渔具。四奶奶怎么骂，他都不理。就是坐在楝树下，就着傍晚的光线修补渔网，他也光着身子，哼着《何文秀》《薛仁贵征东》之类的戏文，摇头晃脑，自得其乐。

这个当口儿，我往往既很好奇，又不敢靠近他半步。

在我们那个乡村，八九岁的孩子夏天是不穿衣服的，身子玩脏了，到河里一冲就是，大家也习以为常了。

事隔多年，我还记得四奶奶骂他"不晓得丑"的样子。现在想来，四爷爷不是不晓得丑，而是没有丑。晚年的四爷爷没有丑美之分了。正如孩子们赤条条地来，四爷爷赤条条地去。在他看来，他已经没有可供遮蔽的部分，穿与不穿是一回事，有时候穿了还是累赘，得看自己舒服不舒服。

天地人合，四爷爷大概已经到了返老还童的修真境界。

也许从严格意义上讲，这本书不像一个长篇小说，因为它有五个独立成篇、情态各异的故事。依我之见，它恰恰又是一部长篇。它叙述的主角都是女人，是女人们的年代故事。故事的共同主题都是寻爱。既有恋人之爱，亲人之爱，也有友人之爱，梦想、灵魂之爱。长篇小说必然具备的命运感，也多多少少的得到了体现。

这样的结构，无关创造，更非创新。以我有限的阅读，在西方小说及影视作品中，类似的并置与暗合先例多多。我的想法，只不过希望借观察女人、想象女人、叙写女人，来演奏一曲时代交响曲。至于能否实现，能够实现多少，就不是我所能控制的了。这些年来，我的写作一直走在回家的路上。回家途中，又免不了时不时地回头望望。我尊重经验，迷恋传统，又想突破经验，超越现实。我不喜欢"一地鸡毛"，却崇拜"一句顶一万句"。我不可能像我的第一本长篇《暧昧》那样，完全沉醉于碎片化的形式与寓言化的静思默想，又不可能完全抛弃简洁明了的结构以及对长篇体量的丰富。本书就算是对中国经验、中国意象和中国式叙述再次表示敬意吧。（《群芳：五个灵魂与香水一样迷人的中国女子》，长篇小说，罗望子著，江苏文艺出版社 2014 年 3 月第 1 版）

对他读，让他听

2002年冬天的一个晚上，我和张梅、吴玄、潘灵等人在"鲁院"宿舍里打扑克，丁丽英打来电话，说准备参加《诗刊》组织的一个活动，要我赶紧写一首诗，到时朗诵。我吓得连连拒绝，说我不敢朗诵诗，更不会写诗。丁丽英说，怎么可能呢，说起你，他们都知道的呀。

我不知道丁丽英是不是在诳我，但这样的事已经不止一次发生了，几年前我也曾收到杨克的信函，让我选择一两首代表性的诗歌寄给他，编入诗歌年鉴。我想这种误解的原因，首先是大量诗人在写小说，人们以为我也是弃暗投明者或者明珠暗投者；其次，我曾经在小说家的幌子下发过几首诗，一是《小说家》的"新垦地"栏目，一是《山花》的"三叶草"栏目；再次，我的笔名取自泰戈尔的诗歌，它总是成为我认识新朋友的第一谈资。事实上，我从不讳言当年对泰戈尔和惠特曼的狂热喜爱，我也偷偷地写诗，有一阵子甚至以写诗为主，写了就扔，我从来不敢幼稚到把自己的诗抄好誊清恭恭敬敬投出去。

偶尔也这么做过几次，总像是偷吃了禁果，滋生某种自责情绪。我相信，如果哪个杂志走了眼采用我的诗，那绝对是诗坛的悲哀、诗人的悲哀。我写诗，主要是让我自己看的，让我产生一些模糊的醉醺醺的感觉，这种感受也只有自己才能品味，它是一个人的梦呓，也是激活一个写作者的有效手段。

基于这样的前提，我狂热地喜爱诗歌也就不足为奇了。我不是一个诗人，但我绝对崇拜诗人。对于那些有着诗人履历的小说家，我更是奉若神明。每拿到一本新杂志，我首先要找的是诗歌，我首先要读的也是诗歌。我的枕边就有一本破烂的《20世纪世界女诗人作品选》，我喜欢它，甚至小心眼地希望这是一个孤本。对诗歌的喜爱，常常不由自主地在我的小说中体现出来，也可以看成是诗歌对小说的强行入侵。比如奥登的《旋转木马》成了我一个中篇的题目。比如在小说的前面总是很幼稚地引用一些诗句，而阿特伍德的小诗《黄昏，启程前的车站》则完全控制和结构了短篇小说《握着刀片溜达》。

哲学只是哲学家的事，哲学让我们敬而远之。然而，诗歌并不是诗人的事，诗人和他们的诗歌让我们感性地走近哲学并浸淫其中。诗歌就像雨滴，喜欢诗歌的人就愿意让雨一次淋个透。而且诗歌和小说还有着某种共同的东西，正如聂鲁达所说的那样，"对我来说，写作就像呼吸一样，不呼吸我就活不成，同样，不写作我也活不下去"。与此同时，诗歌与小说还面临着同样的难题，那就是它们的使命究竟是什么，应该是思想性的，还是艺术性的，抑或还有别的？

对此种困境，捷克诗人塞弗尔特曾经作出明确的应答，他说诗既不应该是思想性的，也不应该是艺术性的，它首先应该是诗。就是说诗应该具有某种直觉的成分，能触及人类情感最深奥的部位和他们生活中最微妙之处。在这里，我一方面宁愿把诗人的话看成是对诗与小说的共同应答，因为太讲艺术性的小说，同样会导致矫揉造作，另一方面，太讲思想性，又会失之肤浅。思想总是形形色色的，五花八门的，它们不是显得过于实际，就是显得故弄玄虚，故作深沉状。塞弗尔特还提醒诗人，要采取一种态度：对某件事是拥护还是反对。诗人的态度就是诗人的立场，就是诗歌的思想性，我觉得这同样适用于小说。

话又说回来，对诗与小说的文学共通性的认同，并不能悄然取消它们之间固有的差别。诗歌从一开始就操持着神圣语言，在《圣经》《古兰经》和《诗经》中贮存下来，作为世俗语言的对照系统，成为世俗语言的意义的担保者，并且在节日——个人生活的所有重要时刻借助于一定的仪式和一些特定的场所而神圣化，人们习惯于在此时此刻朗读或背诵这些诗篇，从中获取生活的庄严和勇气，使得日常生活浸染点点诗意。在某种程度上可以说，无论时代怎么变迁，生活总是体现为一定的仪式，而诗歌总是作为准则充当仪式的核心内容，于是整个世界由此取得平衡。一旦这种平衡被打破，一旦庸常生活的陷阱让人们迷失，诗人便站立起来，诗歌便在对失去的神圣世界的怀念中层开，他们试图重建失去的黄金时代。所以法国新小说派作家布托说，"诗和诗人总是作为对现时生活的批判，向我们提议改变现时"，在过去或者未来，在世界与时间之外，找到人们可以栖居的地点。

现在，地点已经找到，每天都是节日，缺憾的是合适的篇章，尽管诗人和诗歌都披着神圣的外衣，打着神圣的幌子，却无法唤醒人们沉睡的记忆，也许是因为芸芸众生沉睡过久吧，但是解铃还须系铃人，木匠们，把房梁抬高些！新郎官，把灯罩压低些！诗人们，把眼睛擦亮些，把嗓门调响些！学会朗读，让他听，让芸芸众生恢复听觉（就像小说家要学会言说，让他看，让芸芸众生恢复视觉），诗人就会重新站上祭坛，黄金时代就会为期不远，尽管那是一个新的光明的乌托邦，可是，悲剧总比没有剧要好呵！

不是高高在上，也不是通过拯救来赢得体面，而是和失明的人一起重见天日，和失聪的人一起重新倾听天籁之音，我认为，这就是小说家与诗人要做的事。

寻找伟大的中国小说

文学写作与民族记忆的话题，说得简单点，就是想象与记忆、飞鸟与大地的关系问题。记忆如何在想象中闪光，想象如何在记忆中展开？这就需要一个载体。这个载体就是故事。文学作品的魅力，除了语言本身，更多地还在于带给人的精神力量与精神指引。所以这个故事就必须不仅好看，而且要有味道。一个中国作家的文学作品，必然是中国故事。因为他用汉语写作，他的骨子里流淌的是中国血，做的是中国梦，他所持有的是中国经验，阐发的是中国哲学与中国智慧。

伟大的中国故事从哪里来呢？

哈金是这样定义伟大的中国故事（小说）的："一部关于中国人经验的长篇小说，其中对人物和生活的描述如此深刻、丰富、真切并富有同情心，使得每一个有感情、有文化的中国人都能在故事中找到认同感。"虽然这个定义深受伟大的美国小说的影响，但我觉得还是基本到位的。不过，我更认同他所提出的，一个作家必须要有着伟大的文学信念。在这个信念支撑与鼓舞之下，给自己设定更为巨大的标高，向文学大师学习，并把他们当作对手来超越。一个作家的写作进程，就是在不断逼近伟大作品的征途。

在瑞典学院演讲时，莫言自称只是个讲故事的人。事实上，每个中国作家都是在用不同文体讲述故事的人。他们一边讲述着我们自己的故事，一边在追寻伟大的中国故事，并期待着两者的相遇与会师。怎样讲好中国故事，莫言认为，虽然局部或细节可能与现实生活相似甚至雷同，总体上和根本上还是任由讲故事的人"独断专行""颐指气使"，有意识地写出来的。也就是说，不仅现实生活盘根错节，创作与现实同样是盘根错节的关系，这要求我们创作中国故事时，在个人性与公共性之间建立起丰富与浑厚的联系，才有意义，才能产生历史纵深感。

民族记忆是文学创作的土壤，蕴藏着产生伟大中国故事的丰厚资源。中国故事意味着中国特色、中国风格和中国气派。中华优秀传统文化客观上承载了民族的精神命脉，而每个变革的时代又都是优秀传统文化的延续。关于小说与时代，我曾经谈到过："小说已死，不是说这种文体的消亡，也不源于人们的懒散和生存压力，更非其他艺术门类的纷扰和其他媒介的强力侵入，而是小说本身，它的种种可能与人性上的挖掘，似乎已经探索完结。但是我们不要忘了时代与语言。每个时代都有每个时代的问题与风骨。每个写作者，也都有着自己叙述的腔调与癖好。有人的地方，就永远有小说。小说，于人而言，是对未来的一种过去式把握。"所以在创作过程中，我们既要走向民间，亲近传统，又要抓住时代特质，突破常识与俗见的约束，开辟广阔的新领域，获得感受现实的新视点。

另一个我们老生常谈的是："民族的也是世界的。"这里的"世界"，不能简单局限于方位地理，而是指民族记忆中的精神命脉与人类普遍经验、崇高美学以及"人"的哲学上的对接。伟大的中国故事也好,伟大的中国小说也罢,应该提升本民族的认知经验,对全人类富有启迪和警醒,才能立足于世界文学之林。因此,正如格非所言,要对中国故事有所贡献,"我们应当对世界各地的文学、文化和文明抱有开放的态度。事实上,没有外国故事做参照,没有其他的文明和文化来加以比较,我们又如何知道中国故事的独特性呢"?任何传统文化都跳不出人类经验的范畴,文化传统和文学传统本身就是世界各民族记忆的融合与淬炼,海纳百川的心态,如同打开国门改革开放一样,是因中国气派而得中国故事的必由之路。

先锋不死

这个春节,除了走亲戚,我看了两部小说、两篇评论文章。

格非的长篇小说《山河入梦》再现了二十世纪五十年代的社会剧变和个体的梦想与挣扎、选择与无奈。波利亚科夫的中篇小说《地下通道里的艺术家》,以近似赤裸的写实手法,呈现了当下俄罗斯女性的生存状态。两位不同国籍的作家,都无一例外地直面现实,始终贯穿着对现实社会的深刻思考和积极探求。

不仅如此,他们也无一例外地采取灵活的创作态度,对西方现代主义艺术手法进行了大胆尝试和合理借鉴。在《地下通道里的艺术家》里,女主人公分裂为良家女与浪荡妇,不断对她的选择自行校正,灵魂深处的搏斗袒露无遗。在《山河入梦》里,男主人公被陷害撤职,奇幻漂流般回到了花家舍,一个桃花源般的村庄,却渐渐意识到,在桃花源的表象之外,还有着《城堡》一样令人无法抗拒的可怕规则,而女主人公逃亡过程中断断续续的来信,则呈现出超现实的奇境,把人物的性格与命运推到了极地。

正如谢有顺在《小说的常道》里所说，无论历史怎样改写，现实如何荒诞，小说家要创造的始终是小说的真实或现实情状。毫无疑问，这两位作家都发出了自己的声音，反映出他们的真实。要做到这一切，离不开作家自己的立场与想象，更离不开成功的借鉴。拉什迪在他的演讲稿《影响力》中说道，"文学影响力，那些他人意识里可资利用的源流，几乎能够从任何地方汇流到作者这里。它们经常长途奔波而来，抵达每位能够将它们善加利用者的身边"。当我们谈论卡夫卡和福克纳、《圣经》和《金瓶梅词话》时，实际上谈论的就是他们影响力的大小。文学作品让读者感知着昨天、今天和明天的世界图景，文学影响力却让作者薪火相传，朝代延续，不断写出伟大的文学作品。

综观近三届的茅盾文学奖作品（姑作参照），我印象最深的是《暗算》《推拿》《黄雀记》和《山河入梦》的上榜。因为我惊讶地发现，它们都是生于20世纪60年代的南方作家的作品。一直以来都认为，南方作家更讲究技艺，但作品精巧，格局偏小。所以他们的获奖绝非偶然，而是表明在主流话语那里，文学的评价标准同样已经悄然发生了根本性变化，南方作家同样能够写出具有远方气象的典范作品。如果要我例举伟大的中国小说，我认为《许三观卖血记》《一句顶一万句》和《山河入梦》当之无愧。人们将不再是从历史教科书，而是从这些伟大小说里去触摸那个年代，重新跨入那时的滚滚洪流。再稍作分析，又会发现，余华的《许三观卖血记》是南方作家写北方，刘震云的《一句顶一万句》是北方作家写北方，格非的《山河入梦》是南方作家写南方。可以说，没有20世纪八九十年代这些先锋作家的风起云涌，也就没有他们如今的波澜壮阔。他们的语言和结构、叙事和形式各具个性，在极富创意的写作中，都体现出特质强烈的文学影响力之源流。

  面对现实,文学如何说话,怎么发出自己的声音?这些流淌着先锋血脉的作家都通过他们的伟大作品交出了令人钦服的答案,在现实的画布上实现了完美重建与超越。